LE DESTIN
DU PITAUD

DU MÊME AUTEUR

Le Pitaud, L'Archipel, 1995.

La Fille du Pitaud, L'Archipel, 1998.

Le Pitaud grand-père, L'Archipel, 1999.

PIERRE GALONI

LE DESTIN DU PITAUD

roman

l'Archipel

Si vous désirez recevoir notre catalogue et être tenu au courant de nos publications, envoyez vos nom et adresse, en citant ce livre, aux Éditions de l'Archipel,
34, rue des Bourdonnais, 75001 Paris.
Et, pour le Canada,
à Édipresse Inc., 945, avenue Beaumont,
Montréal, Québec, H3N 1W3.

ISBN 2-84187-268-8

A Lou, mon arrière-petit-fils

Le temps s'en va, le temps s'en va, ma dame
Las ! le temps non, mais nous nous en allons
Et tost serons étendus sous la lame.

Et des amours desquels nous parlons
Quand serons morts, n'en sera plus nouvelle :
Pour ce, aymez moy cependant qu'estes belle.

Pierre de Ronsard,
Continuation des Amours, 1555.

1

— Tu te souviens, pitaud ?

— Oui, pitaude, je me souviens.

Paupières closes, le professeur Pierre Forelli-Alban revoit la pitaude lorsqu'elle avait douze ans. C'était en 1925. C'est en mars 1997 que le printemps accompagne le pitaud jusqu'au bordage de la pitaude. Elle aura, comme lui, quatre-vingt-cinq ans en 1998. Lui, ce sera le 25 février. Elle, le 13 mai. La mémoire du professeur n'oublie rien. Pas même les dates. Il répète, ses mains dans celles de la pitaude :

— Oui, Sylvie, je me souviens.

La veille, dans sa maison de Sanluc, Mélie-Rosine lui a dit :

— Grand-père, la vieille Sylvie serait heureuse de te revoir.

— J'irai, dès demain matin, a répondu grand-père.

Pourquoi cet empressement ? Sylvie, il ne l'a pas revue depuis la fête du mardi gras, en 1933. Elle avait vingt ans. Lui aussi. Soixante-quatre ans de cela.

Ce matin du 30 mars 1997, dès l'aube, le professeur a pris sa canne et a claudiqué sur le chemin des sapinières. Pour être en communion avec ce qui renaît après une longue hibernation, il a oublié son âge et ses misères. Il sourit aux violettes et aux primevères, débusque des lapins qui détalent dans les bruyères, effraie une tourterelle qui s'affaire à son nid. Il aurait voulu chanter ses chansons d'écolier et marteler le sol de ses « une-deux », comme autrefois. Mais les jumeaux, Pierre-Jacques et Mélie-Rosine, ne vont plus à l'école, et ses jambes refusent tout ce qui n'est plus de leur âge.

Au pont-aux-chèvres, il résiste à la tentation de s'accoter au parapet. Il craint que le ruisseau, s'il le regarde, réveille les souvenirs qui le harcèlent.

Ce matin du 30 mars 1997, le professeur marche vers son enfance. Tout ce qui a jalonné sa vie d'homme, il ne veut pas que le ruisseau le lui rappelle.

— C'est le docteur Mélie-Rosine qui t'a demandé de venir me voir ?

— Oui.

Sylvie sourit.

— Elle est comme notre regretté docteur Bonnard. En chaque vieillard, elle voit un malade. Moi, Dieu merci, je me porte bien.

Elle ajoute, chassant du geste une poule qui picore au pied du pitaud :

— Quand ta petite-fille vient me voir, elle m'apporte du bonheur. Elle arrive ici, sans prévenir, et me dit qu'à mon âge, elle doit surveiller ma tension. Elle me donne des pilules. Je ne les prends jamais, mais elle ne le sait pas. Elle refuse mon argent, mais elle accepte mes fromages. Je lui garde les meilleurs, ceux du lait de Capricieuse.

Du sabot, elle chasse le coq qui fait comprendre à la poule, du bec et de l'aile, que c'est son tour et qu'il n'a pas de temps à perdre.

— Va lui faire ça ailleurs, cochon !

Elle serre plus fort les mains de son pitaud. Elle le regarde longuement.

— Tu as toujours les mêmes yeux bleus.

— Et toi, les mêmes yeux noirs.

— Oui, mais avec plein de rides autour et des cheveux blancs !

— Moi, les cheveux, je n'en ai plus guère. Quant aux rides, j'en ai plus que toi, et plus profondes !

— Tu étais beau à vingt ans.

— Toi, à vingt ans, tu étais très belle, et tu l'es toujours.

— Tu as toujours su trouver les mots qui font plaisir. Tu ne m'as guère parlé, mais les mots que tu m'as dits, je les entends encore...

— Et moi, crois-tu que j'ai oublié les tiens ?

Sylvie craint que la conversation glisse vers des confidences qui la feraient souffrir. Elle veut n'être qu'à la joie de revoir Pierre, après soixante-quatre ans d'attente.

— Tu prendras bien une tasse de café ?

Elle s'arrache à sa chaise, marche douloureusement vers la cuisinière où la cafetière laisse échapper un jet de vapeur.

— Café bouillu, café foutu ! Tant pis pour toi. Fallait me prévenir. J'aurais fait le ménage et mouliné du café frais.

Le « café foutu », Pierre n'en a jamais bu de meilleur. Il le déguste lentement et regarde Sylvie. Il voudrait lui redire qu'elle est belle, qu'elle a toujours la même silhouette, grande, mince, élancée, malgré les douleurs qui lui courbent le dos. La timidité le retient. Comme autrefois.

Mais cette présence espérée toute une vie et qui, brusquement, lui arrive ce 30 mars 1997, Sylvie l'a trop attendue pour l'abandonner au silence.

— Chez moi, c'est comme chez les Freiquin, quand tu étais leur pitaud. Ça ne respire pas la richesse. Mais, chez moi, malgré toutes les laideurs de la pauvreté, ça a toujours respiré la bonté. Le Freiquin, lui, il puait l'ivrognerie, et sa garce, elle puait la sournoiserie.

Le pitaud approche sa chaise de celle de la pitaude.

— Toi, Sylvie, tu as eu de la chance d'être la pitaude de la mère Meudon.

Sylvie voudrait répondre : « Et toi, tu as eu la chance d'être le pitaud de la Mélie. »

Mais pourquoi le lui rappeler? Peut-être serait-il honteux d'avoir eu tant de chance, alors qu'elle, malgré l'amour de maman Meudon, en a eu si peu. La Mélie osera lui en parler si le professeur Pierre Forelli-Alban décide de venir revivre, avec elle, leurs souvenirs de pitauds.

— Tu es parti tôt, ce matin. Même par le raccourci des sapinières, ça fait, pour tes vieilles jambes, une bonne heure de marche. Et cet air de printemps, ça creuse l'estomac. Veux-tu goûter mon fromage de bique?

— Oui, Sylvie, et boire une bolée de ton cidre.

— Le mien, il ne vaut plus rien. Il a tourné à l'aigre dans le tonneau. Même s'il est mauvais, il nous donnera la joie de trinquer.

Sylvie s'arrache de nouveau à sa chaise, redresse sa longue et mince silhouette, étouffe une douleur et se rassied.

— Toi qui peux marcher, tu trouveras le fromage dans ma laiterie. Tu sais où elle est, c'était celle de maman Meudon. Le cidre, tu le tires à la « champieure ». Tu ne peux pas te tromper. Dans ma cave, il n'y a qu'un tonneau.

Pierre est revenu avec le fromage et le cidre.

— Il faut croire que le boulanger savait que tu viendrais aujourd'hui. Hier, il m'a apporté ma miche. D'ordinaire, c'est le vendredi qu'il me l'apporte.

Sylvie prend son couteau, trace une croix sur la miche, l'ouvre par le milieu.

— Tu vois, c'est du pain blanc et frais.

Elle tranche deux tartines, les recouvre d'une épaisse couche de fromage qu'elle démoule de sa « fausselle ».

— Lui aussi, il t'attendait. Il est juste égoutté comme il faut.

Elle tend la tartine à son pitaud.

— Mords dedans si tu as encore de bonnes dents ! Sinon, tu fais comme moi : tu prends un couteau.

Pierre a pris un couteau.

Sylvie lève son verre que son pitaud a rempli de cidre. Il coule comme de l'huile et noircit dès qu'il voit la lumière.

— Il n'est pas fameux, mais je suis heureuse de le boire avec toi !

— Moi aussi, Sylvie.

Ils trinquent, boivent et font la grimace. Mais c'est le cidre des retrouvailles. Le pitaud emplit encore les verres.

— Sylvie, ton fromage est aussi bon que celui de la mère Meudon. Ton cidre, même mauvais, il nous donne du bonheur !

Les yeux noirs de Sylvie lui disent merci avec une grosse larme qui perle à chaque coin. Pierre, d'un doigt léger, les écrase, et ses yeux bleus s'attardent sur ce visage ridé que le bonheur rajeunit. Il répète, mordant à pleines dents la mie :

— Ton fromage est aussi bon que celui de la mère Meudon...

— C'est elle qui m'a appris à les faire. Il faut du temps, de l'amour et de bonnes biques. C'est peut-être pour ça qu'au marché de Garbois, on me dit que mes fromages sont les meilleurs.

Le chat saute sur la table et renifle, avec des ronrons et la queue levée, la tartine de la patronne.

— Tu n'es pas invité, goulu ! Ce matin, je ne veux être qu'avec mon pitaud.

Le chat ravale ses ronrons, baisse la queue, rejoint les poules et le coq qui, rassemblés sur le seuil, réclament les poignées de grains qui se font attendre.

— Mes volailles ne vont pas te bénir ! Chaque matin, elles sont à la distribution, comme autrefois les enfants de Sanluc, à la sortie de l'église, les dimanches de baptême, quand le parrain et la marraine leur jetaient des sous et des dragées.

Sylvie ajoute, après un silence :

— Je me souviens du tien. Je n'ai ramassé ni sou, ni dragée. Les garçons bousculent les filles et, quand elles ont la chance d'attraper quelque chose, ils le leur arrachent des mains.

Sylvie craint, à nouveau, que la conversation dérape vers des souvenirs qui lui feraient mal.

— Aujourd'hui, c'est toi qui leur lanceras les graines. Ça te rappellera les Freiquin.

— Les Freiquin n'étaient généreux pour personne, Sylvie. La volaille cherchait sa nourriture dans les champs et sur le tas de fumier.

Pierre ajoute en souriant :

— Et ils ne faisaient pas une croix sur la miche avant de l'entamer... C'est la mère Meudon qui t'a appris ça ?

— Oui. Et pourtant, elle ne croyait guère. Elle reprochait au bon Dieu de ne donner sa bénédiction qu'aux riches, dont certains ne valent rien, et d'abandonner à la misère les pauvres, dont certains l'honorent mieux. Chaque dimanche, à la messe, les riches bigotes s'écartaient d'elle car elle puait le bouc. Maman Meudon se tenait debout, seule, au fond de l'église. Elle était là, non pour le bon Dieu qui n'était pas juste, mais pour le curé Félix qui, lui, était bon... Mais je bavarde... Veux-tu une autre tartine ?

Le pitaud hésite ; il est si heureux de retrouver son enfance qu'il veut en prolonger la joie.

— Oui, je veux bien.

Sur le seuil, les poules et le coq s'impatientent, et les chèvres béguètent si fort que la pitaude se sent coupable.

— J'ai pris du retard, mais je ne regrette rien, puisque tu es là. Viens. C'est toi qui vas leur donner ce qu'ils réclament, comme lorsque tu étais pitaud.

Le pitaud lance les graines de seigle et d'orge avec le geste du semeur. Le coq remercie d'un claironnant cocorico et les poules picorent, sans remerciement, ce qu'elles ont trop longtemps attendu.

— Sais-tu encore décrotter les lisettes ?

— Oui.

— Prends mon couteau. Tu en décrotteras une douzaine. Tu les trancheras et tu rempliras la resse. C'est la ration pour mes cinq biques et mon bouc. Moi, chaque matin, je tranche tout ça à la main, comme toi, autrefois, chez les Freiquin. Je n'ai jamais eu assez d'argent pour m'acheter un coupe-racines. Pendant que tu fais ça, moi je donne à mes lapins et mon bourricot ce qu'ils attendent. Hier, j'ai fauché une brouettée de luzerne.

Pierre prend le couteau et décrotte les lisettes, de grosses et longues betteraves blanches gorgées d'un jus sucré. Il regarde ses mains qui portent encore la trace des cicatrices lorsque, chez les Freiquin, il s'entaillait les doigts en tranchant les lisettes. Ces mains-là sont celles de Pierre Forelli-Alban, qui fut professeur à la Sorbonne. Dans le bordage de la pitaude, ce mercredi 30 mars 1997, elles sont redevenues les mains du pitaud des Freiquin.

Il a tranché les lisettes sans entailler ses doigts. Les chèvres et le bouc cessent leurs béguètements et, la gueule pleine, hochent leur barbichette.

Pierre ne claudique plus lorsqu'il revient vers Sylvie pour l'aider à remonter du puits la seille remplie d'eau. Elle lui tend le godet. Une eau claire s'écoule par le trou percé dans le manche.

— Bois. Tu me diras si elle est meilleure que mon cidre.

Pierre porte à hauteur de sa bouche le manche du godet et boit à la régalade.

— Elle est fraîche et bonne. Mais ton cidre n'est pas mauvais.

Sylvie oublie ses douleurs. Elle essaie de se redresser et regarde Pierre avec ses yeux et son sourire d'autrefois.

— Sylvie, il sert à quoi ton bourricot ?

— A vendre chaque jeudi, au marché de Garbois, mes fromages, mes œufs, mes poules et mes lapins. Ça fait une trotte ! Et ça fait aussi du poids quand je monte dans la charrette. Mais mon Baptiste n'est pas un fainéant. Il avale ses quinze kilomètres en deux heures. Le jeudi, c'est son jour de fête. Les enfants jouent avec ses oreilles et lui donnent de la brioche. Lui les remercie avec de gros crottins qui déclenchent leurs rires. Il s'appelle Baptiste, comme tous les ânes de maman Meudon. Mon bouc, il s'appelle Couillard, comme tous les boucs de maman Meudon.

Sylvie rougit jusqu'aux oreilles. Elle veut, vite, oublier le nom du bouc et revenir au marché de Garbois.

— C'est au marché que j'ai appris à reconnaître les bons et les méchants. Les bonnes et les méchantes, je devrais dire, car le marché, c'est l'affaire des femmes. Toi, je ne t'y ai jamais vu.

Elle n'ose lui dire que la Mélie, elle la voyait chaque jeudi et qu'elle était bonne. Elle craint, une nouvelle fois, que la conversation déraille et s'engage sur une voie qui le ferait souffrir.

— Chaque jeudi, je vois le docteur Mélie-Rosine. Elle m'achète du fromage et des œufs. Parfois, un poulet ou un lapin. C'est elle qui m'a dit que son grand-père était un pitaud. Comme moi. Mais quand j'ai appris que son grand-père, c'était toi, je lui ai toujours réservé ce que j'ai de meilleur. Elle vient souvent ici m'ausculter et prendre ma tension... Mais je crois aussi qu'elle vient pour m'interroger sur notre enfance. Elle devine, la coquine, que tu n'as pas tout dit dans ton livre qu'elle connaît par cœur.

Elle regarde Pierre. Il semble être ailleurs.

— Tu m'écoutes ?

— Oui... Oui...

Puis, après un long silence :

— Ces souvenirs qui ne sont pas dans mon livre, tu les lui racontes ?

— Non, Pierre. Ces souvenirs-là ne sont qu'à nous deux. Et ils tiennent si peu de place dans ton cœur qu'il vaut mieux que je sois seule à les garder.

— Ils ont une grande place en mon cœur, Sylvie. Nous sommes deux à les garder.

Sylvie, émue, prend le bras de Pierre.

— Marchons. Je vais te montrer ma propriété. La tienne a toutes les richesses d'un monsieur. La mienne a toutes les pauvretés d'une pitaude. Mais je suis chez moi. Comme toi. C'est maman Meudon qui me l'a donnée de son vivant, comme le père de Mélie avait donné la sienne à la pitaude.

Mélie... Pourquoi Sylvie prend-elle encore le risque de faire dévier la conversation ? Elle s'appuie, plus fort, sur le bras de Pierre.

— Viens. Nous ne marcherons pas longtemps. J'ai peu de journaux et ce n'est pas de la bonne terre. Mais c'est là que je vis depuis mon enfance. Malgré ma pauvreté, je ne suis pas malheureuse.

— Sylvie, plus tard nous marcherons sur tes terres.

— Plus tard, me dis-tu. Tu veux revenir ?

— Oui.

— Souvent ?

— Oui.

— Demain ? Non.

Sylvie se reprend.

— Demain ? C'est le marché de Garbois, comme tous les jeudis. Et après-demain ?

— Oui, Sylvie. Je viendrai vendredi. De très bonne heure. Comme aujourd'hui.

Les jambes de la pitaude ont retrouvé la souplesse de leurs vingt ans. Elle trottine vers le bourricot, l'attelle à la charrette, revient avec l'attelage.

— Aide-moi à faire mon chargement pour demain. Je le fais toujours la veille car il faut partir tôt, le matin, si l'on ne veut pas faire attendre les clientes.

Elle sourit à Pierre qui caresse Baptiste.

— Les fromages, les œufs, c'est facile. Ça n'a pas d'yeux pour vous reprocher de les vendre. Mais les poules, les lapins, c'est chaque mercredi une souffrance. Je les ai dorlotés quand ils étaient petits. Je les ai nourris avec tendresse. Et un beau matin, je les enferme en cage pour les vendre. Je ferme les yeux pour ne pas voir le reproche dans leurs regards... Mais pourquoi te dire ça ? Tu vas croire que je suis idiote.

— Non, Sylvie. Je te comprends car je te ressemble.

Jamais Sylvie n'a entendu cette phrase-là. Elle la retient, en savourant le bonheur qui la trouble comme un verre de cidre pétillant.

Les œufs, les fromages, Sylvie les range délicatement dans la charrette. Pierre, en fermant les yeux, emprisonne dans leurs cages poules et lapins. Le bourricot, dételé, retourne à sa mangeoire.

— On t'attend ? On t'a préparé ton repas ?

— Non.

— Reste avec moi, Pierre. Si tu le veux, nous prendrons ensemble le premier repas de notre vie.

— Je le veux, Sylvie. Allons le préparer.

— Je n'ai pas grand-chose à partager. Hier, j'ai trouvé les premières morilles. Veux-tu que je les fricasse avec des œufs ?

— Oui.

— Je crois que j'ai encore, dans la cave, une ou deux bouteilles de cidre bouché. Il est bon, celui-là. Veux-tu aller le chercher ?

Pierre revient avec les bouteilles.

— Sylvie, ce premier repas que nous prenons ensemble, ce n'est pas seulement ton cidre bouché, tes morilles, tes œufs, ton fromage ; c'est aussi un grand bonheur partagé qui m'emplit le cœur.

— Tu parles comme un professeur. C'est si beau que je t'écoute comme si j'avais vingt ans.

Ils ont mangé et bu comme on mange et boit lorsqu'on est heureux.

Sylvie mouline le café frais, garnit la cheminée d'une « bourrée » de branches de « terouesses » que les charbons qui couvaient sous la cendre enflamment aussitôt. Elle pose trois bûches de châtaignier sur les landiers.

— Approche ta chaise. En mars, même le dernier jour, le café est meilleur lorsqu'on le déguste près d'une flambée.

Ils sont si près l'un de l'autre que leurs mains se touchent lorsqu'ils les tendent vers les flammes. Elles s'y attardent comme si elles étaient heureuses, elles aussi, d'être ensemble.

— Tu me disais, Sylvie, qu'à Garbois, le jour du marché, tu savais reconnaître les bonnes des méchantes...

Les mains s'éloignent des flammes et se serrent.

— Les clientes qui sont bonnes me disent : « Tes œufs sont de vrais œufs de poules qui font l'amour avec leur coq. Tes fromages sont de vrais fromages du lait de tes chèvres qui ne broutent que l'herbe et ignorent les farines animales qui remplacent la luzerne et les choux-moelle. Tes lapins ne grignotent jamais de granulés et tes poules ne picorent que tes graines. Il faut venir tôt pour t'acheter ce qu'on ne trouve pas ailleurs. Ton bourricot n'amène pas assez de marchandises. »

— Et les méchantes ?

— C'est chaque jeudi les mêmes gentillesses : « Alors, Sylvie, aujourd'hui, tes œufs ne sentent pas le bouc quand on les mange à la coque ? Et le civet de tes lapins n'a pas l'odeur du bouc ? » Et les plus hargneuses ajoutent : « Sylvie, ta marchandise, tu me la donnerais que je n'en voudrais point ! »

— Et que réponds-tu ?

— Je leur réponds : « Je sens le bouc, mais vous, vous sentez la charogne ! »

Ils rient aux éclats comme ils riaient autrefois.

Sylvie caresse le crâne dégarni de son pitaud.

— Je sais que je sens le bouc. Comme maman Meudon. J'ai toujours senti le bouc. Toi, Pierre, est-ce que ça te gêne ?

— Non, Sylvie. Ni autrefois, ni aujourd'hui.

— Je savais que tu me répondrais ça : aujourd'hui, pour me faire plaisir ; autrefois, parce que j'étais ta pitaude.

— Tu l'es toujours, Sylvie. Moi, est-ce que je suis encore ton pitaud ?

Sylvie pose ses lèvres sur le crâne dégarni du professeur.

— Ça, c'est mon secret. Si tu viens me voir souvent, peut-être qu'un jour je te le dirai.

Sylvie se lève sans grimacer et marche, droite et légère, vers l'autre pièce, celle du lit, ouvre l'armoire, retire d'un tiroir, classée avec d'autres papiers, la page jaunie d'un très vieux journal. Elle revient, pose ses mains sur les yeux de Pierre.

— Tu te rappelles ?

— Quoi ?

— Nos certificats d'études.

— Oui, Sylvie, je me souviens.

— Tu en es sûr ?

— Oui.

Sylvie retire ses mains. Elle tend vers les yeux bleus du professeur la feuille jaunie.

— Regarde. C'est *Le Bonhomme sarthois.* Un journal qui n'existe plus, mais qui existait en 1925 et que tous les Sarthois lisaient. Lis. Le 24 juin 1925, *Le Bonhomme sarthois* nous réserve sa première page.

Sylvie s'amuse de l'air étonné de son pitaud.

— Monsieur Pierre Forelli-Alban, j'imite votre voix pour lire car il faut une voix de professeur pour lire ça.

Elle place sa voix le plus bas qu'elle peut et lit :

— « Garbois. Certificat d'études. Deux pitauds à l'honneur. Sylvie Garel et Pierre Forelli sont arrivés première et premier. Leurs rédactions ont été notées 9 et 9,5 sur 10. *Le Bonhomme sarthois* les publie et félicite leurs jeunes auteurs. »

Sylvie se rassied sur sa chaise qu'elle rapproche un peu plus de celle de Pierre.

— Lis avec moi. Ça te rajeunira de lire ce que tu écrivais à douze ans.

Ils redeviennent écolier et écolière. Comme autrefois, en classe, lorsque le maître et la maîtresse faisaient lire leurs élèves à haute voix, ils articulent chaque mot, s'arrêtent à chaque virgule, baissent le ton et s'accordent un temps de repos à chaque point. Ensemble, ils lisent la rédaction du pitaud, puis celle de la pitaude.

Pierre, dont la vie fut jalonnée d'émotions fortes, découvre dans celle-là une saveur qui ne la fait ressembler à aucune autre.

Les flammes, dans la cheminée, dansent la farandole. Les bûches bombardent des braises qui éclatent et scintillent comme les étoiles d'un feu d'artifice.

— Ta rédaction est plus belle que la mienne, Sylvie.

— Mais je n'ai que 9. C'est toi qui as 9,5.

Ce demi-point d'écart, c'est le demi-point du destin qui distingue un pitaud d'une pitaude.

— Pierre, tu es devenu un monsieur, un très grand monsieur. Ton 9,5 t'a ouvert les portes de la célébrité.

Ce que Sylvie hésite à dire lui échappe.

— Moi, même avec 10, je serais restée une pitaude. Jamais le destin ne donne à une pitaude la chance de devenir une dame.

Sylvie prend les mains de Pierre, les porte à ses lèvres, attend que son pitaud se décide à parler.

— Être un monsieur, Sylvie, c'est un honneur. Ce n'est pas toujours un bonheur.

— Je le sais, Pierre. Moi, la pitaude, j'ignore les honneurs. Mais le bonheur, maman Meudon m'en a gavée et, chaque jour, mes bêtes me le donnent.

Le regard bleu de Pierre s'attarde, longuement, sur les yeux noirs de Sylvie.

— Tu crois, Sylvie, qu'une pitaude doit faire de longues études pour être une dame ?

— Non, Pierre. J'en connais une qui, comme moi, n'a que le certificat d'études et qui est une dame. Une très grande dame.

— Toi, Sylvie, tu es une dame.

— Non, Pierre. Ce n'est pas à moi que je songe. Moi, je ne suis qu'une vieille pitaude qui sent le bouc.

Ils serrent très fort leurs vieilles mains. Ils ne voient plus les braises qui éclatent sur leurs vêtements. Ils sont ailleurs, unis par une même pensée. Bien que la Mélie soit présente dans leur esprit et leur cœur, ni Pierre ni Sylvie ne prononce son nom.

Sylvie replie la feuille jaunie, la remet à sa place, dans l'armoire. Elle regarde le ciel, revient auprès de Pierre.

— Il faut t'en aller. Mélie-Rosine ne me pardonnerait pas de t'avoir retenu jusqu'à la nuit.

Le cœur en fête, Pierre s'en est allé, sans claudiquer, sur le chemin des sapinières.

2

Mélie-Rosine s'inquiète. Les premières étoiles scintillent dans le ciel de Sanluc et grand-père n'est pas rentré. Elle connaît trop la vieille Sylvie pour la soupçonner d'avoir retenu son pitaud au-delà du raisonnable. Sylvie lui avait promis de ne pas le garder jusqu'à la nuit, mais la nuit est là et grand-père se fait attendre.

Mélie-Rosine essaie de calmer son impatience en allumant le feu dans la cheminée et en préparant le repas. Ce soir, elle a décidé de dîner en tête à tête avec grand-père si les urgences n'appellent pas le médecin.

Mélie-Rosine tient, dans sa main serrée, son téléphone portable. Depuis son arrivée dans la maison de grand-père à Sanluc, elle essaie vainement de le joindre. Il s'obstine à ne pas répondre. Pourquoi ce silence? Grand-père a-t-il décidé d'échapper à la surveillance de son médecin? Cette rencontre avec Sylvie, ce mercredi 30 mars, veut-il ne rien en dire à sa petite-fille ? Mélie-Rosine craint surtout qu'un malaise retienne grand-père sur le chemin des sapinières.

Mélie-Rosine sent l'angoisse sournoisement l'envahir. Elle arpente la grande pièce où les flammes de la cheminée font danser les ombres. Elle entre dans le bureau de grand-père et c'est là qu'elle prend conscience qu'un événement a bouleversé ses habitudes. Posé sur un livre ouvert, elle voit le téléphone portable. Grand-père lui avait promis qu'il ne sortirait jamais sans lui. Il a toujours tenu sa promesse. Pas plus qu'il n'oublie sa canne, il n'oublie son téléphone lorsqu'il part en promenade. Sauf ce mercredi 30 mars. C'est la première fois. Et c'est elle, sa petite-fille, qui lui a demandé d'aller voir la vieille Sylvie ! Elle s'accuse d'avoir mis grand-père en danger sur le chemin des sapinières.

Les étoiles, plus nombreuses, éclairent le ciel lavé de tous ses nuages pour accueillir le printemps. Les chauves-souris que la nuit réveille chassent tout ce qui est né des cocons et qui essaie ses ailes.

Mélie-Rosine s'assoit dans le fauteuil de grand-père, toujours à la même place, sur la terrasse. L'angoisse qu'elle ressent comme un remords, elle essaie d'y échapper en oubliant le présent pour revivre le passé.

Mélie-Rosine se revoit à sept ans. Elle est assise sur un genou de grand-père et elle l'écoute raconter la belle histoire du pitaud.

— « Il était une fois… » C'était en 1967. Le 21 juin, le soir de la Saint-Alban. Trente ans de cela.

« Oui, j'ai trente-sept ans, pense Mélie-Rosine. Le retard de grand-père me le rappelle. »

Mélie-Rosine n'a jamais eu le temps de s'attarder sur son âge. Le destin l'a toujours poussée vers son avenir à un rythme qui ne l'essouffle pas.

A l'école de Sanluc, elle avait promis à grand-père d'être une très bonne élève pour qu'il lui raconte l'histoire du pitaud. Il l'a racontée. Elle avait fait la même promesse à Phoibos pour être son élève au lycée du Mans. A dix ans, elle entrait en sixième, mais Phoibos était à Paris. Elle s'empresse d'être bachelière et retrouve enfin Phoibos à la khâgne de

Louis-le-Grand. Elle a seize ans. A dix-huit ans, elle est à Normale supérieure, et à vingt ans elle est agrégée. Sera-t-elle énarque ou docteur ès lettres ? Sans doute les deux, comme maman. Mélie-Rosine s'est donné deux mois de vacances, à Garbois et à Sanluc, chez grand-père et grand-mère, pour réfléchir et décider. Le destin la devance en mettant sur sa route le docteur Bonnard. Le vieux cœur de grand-mère Mélie, le docteur Bonnard le surveille avec la vigilance d'un médecin qui ne croit ni aux miracles de la médecine, ni à ceux du bon Dieu, mais qui pense que la tendresse d'une Luciole et d'une Mélie-Rosine soigne le vieux cœur de Mélie plus efficacement que ses remèdes.

— Mélie-Rosine, je suis un vieux médecin que l'âge va bientôt condamner à l'inaction. Toi, Mélie-Rosine, il faut te préparer à prendre ma relève.

— Mais je ne suis qu'une agrégée de philo.

— Justement. La philosophie t'a appris le doute, la rigueur, la sagesse, l'humilité et il en faut beaucoup pour être un bon médecin.

— J'essaierai... J'essaierai d'être auprès de grand-mère, de grand-père, de maman, de tous vos malades, ce que vous êtes.

Quand elle a dit à grand-mère Mélie qu'elle serait médecin et qu'elle prendrait la relève du docteur Bonnard, grand-mère l'a gardée longtemps, très longtemps, sur son vieux cœur, et l'a embrassée comme on embrasse un enfant qui entre dans les ordres.

A vingt-sept ans, Mélie-Rosine prenait la succession du docteur Bonnard. C'était en 1987. Dix ans déjà !

Mélie-Rosine se lève, ajoute une bûche de chêne à celles qui se consument et éclairent, de lumières dansantes, la grande pièce livrée à la nuit.

Mélie-Rosine sort, arpente, nerveuse, le parc, appelle très fort : « grand-père !... grand-père !... » L'écho ne lui renvoie que le hululement d'une chouette.

— Où est-il ? Que fait-il ? Jamais grand-père ne s'est fait attendre.

Mélie-Rosine essaie de se rassurer :

— La maison de Sylvie et celle de grand-père, c'est une heure de marche qui les sépare. S'il n'est reparti qu'à la nuit, dans une demi-heure il sera là.

Encore trente interminables minutes d'attente et d'angoisse !

— Mon Dieu, mon Dieu, pourquoi a-t-il laissé son téléphone ? Jamais il n'a fait ça.

Mélie-Rosine soupire :

— Il me fera vieillir avant l'âge.

Elle se reproche, aussitôt, d'avoir osé penser cela.

— Non, il ne me fait pas vieillir. Près de lui, je suis toujours la petite fille qui jouait sur ses genoux. Ce que je ne dis à personne, pas même à maman, à lui je le dis sans gêne. Pour lui, je n'ai pas de secret. A trente-sept ans, je lui ouvre mon cœur comme lorsque j'en avais sept.

Trente-sept ans ! Déjà. Personne ne les lui donne. Elle-même l'oublie. Comme grand-mère Sublime, comme toutes les femmes baouloues, elle ne se verra pas vieillir.

Mélie-Rosine est une Baouloue qui s'est enracinée dans son terreau sarthois. Elle a les mêmes yeux que grand-père et maman, et son opulente chevelure noire, c'est aussi celle de maman. Son mètre quatre-vingts, c'est le mètre quatre-vingts de grand-mère Sublime et de toutes les femmes baouloues. Baouloue, elle l'est aussi dans la grâce de sa longue et mince silhouette qui ondule avec la souplesse d'une liane. Mais sa peau n'est ni sarthoise ni baoulouе. C'est le bronzage délicat du métissage. Il n'appartient qu'à elle. Et à son frère Pierre-Jacques. C'est par ce bronzage qu'ils ont leur propre identité.

Trente-sept ans ! Avoir un pitaud comme grand-père et que ce pitaud-là soit Pierre Forelli-Alban, professeur à la Sorbonne, c'est un bonheur quotidien qui arrête la marche du temps.

Et pourtant, le temps ne s'est pas arrêté. Il a marché à son rythme. S'il n'a pas marqué son passage avec des rides, il a laissé dans le cœur et l'âme des souvenirs de joie et de souffrances. Mais pourquoi s'y attarder cette nuit alors qu'on attend grand-père ? L'angoisse ramène Mélie-Rosine dans sa grande maison vide.

Mélie-Rosine regarde sa montre. Les trente minutes se sont écoulées sans que la nuit apporte à ses oreilles d'autres bruits que le hululement de la chouette. Mélie-Rosine n'a plus le secours de ses souvenirs pour maîtriser son inquiétude. Elle remet une bûche sur les landiers et sort, décidée à marcher à la rencontre de grand-père sur le chemin des sapinières.

A peine y est-elle engagée qu'elle entend un pet tonitruant, comme si un cheval égaré se libérait de ses vents en cet endroit désert. Elle prend peur mais elle est vite rassurée. Le pet annonce une chanson que le grand-père chante à plein gosier. Mélie-Rosine le devine qui martèle le sol de ses « une-deux » comme autrefois, sur le chemin de l'école, Pierre-Jacques à sa droite et elle à sa gauche.

Les chauves-souris ne volent plus. La chouette ne hulule plus. Un silence religieux écoute une chanson qui ferait rougir une nonne. Mélie-Rosine ne rougit pas. Elle en a chanté de plus osées avec ses amis carabins. Mais ce qui l'étonne et la ravit, c'est que cette chanson-là, c'est son grand-père qui la chante. Sa belle voix de professeur émérite à la Sorbonne, l'écho la répercute afin que tout ce qui est endormi dans le silence religieux de cette nuit étoilée se réveille et l'entende.

Quand on s'promène dans la plai – ai – ne
Et qu'on entend les cochons péter
Ça prouve d'une façon certai – ai – ne
Qu'ils n'ont pas l'trou du cul bouché.

Elle court, elle court, Mélie-Rosine, vers cette voix qui chasse son angoisse. Elle est dans les bras de grand-père qui baisse la tête comme un enfant pris en faute.

— Grand-père, j'ai eu si peur. Pourquoi revenir si tard ? Pourquoi es-tu parti sans ton téléphone ?

Mélie-Rosine ne l'écoute pas lui dire que Sylvie… La joie de le ramener, sain et sauf, à la maison fait taire ses reproches.

A table, c'est encore Sylvie qui est présente. Après le civet de son lapin, cuisiné par Mélie-Rosine, grand-père et sa petite-fille ont dégusté le fromage de ses chèvres. Mais le saint-émilion versé dans les verres, c'est celui de grand-père. Mélie-Rosine a échappé au mauvais cidre de la pitaude.

— Raconte-moi ta journée, grand-père.

C'est pour en savoir un peu plus sur ce qui liait autrefois le pitaud et la pitaude que Mélie-Rosine a préparé ce repas et allumé le feu.

— Non, Mélie-Rosine.

— Ces souvenirs que tu me caches, tu me les diras ?

— Oui…

— Et la chanson, tu la chantais avec Sylvie quand tu menais tes biques au bouc de la mère Meudon ?

— Non. Cette chanson-là, c'est Paul Alban qui la chantait avec les autres rescapés du chemin des Dames lorsqu'ils revenaient bivouaquer à l'arrière et se bourraient de fayots avant de remonter en première ligne.

Mélie-Rosine verse une larme de calvados dans le verre de grand-père et y trempe un sucre, pour elle. Elle espère que le téléphone ne retentira pas pour une urgence. Elle aide grand-père à s'asseoir dans son fauteuil, près de la cheminée. Si elle n'avait trente-sept ans et un mètre quatre-vingts, elle s'assoirait encore sur ses genoux. Elle prend place tout près de lui, dans un autre fauteuil.

— Grand-père, pourquoi es-tu rentré si tard ?

— Sylvie m'a mis dehors bien avant la nuit. Mais au pont-aux-chèvres je me suis souvenu de mes endroits à morilles, dans les haies qui bordent le ruisseau. J'y suis allé. Il y en avait beaucoup. Ma musette en est pleine.

La musette accompagne toujours grand-père en promenade. Avec le téléphone qu'il met dedans. Sauf aujourd'hui, 30 mars 1997. Mélie-Rosine apporte le sac à grand-père.

— Les morilles, tu les donneras demain à Sylvie. Elle les vendra. Elles remplacent celles qu'elle n'a pas vendues. Les siennes, elle les a fricassées ce midi, avec ses œufs, et elles étaient bonnes.

— Et le téléphone ? Pourquoi l'as-tu laissé sur ton bureau ?

— J'allais vers mon enfance, Mélie-Rosine. Une époque où il n'y avait pas de téléphone à mettre dans la musette.

Grand-père regarde les flammes qui éclairent le beau visage basané de sa petite-fille.

— Mélie-Rosine, demain, quand tu verras Sylvie, donne-lui un téléphone et apprends-lui à s'en servir. Elle en aura besoin. Moi, je te promets de ne plus jamais oublier le mien.

C'est la première fois, depuis le 30 avril 1993, que Mélie-Rosine retrouve son grand-père comme il était, avant.

3

Le téléphone n'appelle pas. Mélie-Rosine prend les pincettes, remet sur les braises tout ce qui fume et charbonne en dehors des landiers. Revigorées, les flammes font danser des ombres sur grand-père.

— Tu te souviens, grand-père ?

— Je me souviens de quoi ?

— C'était le 30 avril.

— C'était le 30 avril 1993. Le 8 mai, toi, ton frère, ta maman, vous lui auriez fait souffler ses quatre-vingt-quinze bougies. Elle avait encore assez de souffle pour les éteindre toutes.

— Et elle aurait dit ce qu'elle répétait souvent : « Le destin ne se lasse pas de me laisser vieillir. Mais pourquoi s'est-il lassé si vite avec les autres ? »

— Oui, Mélie-Rosine. Notre Mélie aurait dit ça. Elle aurait songé à Paul Alban, son époux, qui s'est éteint à soixante ans, à Jacques Dorville, le tonton de ta mère, qui en avait soixante-quinze, à Claudette, son épouse, qui en avait soixante-huit, à notre bon vieux curé Félix qui en avait quatre-vingt-treize... Mais, de lui, Mélie aurait dit que c'est le bon Dieu qui ne voulait pas le laisser partir car il savait qu'après lui l'église de Sanluc n'aurait plus de curé.

Grand-père regarde le feu qui s'éteint, comme si, lui aussi, était lassé de vivre.

Grand-père s'enferme dans une profonde méditation, replié dans son fauteuil, les coudes sur les genoux, la tête dans les mains.

Mélie-Rosine craint que ses morts ne minent sa volonté de vivre. Elle ne veut pas le laisser en leur seule compagnie.

— Grand-père, cette nuit, je reste avec toi. Je dormirai dans le lit de grand-mère.

Grand-père se redresse, caresse le beau visage de sa petite-fille.

— Merci, Mélie-Rosine. Je serai moins seul avec mes morts. Il me semble parfois qu'ils me reprochent de tant tarder à les rejoindre.

Il ajoute, en souriant :

— Toi, tu me reproches de ne pas assez me soumettre à ta volonté de me garder encore longtemps.

— La vieille Sylvie, elle, m'obéit, et je la garderai longtemps, très longtemps, en bonne santé.

Grand-père ne dira pas au docteur Mélie-Rosine que ses pilules, Sylvie ne les prend jamais.

Mélie-Rosine regarde grand-père et devine qu'il n'est plus devant sa cheminée. Il est ailleurs. Chez Sylvie. Il revit ce mercredi 30 mars qu'ils ont vécu ensemble.

Grand-père revient, regarde les flammes qui, l'une après l'autre, s'éteignent en une ultime ruade d'étincelles.

— Mélie-Rosine, garde-nous, longtemps, bien vivants, tous les deux, pour nous laisser le temps de revivre notre enfance. Nos morts seront heureux que deux vivants leur disent qu'ils ne sont morts ni dans nos mémoires, ni dans nos cœurs, ni dans nos âmes.

Le feu s'éteint. Mélie-Rosine hésite à le ranimer.

— Grand-père, il faut dormir. Sylvie, la marche, les morilles, c'est trop de fatigue pour tes jambes et ton cœur. Moi, j'y vais. Une journée de médecin, c'est long et imprévisible.

Elle aide grand-père à s'arracher à son fauteuil.

— Et, en plus, tu m'as mise à rude épreuve.

— Excuse-moi, Mélie-Rosine. Si j'avais prévu que tu m'attendrais, je ne me serais pas attardé à chercher des morilles.

Le téléphone sonne. C'est une urgence.

— Je croyais y échapper ! Je t'appelle demain matin. Je t'envoie Maria. Elle fera le ménage et préparera ton repas.

Mélie-Rosine accompagne grand-père jusqu'à sa chambre. Elle lui recommande de ne pas oublier ses pilules. Elle l'embrasse.

— J'essaierai de revenir demain. J'emporte les morilles. Sylvie les aura, avec son téléphone. Maria me dira si tu as été raisonnable.

Grand-père ouvre la fenêtre et regarde Mélie-Rosine courir vers l'auto qui, durement cravachée, démarre en trombe.

Grand-père revient vers la cheminée mais ne s'y attarde pas. Quelques braises expirent leurs dernières flammes. Elles lui rappellent, avant de s'éteindre, qu'il est tard et que Mélie l'attend. Il entre dans sa chambre, s'agenouille au pied du lit.

— Mélie, te souviens-tu de Sylvie ?

Il attend la réponse. Dans la solitude et la nuit de cette chambre vide, il entend sa Mélie, comme chaque soir.

— Oui, Pierre, je me souviens d'elle, et tu as raison d'aller la voir.

— Ce mercredi 30 mars me donne du bonheur. Est-ce que tu me le reproches ?

— Non. Ce bonheur-là t'aide à vivre, et Sylvie mérite, elle aussi, de le vivre.

— Merci, Mélie. Cette nuit, je ne vais songer qu'à elle.

Pierre parle encore à sa Mélie, mais elle ne lui répond plus. Son silence lui rappelle qu'il est temps d'aller dormir. Pierre n'a pas sommeil. Grand-père n'a plus quatre-vingt-quatre ans. Il a dix ans. Il est le pitaud des Freiquin.

Les quolibets qui l'accueillirent, le premier jour de classe à Sanluc, le pitaud les avait étouffés du poing et du sabot. Sylvie n'avait pas les mêmes armes pour se faire respecter. Ce n'est qu'à onze ans et avec le prestige du meilleur élève de Paul Alban, son maître d'école, qu'il découvrit le calvaire de Sylvie. Ce soir-là, il avait cédé à la curiosité d'attendre les filles, comme quelques autres écoliers, à la sortie de leur école.

Seules, quelques familles pauvres confiaient leurs filles à l'école laïque. Le collège et ses bonnes sœurs accueillaient toutes les autres, celles des chouans culs-bénits et celles des républicains pourfendeurs de curés. Les sœurs enseignaient à leurs élèves les bonnes manières et les préparaient au brevet. Mlle Marguerite, l'institutrice, limitait ses ambitions au certificat d'études.

Chaque soir, à la sortie de l'école, Paul Alban, l'instituteur, libérait une trentaine d'élèves. Mlle Marguerite ne libérait que dix filles. Sylvie était la seule pitaude et, déchéance suprême, la pitaude de la mère Meudon, elle sentait le bouc.

Les garçons que Pierre accompagnait attendirent que la pitaude fût seule sur la route. Comme chaque soir, elle dut subir leurs quolibets et leurs gestes humiliants. Chacun voulait singer, sur son dos, le bouc de la mère Meudon. D'ordinaire, la singerie ne durait que quelques minutes, et les garçons, fiers de leurs exploits, s'en allaient. Mais ce soir-là, la présence du pitaud les avait déchaînés. Le dos de Sylvie ne leur suffisait pas. Il fallait aussi relever la robe. Ils n'en eurent pas le temps. En un éclair, des poings et des sabots, le pitaud frappa les ventres et les bas-ventres. Courbés et grimaçants, les mains sur les braguettes, ils s'enfuirent. La pitaude remercia son chevalier et lui dit qu'elle s'appelait Sylvie. Il lui dit qu'il était le pitaud des Freiquin et qu'il s'appelait Pierre. Il la raccompagna et reprit sa route lorsqu'ils arrivèrent au pont-aux-chèvres. Ils s'embrassèrent avant de se séparer. Ils se promirent de se revoir souvent et Pierre jura que plus jamais un garçon ne ferait le bouc dans le dos de Sylvie.

Ce soir-là, le pitaud rentra très tard. La Freiquin l'attendait, l'œil mauvais et le bouquet d'orties à la main. C'était un lundi, le Freiquin n'avait pas encore cuvé, dans un fossé, sa saoulerie du dimanche.

Souvent, Pierre attendit Sylvie à la sortie de l'école. « C'est son bon ami », ricanaient les autres filles. Sylvie rougissait et n'osait l'embrasser. Lui non plus. Parfois, ils se tenaient par la main. C'était leur seule audace. Ils ne restaient pas longtemps ensemble. Le bordage des Freiquin et celui de la mère Meudon n'étaient pas sur la même route. Pour aller de l'un à l'autre, il fallait traverser le bourg de Sanluc et c'était deux heures de marche. Par le raccourci des sapinières, il n'y en avait qu'une, et parfois les deux pitauds se rencontrèrent là.

— Pierre, va dans ta chambre. Il est grand temps d'aller dormir.

C'est la voix de la Mélie.

— Je voudrais rester avec toi, Mélie. Ce mercredi 30 mars m'a ramené chez les Freiquin. Toi qui as connu Sylvie bien avant que je l'attende à la sortie de son école, je voudrais que tu me parles d'elle.

La voix de la Mélie se fait plus tendre, comme si elle avait besoin, elle aussi, que ce passé lointain redevienne présent.

— Mets-toi dans mon lit. Tu m'écouteras et tu t'endormiras, comme autrefois, lorsque je te parlais de ta maman pour t'aider à t'endormir.

Le lit de la Mélie, seules Luciole et Mélie-Rosine y dorment lorsqu'elles restent à Sanluc. Pierre s'installe dans le fauteuil. Il écoute la Mélie.

— La mère Meudon n'a pas toujours senti le bouc. Avant la guerre de 14, elle avait épousé un jeune et beau garçon, héritier de cinquante journaux de terres maigres. Ils s'y étaient installés avec leurs cinq vaches, le cheval, le cochon, les lapins et la basse-cour. Ils y vivaient heureux, en amoureux qui ne rechignaient pas au travail. La jeune épouse était aussi belle que son mari était beau et fort. On les savait pauvres, mais tous, à Sanluc, enviaient leur bonheur. En 14, le mari a été mobilisé comme tous les autres appelés de Sanluc, mais, pour lui, la guerre fut très courte. Dès septembre, un mois après la déclaration de guerre, M. Gautier, le maire de Sanluc, est venu annoncer à sa veuve que son époux était tombé au champ d'honneur. La veuve ne garda que les quinze journaux de terre les plus proches et vendit les autres. Elle vendit aussi les cinq vaches, le cheval, le cochon, et les remplaça par cinq chèvres, un bouc et un âne. Elle enferma sa belle chevelure blonde dans une gouline aux larges rubans empesés, noués sous le menton, qui ne laissait aux regards des autres qu'un visage vieilli par le chagrin. Elle voulait vivre seule, sans homme, mais l'enfant lui manquait. En 1915, avec son âne et sa charrette, elle a rendu visite à Kerkhove et lui a demandé de lui confier une petite fille, une pitaude de l'Assistance publique. « Je l'élèverai comme si elle était ma fille, lui a-t-elle déclaré, et, plus tard, elle le sera si sa maman ne vient pas me la réclamer. » Kerkhove, qui n'était pourtant pas un tendre, se laissa émouvoir. Deux mois plus tard, la veuve, sa charrette et son âne revinrent de Garbois avec une petite fille de deux ans et son paquet de la troisième vêture. La mère Meudon n'a jamais abandonné sa gouline, mais elle a vécu heureuse, toute sa vie. Elle a aimé sa petite Sylvie comme je t'ai aimé, toi. Et la petite Sylvie l'a aimée comme, toi, tu m'as aimée. La mère Meudon et moi, nous avons essayé d'être les mamans que vous n'aviez plus. Moi aussi, j'allais le jeudi à Garbois vendre mes œufs, mon beurre, mes poules, mes lapins. La mère Meudon me parlait de Sylvie dont elle était très fière. Moi, je lui parlais de toi avec la même fierté. La mère Meudon et Sylvie n'ont pas souffert ce que nous avons souffert, toi et moi, lorsque Kerkhove nous a séparés et t'a placé chez les Freiquin. C'est la suite qui a été moins heureuse pour Sylvie. A l'école des filles, elle était, comme toi à l'école des garçons, la meilleure élève. Au certificat d'études, elle a été première comme toi tu as été premier. Elle aurait pu, comme toi, faire de brillantes études, être institutrice, professeur, médecin... Kerkhove s'y est opposé. Un garçon, oui. Une fille, non. Un pitaud très doué, l'Assistance peut lui donner une chance. Une pitaude, même très douée, ça reste à la ferme, avec les vaches et les cochons. Sylvie y est restée, avec les biques et le bouc. Toute sa vie. Elle en a sans doute souffert, mais elle ne l'a jamais montré. Elle a toujours vécu avec sa maman Meudon, et je crois qu'elles ont été heureuses. A la mort de sa maman Meudon, Sylvie a continué seule avec l'âne, le bouc, les chèvres, les poules, les lapins... Mais pourquoi te dire la suite?... Tu la sais mieux que moi.

La voix de la Mélie s'est tue.

Le jeudi matin, 31 mars, quand Maria est venue vers 8 heures faire le ménage et préparer le repas, elle a trouvé le professeur Pierre Forelli-Alban endormi dans le fauteuil près du lit, dans la chambre de la Mélie. Il souriait comme s'il rêvait une belle histoire d'amour.

4

La bonne odeur d'un bœuf en daube réveille Pierre, vers midi. Le téléphone sonne. C'est Mélie-Rosine. Oui, il s'est couché dès qu'elle est partie. Oui, il a bien dormi et il s'est levé tard. Oui, il a renoncé à faire sa promenade du matin. Oui, il se sent bien…

Tous ces oui font sourire Maria, et c'est le grand-père qui, à son tour, interroge. Oui, Sylvie a vendu les morilles. Oui, Sylvie a son téléphone et sait s'en servir. Oui, c'est elle, maintenant, qui te parle.

— Bonjour, Pierre.

— Bonjour, Sylvie.

— Je te vois demain, comme promis ?

— Tu me vois demain, c'est promis.

— Un civet de lapin avec des champignons rosés du printemps, ça te plaît ?

— Ça me plaît… Mais les rosés ?

— Ils poussent dans ma prairie, mais ils sont encore rares. Je connais les endroits où l'herbe est plus verte. Tu m'aideras à les trouver.

— Et le vin rouge pour le civet ?

— Mélie-Rosine l'a déjà mis dans ma charrette. Une bouteille pour le fricot. Une autre pour trinquer. C'est ton bordeaux préféré. Mélie-Rosine me dit qu'il tourne la tête si on le boit comme du cidre.

— Nous le boirons comme du cidre.

Pierre entend le rire de Sylvie.

— Pierre, le téléphone, c'est merveilleux. A quatre-vingt-quatre ans avoir pour la première fois cette boîte magique dans la main, ça me donne beaucoup, beaucoup de bonheur. Merci, Pierre. Je crois que je t'appellerai souvent. Trop souvent, peut-être.

— Jamais trop souvent, Sylvie. A moi aussi ta voix me donne du bonheur.

Et c'est à nouveau la voix de Mélie-Rosine.

— N'oublie pas de mettre ton téléphone dans ta musette. Ne va jamais sans lui sur le chemin des sapinières.

Maria achève de dresser la table.

— Bon appétit, monsieur Pierre.

Elle l'aide à marcher, sans canne, vers ce bœuf en daube dont l'odeur attise sa gourmandise.

— Maria, ne dites pas à Mélie-Rosine que j'ai dormi cette nuit dans le fauteuil de Mélie.

— Elle vous gronderait, et elle aurait raison, mais je ne lui dirai rien.

Brave Maria ! Lorsqu'elle entre dans la maison de « monsieur Pierre », c'est du bonheur qui entre avec elle. « Monsieur Pierre » déguste ce qu'elle cuisine avec talent mais il déguste aussi ce qu'elle lui dit de son fils. Elle n'attend pas que « monsieur Pierre » le lui demande. Elle sait qu'il apprécierait moins son repas si elle n'ajoutait au menu des nouvelles de Carlos.

— Il vient ce week-end à Garbois. Dimanche, deux médecins viendront examiner votre cœur, vos artères, vos veines et tout le reste. Attention ! soyez raisonnable. Sinon, ce n'est pas seulement votre Mélie-Rosine qui vous grondera. Ce sera aussi mon fils, et je crains qu'il soit plus sévère que votre petite-fille.

Elle rit, Maria, elle embrasse « monsieur Pierre », elle court vers son auto et démarre en trombe, comme Mélie-Rosine.

Grand-père se met à table, mais il n'y est pas seul. Des souvenirs lui tiennent compagnie. Ce bœuf en daube, c'est avec tout ce que Maria lui rappelle qu'il le déguste.

Ses parents s'étaient loués dans une ferme garboise. Ils arrivaient à Garbois en réfugiés espagnols. La France fêtait dans la joie des congés payés la victoire du Front populaire. Les républicains espagnols subissaient, dans l'humiliation, la victoire de Franco.

Maria, née en 1934, comme Luciole, apprit le français à l'école des filles de Garbois. Très vite, elle l'apprit à ses parents. A douze ans, elle obtenait son certificat d'études, et à treize ses parents la louèrent dans la ferme de leurs maîtres. Elle commença son apprentissage en gardant les vaches, puis en « tirant » le fumier de leur étable et en versant dans leur auge la « botteure » aux cochons. A seize ans, elle grimpait dans la hiérarchie en trayant les vaches, barattant la crème, moulant le lait caillé. A dix-huit ans, Maria accompagna sa maîtresse au marché de Garbois. Ce beurre bien jaune, avec une jolie vache imprimée en relief sur chaque motte, la maîtresse aimait dire à ses clientes qu'il n'aurait pas la même saveur si une autre que Maria le travaillait. Elle gravit la plus haute marche de la hiérarchie lorsque la maîtresse en fit sa cuisinière. Ses repas furent, comme le beurre et le fromage, les meilleurs. Maîtres et serviteurs lui en firent compliments. Le jeune Salvator osa même lui avouer qu'il aimait la cuisinière encore plus que ses repas. Maria encouragea les audaces de Salvator, le fils de réfugiés espagnols, comme ses parents, loués dans la même ferme. A vingt-deux ans, Maria épousait son hidalgo qui en avait vingt-trois et revenait d'une caserne de Metz où le service militaire l'avait retenu un an. Maria mit au monde un garçon qu'ils appelèrent Carlos par fidélité au pays de leurs ancêtres. Carlos, comme sa mère, aurait gardé les vaches à douze ans. A treize, il aurait appris avec son père à dépanner les tracteurs de la ferme et à réparer les machines agricoles, si le destin ne lui avait réservé un autre avenir.

Comme tous les bébés, Carlos eut la coqueluche et le docteur Bonnard le soigna. Jeune médecin, celui-ci ne ressentait aucune hâte à prendre femme, mais il n'était doué ni pour le ménage et la cuisine, ni pour l'entretien de sa propriété. Il proposa au jeune couple de le prendre à son service, logé, nourri, avec des gages supérieurs à leur contrat de louage et une chambre près de la leur, aménagée pour le bébé. L'offre était trop alléchante pour être refusée et la famille Gonzalès s'installa dans la maison du docteur Bonnard.

Le médecin, pris de passion pour son métier, s'habitua au célibat, mais il s'attacha au jeune Carlos comme s'il était son père. Dès l'école primaire, il lui consacra le temps que ses malades lui laissaient. Il connut les émotions d'un maître d'école qui découvre un bon élève. Il proposa aux parents de financer les études de leur fils jusqu'à leur terme qui ne pouvait être que le doctorat de médecine. C'est Carlos, leur fils, qui prendrait sa relève. Ses parents resteraient dans sa maison lorsque Carlos s'y installerait. Maria comprit, ce jour-là, que le docteur Bonnard ne prendrait jamais femme. Elle osa l'embrasser et c'est lui qui la remercia de lui confier l'avenir de son fils.

Il n'eut jamais à le regretter. Il connut les mêmes joies que Maria et Salvator lorsque, année après année, Carlos franchit avec panache tous les obstacles universitaires qui faisaient barrage sur sa route vers le doctorat.

A onze ans, il entrait en sixième au lycée du Mans... Grand-père abandonne Carlos et songe à Mélie-Rosine... C'est à dix ans qu'elle entrait en sixième dans le même lycée. Mais elle est née en 1960 et lui en 1958 ; Carlos gardait encore sur elle une année d'avance. Il la gardera toujours. Quand Mélie-Rosine décide, après l'agrégation de philosophie, d'entreprendre des études médicales, Carlos est déjà en troisième année. Ils se verront souvent, à Paris et à Garbois, mais ils ne sont passionnés que de médecine.

Pourtant, l'étudiant Carlos ne manque ni de prestance ni de charme. C'est un bel homme, comme son père. S'il n'atteint pas le mètre quatre-vingts de Mélie-Rosine, il le frôle. Ses yeux noirs, sa chevelure d'ébène, son teint basané, sa voix douce, séduisent... Mélie-Rosine ne semble pas être séduite par l'hidalgo, mais elle admire le médecin.

Le docteur Gonzalès soigne les enfants malades à l'hôpital Necker, à Paris. Il y a fait son internat. Sa vocation l'y a retenu. Il ne prendra pas la relève du docteur Bonnard. S'il doit un jour soigner d'autres enfants, ce sera en Afrique. Il voudrait consacrer sa vie à sauver celle de ces enfants noirs qui, dès leur naissance, n'ont que l'amour de leur mère pour les protéger des agressions des maladies tropicales. S'il s'obstine dans le célibat, ce n'est pas par misogynie. Cette part de lui-même qu'il consacrerait à sa famille, ses malades ne l'auraient plus, et c'est pour être avec eux, avec eux seuls, qu'il a choisi ce métier.

Le docteur Bonnard se reproche parfois de l'avoir façonné à son image. Mais la ressemblance, c'est aussi sa récompense. Le docteur Bonnard prendra sa retraite avec la certitude que la médecine aura, encore, ses apôtres.

Il s'est retiré, le vieux docteur, sous le soleil de la Provence, au bord d'une calanque, du côté de Six-Fours-les-Plages. Mélie-Rosine a pris la relève et s'est installée dans la grande maison de Garbois, là où elle est née. Grand-mère Mélie l'avait aménagée pour Luciole. C'est sa fille qui désormais l'habite. Elle n'y vit pas seule. Maria et Salvator l'ont rejointe quand le docteur Bonnard a quitté Garbois. Carlos y a sa chambre. Celle que grand-mère Mélie avait réservée à Agatos avant qu'il n'épouse Luciole.

Carlos y vient quand l'hôpital Necker le libère. Il ne reste qu'un jour ou deux. Il faut attendre plusieurs semaines avant de le revoir. C'est alors la fête. Les parents laissent exploser leur joie. Mélie-Rosine est heureuse d'en être le témoin.

Quand Mélie-Rosine peut échapper à ses malades, Carlos l'accompagne jusqu'à Sanluc où grand-père les attend. Ils arrivent comme deux amoureux, mais grand-père croit qu'ils ne sont amoureux que de la médecine. Jamais un geste, un sourire, une parole ne trahit une autre passion qu'ils cacheraient au regard des autres. Au regard de grand-père…

Mélie-Rosine a trente-sept ans. Carlos trente-neuf. Mettront-ils un terme à leur célibat ? Peut-être que dimanche, quand ils viendront ausculter son cœur, ses artères, ses veines, ils lui diront ce qu'il espère entendre… Peut-être… Peut-être…

Le téléphone sonne. C'est Mélie-Rosine. Elle viendra, ce soir, partager le bœuf en daube, s'il en reste.

Elle dormira dans la chambre de grand-mère Mélie, si aucune urgence ne l'appelle.

5

Sur le chemin des sapinières, grand-père revit sa veillée avec sa petite-fille. Ses malades lui ont laissé la joie de partager les restes du bœuf en daube. Grand-père a tenté de donner corps à l'espérance qui, chaque fois, se réveille lorsque Maria lui annonce la présence, le week-end suivant, de Carlos à Garbois. Mélie-Rosine n'a pas dit à grand-père ce qu'il espérait entendre. Elle qui lui a toujours ouvert son cœur, pourquoi lui cacherait-elle, à trente-sept ans, le secret qu'il enferme ?

Grand-père martèle ses pas sur le chemin des sapinières, mais ce qui les rythme, ce ne sont pas les chansons d'écolier qu'il chantait, autrefois, avec Mélie-Rosine et Pierre-Jacques. C'est le dialogue avec sa petite-fille dont chaque mot lui revient en mémoire.

— Tu viens me voir, avec Carlos, dimanche ?

— Oui, grand-père.

— Tu diras à Maria qu'elle prépare un bon repas. Je vous retiens tous à déjeuner.

— Non, grand-père. Pour Carlos et moi, il n'y aura pas de déjeuner. Ni à Sanluc. Ni à Garbois... Nous passerons dimanche matin. Carlos me dira si je suis un bon médecin. Tu commets tellement d'imprudences que j'arrive à douter de moi.

— Le midi, vous déjeunez dans un bon restaurant ? Tous les deux ? En tête à tête ?

— Non. Carlos rentre à Paris. Il veut être à Necker lundi très tôt.

— Mais le déjeuner ?

— Maria nous préparera des sandwiches. Nous déjeunerons dans l'auto.

— Pour aller où ?

— Dans la forêt de Bercé.

— Pour y choisir votre chêne, comme ta mère, et y graver vos noms ?

— Non, grand-père. Ce n'est pas une promenade d'amoureux. Une famille habite dans la maison forestière. Je n'arrive pas à guérir leur enfant. J'ai besoin des conseils de Carlos.

Grand-père revoit sa petite-fille qui étire en souriant son mètre quatre-vingts et attise le feu dans la cheminée.

— Maria viendra, dimanche, préparer le repas. Salvator viendra aussi. Ils le partageront avec toi.

Mélie-Rosine se retourne vers grand-père, lui tend le verre où elle a versé un doigt de calvados, y trempe, pour elle, un sucre. Rien n'est changé dans leurs habitudes. Mélie-Rosine est heureuse que le téléphone ne l'appelle pas pour une urgence.

Elle devine ce que grand-père voudrait savoir. Elle l'aide à se lever de sa chaise, à l'installer dans son fauteuil, près de la cheminée. Elle s'assied dans celui de Mélie, tout près du sien. Elle attend que grand-père l'interroge.

— Mélie-Rosine, tu as trente-sept ans. A cet âge-là, peu de femmes sont encore célibataires, surtout quand elles sont séduisantes comme tu l'es.

— Toi, grand-père, tu as quatre-vingt-quatre ans. Et le destin a voulu que tu sois encore célibataire.

— Oui… C'est mon destin… Et mon vieux cœur,

j'ai la chance d'avoir une petite-fille pour le soigner... Mais soignes-tu aussi le tien ?

— Mon cœur de femme, il ressemble au tien, grand-père. C'est un iceberg dont le médecin ne connaît et ne soigne que ce qui émerge. Ce qu'il tient immergé, personne ne sait, même le médecin, ce qu'il cache.

— Ton cœur a donc des cachotteries ?

— Comme le tien, grand-père. Et comme toi, je les ignore.

Mélie-Rosine s'assoit sur un genou de grand-père, comme autrefois, lorsqu'elle avait quelque chose d'important à lui révéler.

— Je ne t'ai jamais rien caché, grand-père. Ce que je t'ai dit, parfois, ce n'est qu'à toi que je pouvais le dire. Si, un jour, mon cœur m'apprend ce que j'ignore encore, c'est à toi, grand-père, que je l'annoncerai.

Mélie-Rosine allume toutes les lumières.

— Demain, je partirai tôt. Toi, promène-toi, lentement, sur le chemin des sapinières. Ton cœur est fatigué, comme celui de Sylvie. Mais vous vous moquez de mes conseils.

Elle accompagne grand-père jusqu'à sa chambre.

— Celle de Mélie, cette nuit, c'est la mienne. Et toi, tu ne dormiras pas dans son fauteuil.

— Tu le sais ?

— Non, mais je le devine. Quand Maria t'annonce que Carlos arrive à Garbois, tu interroges Mélie pour savoir si c'est pour ses parents ou pour moi qu'il vient. Mais comme elle non plus n'en sait rien, ça te tient éveillé toute la nuit et tu ne t'endors qu'à l'aube, dans son fauteuil.

Mélie-Rosine embrasse grand-père, lui souhaite une bonne nuit et, avant d'aller vers le lit de Mélie, elle met le téléphone et une tablette de chocolat dans la musette de grand-père…

Le brame d'un cerf ramène grand-père sur le chemin des sapinières.

Enfant, il savait déjà que ce cri est un appel d'amour, que les biches l'entendent et que, femelles dociles, elles bondissent vers les futaies qui bordent l'étang de Guerloup. Tout proche du bordage de la mère Meudon, le pitaud y a cueilli des nénuphars et capturé des ditypes géants. Ils ont rejoint, dans l'aquarium de l'école, les autres captures que Paul Alban jugeait dignes de cet honneur.

Parfois, dans les alentours marécageux de l'étang, Pierre aidait Sylvie à ramasser les gros escargots blancs, les « lumas », que la mère Meudon vendait cent sous le cent. Pierre se souvient du jour où Sylvie lui a donné une rainette verte qu'elle avait débusquée dans le feuillage d'un saule. Paul Alban l'avait installée dans l'aquarium et, chaque matin, les écoliers renouvelaient son eau. Ils avaient fabriqué une petite échelle qu'ils avaient offerte à la rainette comme on offre un jouet à un enfant. La bête les remercia en leur annonçant le temps. Quand elle grimpait à son échelle, c'était du soleil, et plus elle grimpait haut, plus le ciel était bleu. Si elle restait dans l'eau, c'était la pluie. Les écoliers la gavaient de mouches et de sauterelles. Elle était goulue. C'est peut-être la gourmandise qui l'a tuée. Elle est morte en juillet, avant que Paul Alban la libère pour qu'elle prenne elle aussi des vacances. Une autre fois, alors que le curé Félix leur avait demandé de couper dans l'étang les roseaux de la Fête-Dieu, Pierre et Sylvie avaient observé la vaine résistance d'une grenouille que les yeux dilatés d'une couleuvre attiraient, comme un aimant, vers sa gueule ouverte…

Le professeur prend la relève du pitaud. Le destin n'est-il pas, lui aussi, une couleuvre qui attire sa capture ? Le pitaud serait-il devenu le professeur Pierre Forelli-Alban si les yeux du destin l'avaient attiré sur une autre voie ? Le grand-père ne veut pas s'égarer dans la métaphysique. La maison de Sylvie est si proche. Au pont-aux-chèvres, il résiste à la tentation d'annoncer sa venue par téléphone, mais sa canne scande une allure plus vive. Il est sûr, le grand-père, que la vieille Sylvie l'attend sur le pas de sa porte. Pourtant, elle n'y est pas.

Il entre. Il appelle : « Sylvie !... Sylvie !... »

Aucune réponse. Il inspecte la pièce que la lumière du jour éclaire à peine. La cafetière est à sa place sur la cuisinière éteinte. Quelques charbons agonisent dans les cendres de la cheminée. La table est encombrée de tout ce que Sylvie a ramené de Garbois, la veille : le sac où elle enferme son argent, la miche, le pot de « rilles », ces vraies rillettes d'un cochon nourri de « botteure » et saigné à la ferme. Enveloppé dans un linge, le lapin découpé, prêt pour le civet... Grand-père s'inquiète. « Sylvie !... Sylvie !... » Et Sylvie ne répond pas.

— Elle est endormie et ne se réveille pas.

Grand-père est angoissé. Il entre dans la chambre. Sylvie n'a pas dormi dans son lit. Le lit n'est pas défait. Grand-père redoute le pire.

— Dehors, elle est tombée. Elle ne peut pas se relever.

Grand-père appelle, très fort : « Sylvie !... Sylvie !... » Seul, l'écho lui répond. Des sueurs perlent au front de grand-père. Il gémit : « Pourvu que je n'arrive pas trop tard ! » Il prend son téléphone mais se ravise avant d'appeler Mélie-Rosine.

— Le plus urgent, c'est de la retrouver. Elle ne peut être qu'auprès de son âne, de ses biques, de ses poules, de ses lapins.

Grand-père frissonne, comme pris d'un accès de fièvre. Il cherche, grand-père... Il cherche... Sylvie n'est pas dans le poulailler... Ni avec les lapins... Ni avec Baptiste qu'elle n'a pas dételé et qui est près de sa mangeoire...

— Elle est avec ses chèvres. Une attaque l'a paralysée.

Ce n'est plus le grand-père qui claudique avec sa canne. C'est le pitaud qui vole au secours de sa pitaude. Il la trouve avec les chèvres.

— Tu arrives à temps, Pierre. Je n'en peux plus. J'ai passé ma nuit auprès d'elles. Hier soir, à leurs béguètements et leurs regards, j'ai compris qu'elles m'attendaient pour que je les aide à biqueter. Il a fallu que je les caresse et les encourage toute la nuit. Je leur ai fait boire du café fort au biberon pour leur donner du courage. Ce n'est qu'à 2 heures, ce matin, que la Blanquette s'est décidée, la première. Les autres ont aussi bégueté pour réclamer mon aide. Toutes en même temps. La Brunette. La Capricieuse. La Gourmande. La Coquine. Elles ne voulaient rien faire sans moi. J'ai tiré les biquets. Je les ai nettoyés avec de la paille. Dix biquets que j'ai présentés, bien propres, à leur mère. Chacune en a deux. Crois-tu qu'elles me remercient? Elles ne sont pas contentes de mon travail. Regarde-les.

Grand-père regarde. Chaque biquette a reconnu ses biquets et attarde sa langue sur leurs museaux et leurs yeux. La première tétée doit se faire avec des bouches propres et des yeux clairs. Sylvie les aide à tenir debout sur leurs pattes chancelantes. Ils ne se trompent pas de mère, les coquins. Chacun reconnaît son pis et son trayon. Tous tètent goulûment et donnent des coups de tête dans les mamelles quand le lait gicle moins fort. Grand-père s'émeut de la tendresse de ces cinq biques qui surveillent leurs nouveau-nés avec, dans le regard, la fierté de toutes les mères. Il pense à la Freiquin et à ses biques. La Freiquin n'avait de tendresse pour personne. Ses biques le savaient et ne lui demandaient rien.

Grand-père regarde et ne frissonne plus. Pourquoi diable redoutait-il une attaque ? Sylvie n'a jamais été aussi alerte, malgré cette nuit blanche.

Sylvie regarde ses biques. Avec tendresse.

— Vous avez bien travaillé. Vous méritez une récompense... Et toi aussi, Couillard, puisque tu es le père de tout ce petit monde.

Couillard n'entend pas le compliment. Il s'affaire, lui aussi, à la toilette de ses enfants. Les mères nettoient les têtes mais sa langue à lui nettoie les derrières. Elle ne s'attarde guère sur les mâles, mais les derrières des biquettes bénéficient d'attentions minutieuses et prolongées.

— Regarde-les. Les mères ne lui suffisent pas. Il s'intéresse aussi aux filles. Mais celles-ci ne seront pas pour toi.

Grand-père regarde Sylvie qui n'a d'yeux que pour ses biques, son bouc et leurs biquets.

— Ils n'ont plus besoin de toi, Sylvie. Viens. Un bon café te fera du bien.

— Je le prépare. Mais je compte sur toi pour faire le reste.

— C'est quoi ?

— Tout ce monde-là attend son déjeuner. L'âne. Les poules et le coq. Les lapins. Et mes biques qu'il faut récompenser.

Sylvie ne pense plus à sa nuit blanche. Ce vendredi 1er avril qui s'éveille avec le soleil, c'est au bonheur qu'elle en espère que vont toutes ses pensées.

— Pierre, à la cuisine, je n'ai besoin de personne. Mais toi, sais-tu encore faire ce que tu faisais chez les Freiquin ?

— Je crois.

— La récompense aux biques, c'est les feuilles de chou-moelle. Elles adorent ça. Le bouc aussi. Et aussi les lapins. Tu ne prends que celles en bas du tronc. Les plus larges. Tu n'auras pas à les écheniller. Les premières chenilles ne viendront que dans un mois. Il t'en faut une vingtaine de brassées que tu mettras dans la charrette. Baptiste n'aime pas les feuilles de chou. Il préfère la luzerne. Sais-tu encore faucher ?

— Oui.

— Tu lui en fauches une bonne brouettée... Ça ne te vexe pas de redevenir un pitaud ?

— Ça me rajeunit de soixante-dix ans, et on n'est jamais vexé de rajeunir.

— Et moi, je suis heureuse de rajeunir avec toi.

Les sourires qu'ils échangent avant de se séparer leur rappellent ceux qu'ils échangeaient du temps de leur jeunesse.

— Si tu trouves des rosés dans la prairie, ramène-les. Mélie-Rosine m'a dit que tu aimes autant un civet aux rosés qu'un bœuf en daube. Mais je suis moins bonne cuisinière que Maria.

Sylvie n'attend pas la réponse. Alerte, elle a franchi le seuil de sa maison avant que la charrette ne s'ébranle.

Le soleil annonce une belle journée de printemps et il est haut dans le ciel quand Pierre achève son ouvrage.

Les biques et le bouc ont leur récompense. Les lapins grignotent, en remuant leur nez, les côtes de chou qui craquent sous leurs incisives. L'âne, enfin dételé, mâche la luzerne qui emplit son râtelier. Le poulailler reste fermé car Sylvie n'accepte pas de poules à sa table quand son pitaud y est invité. A défaut de liberté, elles ne manquent pas de nourriture. Picorant ce que le pitaud leur a généreusement semé parmi les cailloux, elles sont trop absorbées dans leur recherche pour songer à caqueter devant la porte fermée comme elles le font les matins où leur maîtresse tarde à ouvrir.

Le grand-père a retrouvé les gestes de son enfance. Et aussi la sûreté de son instinct et l'acuité de son regard. Ils l'ont guidé vers les plaques vertes de la prairie, là où les rosés se cachent dans les hautes herbes. Quand le pitaud est revenu avec l'âne et la charrette, c'est un panier rempli qui trônait sur la luzerne et les feuilles de chou.

— Je savais qu'il y en avait, mais en ramener un plein panier, c'est plus que j'espérais. Tu sais encore reconnaître les endroits où ils poussent.

— Chez toi, Sylvie, je redeviens le pitaud qui ne revenait jamais bredouille.

Sylvie ne l'écoute pas, tout affairée à sa cuisine. Les champignons, épluchés, lavés, rejoignent le lapin que Sylvie arrose copieusement du médoc de grand-père.

— C'est ton vin. Mélie-Rosine m'a dit qu'il tourne la tête. Tu veux trinquer ? Je n'ai pas vidé la bouteille.

Ils trinquent. Sylvie s'étonne de tenir sur ses jambes.

— Si je ne suis pas plus raisonnable que toi, à la fin du repas je ne pourrai plus me lever.

Le téléphone sonne. Sylvie, plus prompte, saisit son appareil.

— Oui, Mélie-Rosine…

Un silence. Il n'y a plus de « Oui, Mélie-Rosine… »

— Elle voulait savoir si tu es là. Elle me recommande de te surveiller. Quand ce qu'on te sert est à ton goût, elle me dit que ta gourmandise abuse du médoc. Elle compte sur moi pour que tu reprennes le chemin des sapinières en bon état. Elle voudrait que tu rentres avant la nuit.

Elle rit, Sylvie, et elle renifle son civet dont l'odeur réveille le chat qui somnolait sur une chaise.

Pierre se souvient que la mère Meudon disait avec fierté que « sa pitaude n'avait pas les deux pieds dans le même sabot et que l'ouvrage lui fondait dans les mains ». Sylvie n'a pas changé. A quatre-vingt-quatre ans, l'ouvrage lui fond encore dans les mains. Ce qui encombrait sa table, ce matin, a cédé la place à tout ce qu'on met dessus pour recevoir un invité qui s'est fait attendre soixante-quatre ans. Il faut que ce civet et ce médoc laissent dans la mémoire des deux pitauds l'émouvant souvenir de leurs retrouvailles.

Les pommes de pin ouvertes et résineuses ont ranimé les braises de la cheminée. Elles grésillent et se laissent dévorer par les hautes flammes blanches qui lèchent les bûches de châtaignier.

— C'est prêt, mon pitaud. Viens à table.

Pierre débouche la seconde bouteille de médoc pendant que Sylvie apporte la marmite. Ils trinquent à nouveau.

— Souviens-toi, Pierre, des ripailles de carnaval quand nous avions vingt ans. Tu chantais des chansons à faire rougir un corps de gardes.

— Tu les entendais ?

— Bien sûr. Tu les gueulais assez fort pour que tout Sanluc en profite, et les commères disaient, en se bouchant les oreilles : « Ces cochonneries-là, c'est un professeur qui les chante ! »

Ils rient et trinquent encore, mais le professeur ne chante pas.

Le civet, même la Mélie n'en cuisinait pas de meilleur. Ils mangent et ils boivent. Ils mangent, ils boivent, ils rient. Ils mangent, ils boivent, ils rient et ils se souviennent.

C'est à la Toussaint que le pitaud des Freiquin menait leurs trois biques au bouc de la mère Meudon par le chemin des sapinières. C'était toujours un jeudi, jour sans école. Kerkhove ne tolérait pas que ses pitauds manquent un seul jour de classe. Sylvie détachait le bouc qui reniflait le derrière de la bique, la chevauchait et, après de violents coups de reins qui la faisaient chanceler, mettait toute son ardeur dans un dernier assaut qui l'immobilisait sur elle, dos courbé, pattes arrière décollées du sol. Sylvie l'aidait à retrouver terre en le tirant par la barbichette pendant que Pierre lui présentait la deuxième chèvre. Le bouc la reniflait avec le même appétit, la chevauchait avec la même ardeur, et Sylvie l'écartait dès qu'elle jugeait que l'immobilité avait duré le temps d'un travail bien fait. A la troisième bique, les coups de reins étaient plus lents mais donnés avec la même vigueur. Au coup de reins qui mobilisait toutes les forces du bouc, Sylvie lui donnait plus de temps pour achever son ouvrage.

Pierre ne perdait rien du spectacle, Sylvie non plus. Ils essayaient de se cacher que l'un devenait bouc et l'autre chèvre, mais leurs regards les trahissaient. Alors, ils baissaient les yeux et rougissaient jusqu'aux oreilles. Pierre donnait trois fois vingt sous à la mère Meudon. Quand elle comptait ses sous, celle-ci ne regrettait pas de sentir le bouc.

Pierre et Sylvie en sont au fromage lorsqu'ils achèvent de revivre leurs souvenirs de Toussaint, mais les coups du bouc n'ont pas réveillé, dans leurs vieux corps, les émois de leur enfance. Le médoc n'échauffe que leurs têtes.

— Sylvie, tu as dit à ton bouc qu'il ne chevaucherait pas les biquettes nées cette nuit. Pourquoi ?

— J'ai quatre-vingt-quatre ans, Pierre. Mes chèvres, mon bouc, mon âne, eux seuls me tiendront compagnie. Si je meurs avant eux, Maria viendra les soigner, jusqu'à leur mort. Elle me l'a promis.

Le chat qui somnolait dans son giron, saute sur la table. Après sa part de civet, il réclame sa part de fromage.

— Lui aussi, Maria m'a promis de ne pas l'abandonner quand je ne serai plus là.

Pourtant, Sylvie n'a pas la mort en tête. Le médoc l'aide à retrouver ses vingt ans mais il titille aussi sa sensibilité de vieille femme.

— Je deviens idiote, Pierre. Avec l'âge, je n'ai plus le courage de tuer, même une mouche. Ce lapin, je l'ai ramené de Garbois, tout découpé. C'est le coconnier qui a fait tout ce que je ne peux plus. Il fera pareil avec mes dix biquets. Quand ils auront l'âge d'être vendus, il viendra les prendre, un jeudi, avant que je rentre du marché de Garbois. Je pleurerai un bon coup, mais ce sera moins dur que de les voir partir. Mon bouc, je le mets à la retraite. Il ne donnera plus de biquets. Ni à mes biques, ni à celles des autres. Nous vieillirons ensemble. Je ne passerai plus de nuits blanches aux derrières de mes biques.

Pierre l'écoute et voudrait qu'elle revienne vers leur enfance. Pourquoi assombrir, avec un testament, cette fête des retrouvailles ?

Pierre vide la bouteille dans leurs verres. Sylvie hésite à porter le sien à ses lèvres.

— La tête me tourne. Je crains de ne plus tenir sur mes jambes.

Elle regarde Pierre avec ses yeux d'autrefois.

— Et toi, tu tiens debout ?

Pierre se lève, va vers la cheminée, remet sur les landiers les tisons qui fument, jette sur les braises quelques pommes de pin qui s'enflamment aussitôt, revient vers Sylvie ; elle n'a pas bougé. Elle n'ose plus regarder Pierre. Elle craint que ce qu'elle veut lui cacher, ses yeux le lui disent.

— Toi, tu peux encore marcher.

Elle voudrait ajouter : « Et même me mettre au lit si je ne peux plus y aller seule. »

Mais elle se tait. Elle pense : « Il faut être idiote comme je le suis pour avoir encore ces pensées-là en tête. »

Le médoc l'aiderait à les chasser si la bouteille n'était vide. Il faut pourtant qu'elle s'en libère.

— Pierre, toi qui tiens encore debout, va chercher, dans le buffet, le bocal de cerises à l'eau-de-vie. Ce sont les miennes. Les nôtres, je devrais dire. Une autre fois, je te dirai pourquoi.

Sylvie verse dans le verre de Pierre cinq cerises et le remplit de jus. Elle en met trois dans le sien qu'elle remplit à moitié.

— Pierre, la fête continue. Trinquons à nos vingt ans ! Essayons d'oublier que nous en avons quatre-vingt-quatre.

Pierre voudrait répondre que les cerises sont si bonnes qu'il les a oubliés, ses quatre-vingt-quatre ans, mais le cocorico du coq lui rappelle que, dans leur prison, les poules n'ont pas eu leurs graines du soir. Le braiment de l'âne, les béguètements des chèvres réclament d'autres feuilles de choux et une autre ration de luzerne. Les lapins restent muets, mais Pierre ne peut ignorer qu'ils attendent, eux aussi, d'autres grosses côtes de chou-moelle.

Sylvie a croqué ses trois cerises.

— Eux aussi veulent que ce 1er avril soit un jour de fête. Peux-tu leur donner ce qu'ils réclament ?

— J'y vais.

Pierre vide son verre, se lève sans tituber, regarde Sylvie qui ne lui cache plus ses yeux. Pierre sourit.

— Sylvie, ce qu'on fait à vingt ans, on ne le fait plus à quatre-vingt-quatre.

— Mais tu ne l'as pas fait quand nous avions vingt ans !

La réplique lui a échappé et elle en ressent, profondément, la gêne. Le coq, l'âne, les chèvres, le bouc volent à son secours. Ils expriment, dans leurs langages, une impatience grandissante.

— Ils t'appellent, Pierre. Il faut y aller.

Il y est allé.

Quand il est rentré, Sylvie dormait, la tête sur l'oreiller de ses deux bras arrondis, le chat contre sa joue.

Pierre ne se sent plus la force de la mettre au lit. Il appelle Mélie-Rosine.

— Viens. Sylvie dort à table. Elle a passé une nuit blanche auprès de ses chèvres et de leurs biquets. Elle ne tient plus sur ses jambes. Aide-la à se coucher.

— J'arrive.

Le médecin a fait ce qu'il devait faire.

Sylvie, bien au chaud dans son lit, s'est à nouveau endormie, avec des « Merci, Mélie-Rosine » qu'elle murmurait comme une prière. La petite-fille a regardé son grand-père, un sourire indulgent sur les lèvres.

— Viens, grand-père. Je te ramène chez toi.

6

Mélie-Rosine voudrait que grand-père lui raconte sa journée mais une urgence la rappelle à Garbois. A ses maladresses à allumer le feu dans la cheminée, Mélie-Rosine devine que cette journée avec la pitaude réserve au pitaud une nuit agitée. A ses réticences à accepter une tisane avant de se coucher, Mélie-Rosine devine aussi que grand-père veut garder en bouche les saveurs d'un bon repas.

Les recommandations du médecin sont plus impératives qu'à l'ordinaire. Grand-père ne doit pas s'attarder dans la chambre de Mélie. C'est dans son lit et non dans le fauteuil de grand-mère que grand-père doit dormir. Après toutes les inspections d'un médecin qui n'abandonne son patient qu'avec l'assurance de le laisser en bonne santé, elle remet à leur place ses instruments de mesure, embrasse grand-père et court vers son auto. Grand-père, sur la terrasse, répond à ses « bonne nuit ». Il revient vers le feu et entend le bruit familier du démarrage en trombe.

Un autre bruit le fait accourir vers sa musette. Il y prend son téléphone. C'est Luciole.

Le vieux cœur de papa bat très fort. Tout ce qui somnolait et le pressait vers le sommeil se réveille. Luciole, il ne la voit plus guère mais il l'entend souvent depuis qu'elle a décidé de vivre au Senghal, à Kalinga. La maison de Sublime est devenue la sienne.

Le téléphone collé à l'oreille, Papa interrompt ses longs silences d'écoute par des « Oui, Luciole... Je te promets, Luciole... Après le 30 avril?... J'en parle à Mélie-Rosine... Sa date sera la mienne... Longtemps?... Je ne peux laisser Sylvie seule... Tu es au courant... Mélie-Rosine... Merci... C'est si loin tout ça... Ça m'aide à rester jeune... Merci, merci, Luciole... C'est promis... Je t'embrasse... »

Papa, le téléphone muet à l'oreille, entre dans la chambre de Mélie. Son cœur bat la breloque et ses pensées s'embrouillent. Il parle haut et fort.

— Mélie, tu n'as rien entendu. Il faut que je te dise.

Papa s'installe dans le fauteuil, près du lit.

— Luciole me demande de venir à Kalinga, avec Mélie-Rosine. Ce qu'elle veut me dire est important, mais elle ne me le dira que dans sa maison. Elle voudrait que j'y reste longtemps... Est-ce raisonnable?

Papa entend la voix de grand-mère qui répond :

— Ce n'est pas raisonnable mais il faut y aller. Même sans Mélie-Rosine. Luciole a besoin de toi. Tu es son père. Ta place est auprès d'elle. Tout le temps qu'il faut.

Tout le temps qu'il faut! Jamais, pour sa fille, le père n'a mesuré le temps. Est-ce à quatre-vingt-quatre ans, même si ce n'est pas raisonnable, qu'il va mesurer? Sa décision est prise.

— J'irai, Mélie.

Après un long silence qui permet à son vieux cœur de reprendre son rythme normal :

— Mélie, je n'ai plus sommeil. Veux-tu que je reste dans ton fauteuil et que nous parlions de Luciole? Ça me donne du bonheur chaque fois que j'en parle avec toi.

— Ce n'est pas raisonnable, Pierre. Mais, à ton âge, ce mot a-t-il encore un sens ? Parle-moi de Luciole. A moi aussi ça me donne du bonheur.

Pierre se cale dans le fauteuil de grand-mère, bien décidé à y passer la nuit.

— Mélie, te souviens-tu du 25 novembre 1968 ?

— Oh ! oui, Pierre. Oh ! oui. Je me souviens.

Mélie avait promis à sa petite-fille d'être auprès d'elle lorsqu'elle soutiendrait sa thèse de doctorat en Sorbonne. Grand-mère a tenu sa promesse. C'était son premier voyage, et Luciole pouvait seule vaincre ses réticences.

— Ne dis plus rien, Pierre. Laisse-moi te rappeler les souvenirs que j'en garde.

Pierre écoute la voix de Mélie. La voix qui était la sienne, le 4 décembre 1968, quand ils sont revenus à Sanluc.

Elle rappelle des souvenirs qui n'ont pris aucune ride. Trente ans déjà !

— Je la vois, ma Luciole, pâle, émue. Elle parle à des messieurs respectables, boutonnières décorées de rouge et de violet, têtes blanches ou chauves. Ils l'écoutent, chuchotent entre eux, parfois lui sourient. Toi, tu es auprès d'elle, encore plus pâle et plus ému. Ton regard ne se détache pas du visage de ces vieux messieurs qui, eux, ne détachent pas le leur du visage de Luciole. Aux questions qu'ils lui posent, ses réponses les séduisent si fort qu'ils freinent, avec retard, leurs mains qui applaudissent. Toi, tu étais crispé d'angoisse. Luciole rayonnait d'espérance. Elle était si sûre d'elle, notre Luciole, qu'elle a maîtrisé sa joie lorsque, à l'unanimité et avec ses félicitations, le jury l'a déclarée docteur ès lettres, avec mention très bien. Pierre, te souviens-tu de son premier geste de docteur ?

— Oui. Elle est venue vers toi et elle t'a embrassée.

— Je crois que tes invités, qui emplissaient l'amphithéâtre, ont plus applaudi le geste d'une petite-fille qui embrasse sa grand-mère que la brillante étudiante qui marche sur les traces de son père.

La voix s'est tue, comme si elle voulait donner à Mélie le temps de revivre l'un des grands bonheurs de sa vie.

— Et après, Mélie, tu te rappelles ?

— Après, je n'avais qu'une hâte, revenir à Sanluc, avec Luciole, et dire à ses enfants que leur maman était docteur ès lettres, comme leur grand-père. Mais Luciole voulait que je reste quelques jours à Paris et j'y suis restée une semaine. Vous m'avez emmenée dans des églises, des musées, des boutiques, des cinémas, des théâtres, des restaurants... Je t'ai vu, toi, dans ton capharnaüm, et j'ai vu ma Luciole dans le sien. Et chez toi, comme chez elle, ma photo regardait tout ce désordre. J'ai dormi dans le lit de Luciole. Je la regardais dormir sur son canapé. C'était moins confortable, mais elle y était si heureuse...

A nouveau, le silence. Pierre revit ce que la voix ne lui dit pas. Quand Mélie racontait sa semaine à Paris, ceux qui l'écoutaient s'émerveillaient qu'elle ait emmagasiné tant de souvenirs en si peu de jours.

— Notre retour à Sanluc, Mélie, tu t'en souviens ?

Sa voix répond :

— Oh ! oui. Luciole m'a donné d'autres joies. A ta question : « Choisis-tu le Conseil d'État ou la Sorbonne ? », elle t'a répondu : « Ni l'un ni l'autre. Je reste avec mes enfants. » Et elle a ajouté, lisant sur ton visage ce que tu n'osais lui demander : « Mon frère Henri gère mon héritage. La réputation du notaire de Garbois n'est pas surfaite. Grâce à lui, mes revenus sont confortables. Je ne connaîtrai pas de fins de mois difficiles. » Je ne sais si elle t'a convaincu, mais tu n'as pas insisté. Elle m'a dit : « Grand-mère, ce doctorat, je l'ai voulu pour te donner la joie d'accrocher le diplôme à la place que, depuis longtemps, tu lui as réservée. » Et à toi, elle a dit : « Cette thèse, je l'ai écrite pour servir la cause des femmes asservies. En épousant Agatos, j'épousais aussi son combat contre les coutumes ancestrales qui mutilent le corps, le cœur, l'âme de toutes ses sœurs africaines. Ma thèse, j'ai voulu qu'elle soit, pour toutes ces femmes, un message d'espoir. C'est aussi un engagement qui donne un sens à ma vie. Toutes ces femmes contraintes au silence, j'essaierai d'être leur voix. J'espère avoir le talent d'écrire ce qu'elles voudraient crier à la face du monde. »

Le professeur ne laisse pas Mélie lui dire ce qu'elle a tant de fierté à rappeler.

— Et elle a réussi, Mélie, bien au-delà de ce que j'osais espérer. Avec *Sublime, reine baouloue*, elle est entrée en littérature sur le tapis rouge de la célébrité. Son premier roman a réveillé durement les bonnes consciences endormies et a éveillé l'espoir dans celles qui n'osaient espérer. *Agatos*, son second roman, l'engage plus hardiment dans le courageux combat de son mari. Elle prend la relève de Sublime et d'Agatos pour démystifier les tabous de toutes ces femmes victimes de coutumes humiliantes. Elle le fait avec sa plume, dans le confort de nos maisons de Sanluc et de Garbois ou dans l'appartement de Paris. Elle poursuit son œuvre, livre après livre, dont chacun atteint les gros tirages. Les jurys littéraires hésitent à couronner une œuvre trop dérangeante. Lorsque l'Académie française a eu cette audace, tu n'étais plus avec nous,

Mélie, pour t'en réjouir. C'était le 20 décembre 1993. Notre Luciole obtenait, ce jour-là, la plus prestigieuse récompense des Immortels pour l'ensemble de son œuvre. Luciole s'est longuement recueillie sur ta tombe. Cette haute distinction, c'est à toi qu'elle l'a offerte, et elle a choisi la place que tu aurais choisie pour l'accrocher à côté de son doctorat.

Dans le silence, le professeur revit ce 20 décembre 1993 qui l'a comblé de joie et de fierté. C'est aussi la souffrance de ne pas avoir, ce jour-là, sa Mélie près de lui, que ce jour de gloire réveille.

Mélie ne veut pas que son Pierre s'y attarde. Sa voix prend la relève :

— Luciole a attendu que je ne sois plus avec vous pour aller là où reposent Sublime et Agatos. Elle est restée avec ses enfants pendant toute la durée de leurs études. Au lycée du Mans comme dans ceux de Paris, les jumeaux n'ont jamais été privés de leur mère. Lorsque Mélie-Rosine est entrée à Normale supérieure et Pierre-Jacques à Polytechnique, elle est revenue à Sanluc. Elle voulait qu'ils apprennent à voler de leurs propres ailes.

C'est la voix de Pierre qui poursuit :

— Et le temps qu'elle n'a donné ni au Conseil d'État ni à la Sorbonne, elle l'a donné à l'écriture. Elle a renoncé au confort et à la sécurité de la haute fonction publique mais elle n'a jamais connu de fins de mois difficiles. A son héritage, efficacement géré par son frère, s'ajoutaient, livre après livre, de confortables droits d'auteur. Avec le succès, ils atteignent des sommes que les plus hauts fonctionnaires n'osent rêver.

Dans un murmure à peine audible, comme si elle craignait de trahir un secret, Mélie ajoute :

— Pierre, je crois que notre fille est riche, très riche. Luciole n'avait aucun secret pour sa grand-mère. Pas même celui-là. Mais je sais aussi qu'avec sa fortune, elle réussira en pays baoulou ce qu'ont fait Agatos et Sublime. C'est pour te dire cela qu'elle te demande de venir à Kalinga. Elle a besoin de tes conseils. Il faut y aller, Pierre. Avec ou sans Mélie-Rosine.

Un rayon de lune éclaire la chambre de la Mélie et fait danser sur son lit les ombres du cerisier en fleur qu'un vent léger agite. Le ciel efface, l'une après l'autre, ses étoiles. Pierre ne peut quitter cette chambre où tant de souvenirs le retiennent. Il voudrait qu'à nouveau Mélie lui parle.

— Mélie, te souviens-tu de ton voyage d'avril 1969 ?

— Oh ! oui, Pierre. Je me souviens.

Pierre étire ses membres engourdis, cale son corps au creux du fauteuil, écoute. Il sait que Mélie, quand elle raconte le seul grand voyage de sa vie, ne s'arrête qu'après en avoir revécu toutes les émotions.

— Luciole avait promis à Cyrille Akoula d'assister avec ses enfants aux cérémonies du deuxième anniversaire de la mort d'Agatos. Elle voulait que tu l'accompagnes, et quand elle m'a demandé d'être aussi du voyage, je n'ai pas eu le courage de refuser. Pourtant, l'avion, l'Afrique, les animaux sauvages, tout m'effrayait…

Et elle parle, Mélie, et elle parle.

Ses soixante-dix ans bien enracinés dans leur terre sarthoise, son corps refuse de les arracher pour s'envoler vers le ciel. Mais Luciole est là qui la pousse tendrement vers son fauteuil et l'y retient en attachant sa ceinture. C'est alors l'angoisse qui dessèche sa gorge lorsque, dans le vacarme de ses moteurs, l'avion roule sur la piste comme un bolide des 24 Heures du Mans. C'est le choc au cœur du décollage et des turbulences. Et c'est le ciel bleu, les nuages survolés, la ceinture détachée, le champagne et le sourire de l'hôtesse qui emplit son verre, l'émerveillement d'être si près du bon Dieu et de n'en ressentir aucune gêne, le bonheur de connaître ce que soixante-dix ans de vie sur terre ne lui ont pas appris.

Et elle parle, Mélie, et elle parle.

— C'est Luciole, en larmes, s'efforçant de sourire lorsque Cyrille Akoula, Premier ministre, l'installe près de lui dans la voiture officielle. C'est le cortège qui file vers Kabidjo et, à son passage, des petits drapeaux français et senghalais qui s'agitent, des « Luciole ! Luciole ! » criés par des femmes et des enfants, et Luciole qui remercie du geste et du sourire. C'est la place de l'Indépendance et toute cette foule recueillie qui se fige au garde-à-vous dès que les clairons et la *Senghalaise* annoncent l'arrivée du président Balbaye. C'est Luciole qui s'avance au bras de son père vers le président et tous ses ministres qui s'inclinent et baisent sa main. C'est moi, tout émue, Mélie-Rosine et Pierre-Jacques accrochés à mes mains, qui ai droit aux mêmes honneurs. C'est le discours du président que Luciole écoute avec des sanglots. C'est la marche lente, douloureuse, le président aidant Luciole d'un bras paternel, vers la statue d'Agatos. C'est Luciole qui la dévoile, et le chagrin qui l'accable lorsqu'elle s'agenouille et embrasse le nom de son époux, gravé en lettres d'or sur le socle. Et c'est Agatos qui regarde du haut de ses deux mètres cette foule rassemblée, silencieuse, sur cette place de l'Indépendance qui porte désormais son nom.

Et elle parle, Mélie, et elle parle.

Cyrille Akoula apaise ses frayeurs dans cet autre avion qui tangue sur les nuages déchirés d'éclairs. Il lui dit que la saison des pluies est aussi celle des turbulences, mais que, dans moins d'une heure, le soleil l'accueillera à Kalinga.

— Le soleil était au rendez-vous, mais aussi une foule qui remerciait Luciole d'être revenue. Le griot en tête du cortège, Luciole suivant, Mélie-Rosine à sa gauche, Pierre-Jacques à sa droite, on a marché lentement vers le village baoulou et la maison de Sublime dans une forêt de clameurs et de petits drapeaux. Aroua attendait, figée d'émotion, sur le seuil. Luciole m'a regardée et sa pâleur m'a bouleversée. Toi, tu l'as aidée à se tenir droite en lui murmurant des mots qui lui en ont donné la force. Aroua, la fidèle servante de Sublime, s'est agenouillée et lui a couvert les mains de baisers et de larmes. Le griot a conduit Mélie-Rosine jusqu'à la chaise d'ébène et l'a fait asseoir sur un siège, à gauche. Il a fait asseoir Pierre-Jacques sur un autre siège, à droite. Il s'est incliné devant Luciole et lui a dit : « Votre place est sur la chaise d'ébène. Venez. » Luciole a répondu : « J'irai. En femme baouloue. En fille de Sublime et épouse d'Agatos. »

Accompagnée d'Aroua, elle est entrée dans sa chambre. Elle en est revenue revêtue du boubou de satin argenté, le boubou des grandes joies comme des grandes souffrances. Elle marche les pieds nus, comme Sublime, comme toutes les femmes baouloues. Elle s'assied sur la chaise d'ébène. Elle maîtrise sa douleur, comme Sublime maîtrisait la sienne. Elle caresse le margouillat qui, à l'appel du sorcier, a repris sa place sur les genoux de Luciole comme il y était sur ceux de Sublime. Elle sourit au serpent que le sorcier a guidé jusqu'à ses pieds et qui, tête dressée, la regarde. Le griot déclame un poème à la gloire d'Agatos, de Sublime, de Luciole.

— Tu te souviens, Pierre, de la conclusion ?

— Oui, Mélie. Il a dit : « Luciole, tous les Baoulous souhaitent que tu reviennes dans la maison de Sublime qui est désormais la tienne. Notre reine Sublime a été sublime, toute sa vie. Toi, Luciole, notre reine, tu seras, pour tous les Baoulous, toute ta vie, leur lumière. »

— Et ce qu'a répondu Luciole, tu te rappelles ?

— Oui, Mélie. Elle a dit, d'une voix ferme malgré l'émotion qui l'étranglait : « J'y reviendrai, griot. J'y reviendrai. Je vous le promets. »

— Et elle y est revenue quand je n'ai plus été auprès d'elle pour la retenir ici.

Et elle parle, Mélie, et elle parle.

Elle est sous le figuier à palabres et elle écoute le discours de Cyrille Akoula. Les vieux, assis sur les bancs du conseil, à l'ombre des flamboyants, regardent Luciole et les jumeaux qui crispent leurs mains sur le boubou de leur maman. Luciole leur avait dit qu'un Baoulou ne pleure pas en public, même quand son cœur déborde de chagrin. Les jumeaux ne pleurent pas et semblent heureux que leur mère le remarque. L'amitié qui le liait à Agatos, le Premier ministre l'exprime avec la simplicité d'un homme de cœur.

Dans le silence d'une foule agenouillée, Luciole a fait glisser l'étoffe noire et rouge du drapeau senghalais qui voilait la statue d'Agatos. Sur le socle, Pierre-Jacques a lu, gravé en lettres d'or :

A AGATOS, NOTRE HÉROS,
LE SENGHAL RECONNAISSANT.

Le visage durci par la volonté d'être digne de son père, il a serré plus fortement le boubou de sa mère.

Plus tard, dans le calme de la grande maison de Sublime, Mélie-Rosine a demandé à grand-mère pourquoi une statue de petite fille ne montre pas du doigt le nom de son père. A Sanluc, le doigt d'une petite fille montre ses héros, morts au champ d'honneur.

Grand-mère lui a répondu ce que sa maman lui avait dit à Sanluc : « La petite fille, c'est toi. Agatos, le nom de ton père, est gravé en lettres d'or dans ton cœur. Chaque soir, avant de t'endormir, ton doigt lui dira que tu ne l'oublies pas. »

Mélie-Rosine a affirmé : « Grand-mère, mon doigt le lui dira. Tous les soirs. Toujours. »

Et elle parle, Mélie, et elle parle.

— Luciole a fleuri les tombes d'Agatos, de Samuel, de Sublime. Le griot se tient près d'elle et l'aide à présenter à la foule ce qui éveille sa curiosité. Le griot déclame avec solennité : « C'est un enfant chêne que Luciole nous donne. Il prend la relève de celui arraché par l'éléphant. Nous veillerons sur lui. Il deviendra aussi grand que le fromager de Sublime. » Le sorcier a récité les formules qui protègent les enfants, et la foule est sortie de son silence pour chanter et danser le bonheur d'une naissance. Après le désespoir qui honorait la mémoire de leur héros, les Baoulous accueillaient l'enfant chêne comme une promesse d'avenir heureux. Le sorcier a creusé là où l'autre chêne avait grandi. Luciole y a déposé, douillettement, l'enfant chêne enraciné dans sa terre sarthoise. Elle est restée longtemps, longtemps, agenouillée sur la tombe d'Agatos, ses jumeaux agenouillés près d'elle, et aucun Baoulou n'a vu qu'ils pleuraient.

La voix s'est éteinte.

Les rayons du soleil ont pris la relève des rayons de lune. Des myriades de poussières blondes tourbillonnent dans leurs faisceaux de lumière. Pierre veut s'arracher au fauteuil, mais la fatigue l'y maintient. Il ferme les yeux et sourit lorsque Mélie murmure à son oreille qu'elle a été trop bavarde et qu'il est grand temps de le laisser dormir…

Ce n'est que vers midi que Maria l'a réveillé.

— Monsieur Pierre, si Mélie-Rosine savait ça… Mais je ne lui dirai rien, comme d'habitude.

Elle attend que le fumet du poulet en cocotte chasse les dernières brumes du sommeil. Quand elle juge que monsieur Pierre a pris conscience des réalités de ce samedi 2 avril, elle s'efforce de donner à sa voix le ton d'une banalité ordinaire :

— Mélie-Rosine ne saura rien car elle n'est pas à Garbois. Elle a brusquement décidé de s'accorder une semaine de vacances à Paris. Un interne de l'hôpital du Mans prendra soin de ses malades.

Les réalités de ce samedi 2 avril réveillent monsieur Pierre avec la brutalité d'une douche glacée.

— Mélie-Rosine est à Paris et elle ne m'a rien dit ?

Maria l'aide à s'installer dans son fauteuil, près de la cheminée qui se réveille, elle aussi. Maria sert son whisky à monsieur Pierre, comme elle le fait à chacune de ses visites. Elle revient vers lui, un verre de porto à la main, et s'assoit dans l'autre fauteuil, celui de Mélie puis de Mélie-Rosine… Monsieur Pierre s'étonne… Jamais Maria n'a fait ça… Maria s'amuse de cet étonnement. Elle rayonne de joie et de fierté. Elle laisse monsieur Pierre déguster son whisky et ne se décide à parler que lorsque son verre est vide.

— Carlos lui a téléphoné, très tôt, ce matin. Il lui a appris, avant de me l'apprendre à moi, sa mère, qu'il est reçu à l'agrégation. Elle a aussitôt pris des dispositions pour trouver un remplaçant. Elle veut être la première à féliciter Carlos, à Paris. Elle m'a demandé de prendre soin de vous et de Sylvie pendant son absence.

— Prenez soin de Sylvie, Maria. Dites-lui que je la verrai lundi. Ne me téléphonez pas. Ni vous. Ni elle. J'ai besoin d'être seul. Aujourd'hui et demain.

Monsieur Pierre se lève, pose une bûche de chêne sur les landiers, redemande une « larme de whisky » avant de s'asseoir à table.

— Si vous n'avez pas d'autre projet, allez donc chez Sylvie demain dimanche. Vous et votre mari. Elle sera moins seule.

— Nous l'avons prévu, monsieur Pierre. Mais nous avons prévu aussi que vous y serez.

— Non, Maria. J'ai besoin d'être seul.

Maria comprend que la solitude, c'est tout de suite que monsieur Pierre la veut. Elle ne s'étonne pas du peu d'empressement de monsieur Pierre à déguster le poulet en cocotte et à se verser son verre de bordeaux.

7

Ce dimanche 3 avril, monsieur Pierre marche dès l'aurore sur la route que le pitaud a tant martelée de ses sabots, musette en bandoulière.

Ce matin, sa musette ne l'alourdit pas de livres. Grand-père y a mis la cuisse et l'aile du poulet, le fromage de Sylvie, la bouteille de saint-émilion 1990, une année exceptionnelle. Le pain, il le prendra chez le boulanger, encore chaud et croustillant. Le téléphone portable, il l'a laissé sur son bureau.

Ce dimanche 3 avril, il ne veut le vivre qu'avec lui-même, ses souvenirs, ses espoirs. Sans Maria. Sans Sylvie. Sans Mélie-Rosine. Elle l'appellera de Paris? Elle sera inquiète? A-t-elle pensé, elle, à grand-père lorsqu'elle est partie à la sauvette, sans le prévenir? Grand-père pourrait rebrousser chemin et le prendre, ce téléphone, pour chasser de son esprit ce qui ressemble à du dépit, mais il continue sa marche.

Cette route, large, droite, noire comme une piste d'envol, c'est toujours au bourg de Sanluc qu'elle aboutit, mais c'est avec sa mémoire que le professeur y marche.

En avril 1925, les peupliers balançaient à leurs cimes les carcasses de nids que les pies s'affairaient à restaurer. En avril 1997, il n'y a plus de peupliers.

En avril 1925, lièvres et lapins coiffaient de leurs oreilles les blés et les avoines dont ils grignotaient les tendres épis. En avril 1997, les vergers de pommes de Luciole et de poires des Dorville ont remplacé les blés et les avoines.

En avril 1925, les prairies retrouvaient leurs troupeaux. En avril 1997, les vaches ne ruminent plus, couchées dans l'herbe du printemps. Des milliers de poulets ont pris la relève et acquièrent en quelques semaines ce que les poulets de 1925 n'acquéraient qu'en quelques mois.

En avril 1925, de sa ferme de deux cents journaux, Dorville était maître. En avril 1997, dans son exploitation de mille hectares, Simon, son petit-fils, est un patron. Les journaliers de maître Dorville, c'est la terre et le ciel qui réglaient leurs horaires. Les journées plus calmes et plus courtes de l'hiver les reposaient de celles, longues et exténuantes, des labours et des ensemencements d'automne et de printemps, des moissons et des battages de l'été. En avril 1997, les journaliers de l'exploitation de Simon Dorville sont des salariés. Comme ceux des villes, leurs horaires, fixés par contrat, sont contrôlés par l'horloge pointeuse. Simon n'est plus un paysan mais un chef d'entreprise. Il prend des vacances à la mer et à la montagne, et son personnel bénéficie de congés payés. Jacques Dorville, son père, était ingénieur agronome. Son grand-père avait obtenu de justesse le certificat d'études. Simon est revenu sur leurs terres, après cinq ans d'études à l'université du Mans, une maîtrise de gestion en poche.

En avril 1997, les commères du bourg ne jacassent plus sur le pas de leur porte. Elles achèvent leur vie dans la maison de retraite du district de Garbois. Les cloches de l'église de Sanluc ne sonnent plus que les heures. Les écoliers, de trois à seize ans, un car, chaque matin, les emmène à Garbois, là où sont désormais leurs écoles.

Le 3 avril 1997, le grand-père marche jusqu'au bourg sur son chemin d'écolier, comme le pitaud y marchait en 1925. Ce n'est que lorsqu'il achète son pain chez le boulanger que le grand-père prend conscience qu'il revit des souvenirs vieux de soixante-douze ans.

Au boucher-charcutier qui le salue, il répond : « Bonjour, Charles », mais sa question : « Vous allez voir Sylvie ? » l'étonne. Est-ce donc un événement, ces retrouvailles de deux pitauds ?

— J'irai demain, Charles. Aujourd'hui, c'est au manoir des Corfontaine que je rends visite.

Pierre devine, à son sourire, que le boucher-charcutier savoure par avance les rumeurs que ces retrouvailles allumeront et qui sentiront le bouc. Il ne s'y attarde guère. Ce dimanche 3 avril 1997, il ne veut se consacrer qu'à des souvenirs qui l'aident à prévoir ce que sera demain.

La route du pitaud écolier le ramène en 1925. Celle du manoir des Corfontaine, c'est vers les années 70-80 qu'elle le ramène.

Tout Sanluc avait cru que le manoir prendrait le nom de ses nouveaux propriétaires. Bien qu'il ait fait la célébrité de Sanluc en y créant la pomme de Luciole et la poire de Dorville, Jean-Baptiste n'a pas réussi à donner son nom au manoir des Corfontaine. Pourtant, tout Sanluc avait adopté les nouveaux maîtres. On aimait leurs enfants qui allaient à l'école et jouaient avec ceux de Sanluc.

Mais le manoir, c'était la mémoire d'une époque abolie par la République et dont tout Sanlucien, par fidélité aux ancêtres, devait garder le souvenir. Corfontaine il était. Corfontaine il resterait.

Les nouveaux propriétaires s'en étaient accommodés et, s'ils ont vendu le manoir, cette vente ne fut pas l'aveu d'un échec. Leurs enfants avaient achevé leurs études lorsqu'ils prirent cette décision. Adline enseignait au lycée de Grasse et Marc exerçait ses curiosités de chercheur dans un laboratoire de l'INRA.

Les curiosités de Jean-Baptiste et de Marie-Juliette ne les retenaient plus dans leur manoir. Ils s'en évadèrent à la recherche d'autres paysages à peindre et d'autres terres à cultiver. La Luciole et la Dorville couvrirent de leurs vergers les pentes ensoleillées du Chili. L'œil de Marie-Juliette y découvrit d'autres beautés qui éveillèrent chez l'artiste les mêmes émois qu'en terre africaine. Et ce fut l'Iran, la Chine, l'Inde... Leurs lettres jalonnent leur parcours mais elles se font plus rares avec le temps. Le manoir n'est plus qu'un lointain souvenir. Sanluc n'a plus les attraits d'autrefois. Jean-Baptiste lui préfère Grasse, là où il est né et où enseigne sa fille. Comme Ulysse, « après un long voyage », il vient « vivre avec ses parents le reste de son âge ».

Marie-Juliette y connaît les joies d'une grand-mère et y revit ses émois de jeune fille. C'est à Grasse qu'un danseur maladroit lui a offert des roses et l'a demandée en mariage. C'était en 1955. La vraie vie de Marie-Juliette commençait. A son retour à Grasse, trente-cinq ans de vraie vie n'ont vieilli ni son cœur, ni son œil.

Marie-Juliette et Jean-Baptiste ont promis à Luciole de revenir à Sanluc le 25 février 1998. Ils iront chez grand-père qui soufflera ses quatre-vingt-cinq bougies. Mais c'est aussi vers leurs souvenirs qu'ils reviendront.

Grand-père retourne vers les siens. Ce manoir des Corfontaine où il arrive enfin, en pesant lourdement sur sa canne, il se réjouit de sa métamorphose. Garbois l'a racheté pour l'offrir à sa jeunesse. Dès qu'elle peut se libérer des contraintes du travail, elle accourt vers ses terrains de sport et son étang. Les efforts douloureux qu'elle impose à ses muscles, elle n'en ressent que la joie : celle d'un but au football, d'un set victorieux au tennis, d'une seconde gagnée au quinze-cents mètres ou à l'aviron. Elle se nourrit de lecture à la bibliothèque, de bifteck-frites au restaurant.

Attirés par le soleil printanier de ce dimanche 3 avril, les jeunes, garçons et filles, s'ébattent sur les terrains de sport et leurs clameurs annoncent un jour de fête.

Grand-père ne s'attarde pas sur ce spectacle qui lui réjouit le cœur. Son regard, c'est en lui-même qu'il le plonge pour y découvrir ce qu'il voudrait voir. Le manoir des Corfontaine, sa garenne, son étang lui ont laissé des souvenirs, et c'est sur eux que son regard s'attarde.

Grand-père s'installe à l'ombre du bosquet de châtaigniers qui échappe encore aux bûcherons. Il retire de sa musette pain, poulet, fromage, bordeaux, et rassemble dans un même bonheur les plaisirs d'un bon repas et la fidélité de sa mémoire. Le grand-père qui apprenait aux jumeaux ses chants d'écolier n'assiste au repas que le temps d'engloutir l'aile du poulet. Quand le grand-père attaque la cuisse, les jumeaux ont grandi. Il les accompagne dans leurs promenades, dans la carriole de Bellone et de Bucéphale. Lucas et Adline, les enfants de Marie-Juliette, chacun son tour, tiennent les rênes. Puis Lucas, l'aîné des quatre, laisse les trois autres au plaisir de la campagne pour s'éveiller à ceux des études au lycée du Mans. Les trois autres le rejoignent deux ans plus tard, et la carriole ne cahote plus guère dans les ornières des sapinières de Sanluc.

Aux promenades à quatre, au trot de Bellone et de Bucéphale, les quatre lycéens préfèrent les balades à deux, Adline-Pierre-Jacques, Mélie-Rosine-Lucas. Chaque couple découvre, à pied, ce que la charrette leur cachait : le plaisir de s'allonger dans l'herbe et de murmurer des fadaises qui ont la saveur de l'amour. Cette douce langueur qui amollit leurs corps et leurs âmes, Marie-Juliette et Luciole s'en réjouissent. Elles échafaudent des projets qui scellent leur amitié. Luciole se confie à grand-père ; il répond : « Plus tard, Luciole. Plus tard. D'abord les études. »

La cuisse engloutie, grand-père retrouve les enfants à leur retour à Sanluc avec, chacun, son bac et sa mention. Lucas, en taupe au lycée Saint-Louis à Paris, rêve d'entrer à l'agro. Les mamans espèrent que les vacances d'août et de septembre consolideront leurs désirs.

Les journées s'écoulent et les déçoivent. Les cachettes de la garenne et des sapinières n'accueillent plus les amoureux qui s'y donnaient rendez-vous. Adline se languit et Lucas s'enferme dans son manoir. Ils mettent sur leurs blessures de cœur le baume des vers de Musset et de Lamartine. Ils restent des heures à s'émouvoir de la tristesse de leur visage qu'ils scrutent dans le miroir des eaux de l'étang des Corfontaine. Ils ont parfois la tentation de s'y engloutir. Ils se murent dans un silence pathétique lorsque Marie-Juliette les interroge, avec la tendresse et les tourments d'une mère. Lucas apprend qu'il est admis à l'agro de Montpellier. Dans le secret de son cœur, il souhaite que ses parents et sa sœur l'accompagnent en Languedoc et ne retournent jamais dans le manoir des Corfontaine.

Pierre-Jacques et Mélie-Rosine ne cachent pas leur joie de partager, en jumeaux inséparables, les plaisirs des vacances. Ils redécouvrent, avec Bellone et Bucéphale, tous les sentiers que Phoibos les aidait à découvrir. Le soir, les chevaux couverts d'écume les ramènent dans la maison de grand-père, exténués. Ils sont si heureux, malgré leur fatigue, que maman les écoute, ravie, et garde pour elle son inquiétude. Grand-père et grand-mère ne cachent pas la leur, mais Luciole s'obstine à trouver normal que ses jumeaux prennent leurs plaisirs ensemble, eux qui n'ont jamais été séparés. Elle fait confiance au temps pour relâcher des liens que papa et grand-mère jugent trop étroits.

A la fin de leurs vacances, les jumeaux décidèrent de faire galoper Bucéphale et Bellone jusqu'aux chênes de la forêt de Bercé. Ils choisirent le plus beau et creusèrent dans son écorce, jusqu'à l'aubier, deux cœurs. Mélie-Rosine grava à l'intérieur du sien le nom de son frère, et Pierre-Jacques grava le nom de sa sœur à l'intérieur du sien. Ils restèrent longtemps silencieux, chacun n'osant dire à l'autre ce qui l'avait poussé jusqu'à cette forêt, vers ce chêne pour y creuser un cœur.

C'est Mélie-Rosine qui osa :

— Pierre-Jacques, dans ce cœur j'ai gravé ton nom. Tu graveras le nom de la femme de ta vie, comme maman l'a fait pour Agatos.

— Et toi, a répondu vivement Pierre-Jacques, dans ce cœur où j'ai gravé ton nom, tu graveras le nom de l'homme de ta vie.

Ils se regardèrent, troublés par l'audace de leurs confidences. C'est encore Mélie-Rosine qui osa aller au bout de ses aveux :

— Pierre-Jacques, si je n'écoute que mon cœur, l'homme de ma vie, c'est toi. Toutes les qualités que je voudrais qu'il ait, tu les as. J'ai cru que Lucas les avait aussi, mais mon cœur m'a ouvert les yeux. Pierre-Jacques, ma raison me ramène à la dure réalité : tu es mon frère.

— La femme de ma vie, c'est toi. Adline, j'ai cru qu'elle l'était, mais mon cœur, comme le tien, m'a ouvert les yeux. Comme toi, ma raison me répète sans cesse : Mélie-Rosine est ta sœur.

Ils firent serment de s'enfermer à jamais chacun dans son cœur gravé dans l'écorce du chêne.

Ce n'est que longtemps après que Mélie-Rosine révéla à grand-père les promesses de ses dix-sept ans. Ni elle ni son frère n'avait gravé un autre nom dans l'écorce du chêne.

Et si, vingt ans après, Mélie-Rosine n'était à Paris que pour en revenir avec l'homme de sa vie ? L'espoir que grand-père sent renaître ajoute du bonheur aux saveurs du saint-émilion.

Grand-père retourne vers les dix-sept ans de Mélie-Rosine et renifle sur son fromage de bique les arômes d'autrefois. Luciole, pourtant si indulgente, s'inquiète enfin du comportement de ses jumeaux. Ils ne vont plus au manoir des Corfontaine, ils n'invitent plus Lucas et Adline, ils s'enferment dans la chambre de Mélie-Rosine ou dans celle de Pierre-Jacques. Ils ne disent jamais d'où leur chevauchée les ramène quand, fourbus, ils s'effondrent sur leur lit. Ils bavardent et se taisent dès que maman s'approche…

— Papa, il faut les séparer, sinon ils vont faire des bêtises.

Des bêtises ! Grand-père songe aux vingt ans de Luciole, au théâtre de l'Odéon où se joue *Œdipe*, à la phrase de Luciole et à ses larmes : « Œdipe ignorait que Jocaste était sa mère, mais moi je sais que tu es mon père. »

Grand-père revient vers sa fille.

— Luciole, tes jumeaux sont lucides et le resteront. Comme toi.

— Je le crois, mais il faut les séparer, a insisté Luciole.

A la fin de leurs vacances, les jumeaux furent heureux d'apprendre que leur mère les accompagnait à Paris et qu'elle resterait avec eux pendant toute la durée de leurs études. Pierre-Jacques occuperait le studio qui fut celui de maman. Mélie-Rosine resterait avec maman dans l'appartement de grand-père.

Les études ? Mélie-Rosine voulait faire celles de maman et réussir, comme elle. D'abord, la khâgne de Louis-le-Grand, puis Normale supérieure avec, à la sortie, l'agrégation de philosophie. A Pierre-Jacques qui rêvait de porter l'uniforme de polytechnicien et d'être le porte-drapeau de l'école au défilé du 14 juillet, sur les Champs-Élysées, maman conseilla la taupe de Saint-Louis.

Luciole avait réussi, avec leur accord, à séparer les jumeaux. Elle n'eut jamais à le regretter. Pendant toute la durée de leurs études, elle craignit moins les tentations de l'inceste que l'échec aux examens. Comme maman, ils restèrent lucides et furent de bons élèves. Mélie-Rosine entra à Normale et Pierre-Jacques à Polytechnique.

Les dernières clameurs désertant les terrains de sport rappellent à grand-père qu'il n'est plus dans les années 70-80, mais que, ce 3 avril 1997, au pied du châtaignier, seule sa mémoire l'y a ramené. Un brouillard léger voile les herbes de l'étang et les premières lumières du manoir. Les feuilles du châtaignier frissonnent au souffle d'un vent glacé. Grand-père s'obstine à rester avec ses souvenirs, mais sa mémoire s'engourdit, comme si le froid qui le pénètre la pénétrait aussi. Grand-père espère qu'un troisième verre de saint-émilion le tiendra éveillé, mais les souvenirs, eux, se sont endormis. Ces années 70-80 qu'il voulait tant revivre avec les jumeaux et leur maman, à Paris, avec Lucas, Adline et leurs parents, à Montpellier, il ne peut plus les réveiller. Seul le présent résiste au sommeil et lui rappelle que Mélie-Rosine est à Paris.

Grand-père s'entend murmurer :

— Reviens vite, ma petite-fille... Reviens vite me dire que tu es heureuse... Reviens vite... Mélie-Rosine... Reviens... Vite... Reviens...

François, le régisseur du domaine des Corfontaine, achève sa tournée sur les terrains de sport en inspecteur soucieux que tout y soit en ordre avant la nuit, lorsqu'il entend des ronflements dans le bosquet des châtaigniers. Il y accourt, intrigué. Ce qu'il découvre le rassure. Monsieur Pierre, musette vide sur le ventre, une bouteille entre les jambes, un verre à la main, ronfle, endormi dans un sommeil profond.

François, doucement, le réveille.

— Monsieur Pierre, il est tard. Il faut rentrer chez vous.

Grand-père essaie de se lever, mais ses vieilles jambes le trahissent.

— Restez ici, monsieur Pierre. Je vais chercher l'auto. Je vous ramène chez vous.

François, comme tout Sanluc, admire et respecte monsieur Pierre. C'est grâce à la recommandation du professeur qu'il a gardé son emploi lorsque Garbois a acheté le manoir. Jamais François ne l'a oublié. Il est maintenant fonctionnaire municipal et davantage gardien que régisseur. Seul l'étang le maintient dans ses anciennes fonctions. Le 30 mars, on a vidé l'étang et vendu le poisson comme tous les cinq ans. François s'est étonné que monsieur Pierre ne soit pas venu au manoir assister au spectacle. Il craignait que monsieur Pierre soit malade. Il est heureux de le revoir, même endormi, dans le bosquet des châtaigniers.

L'auto démarre. Dans la maison de grand-père, Maria attend, livide. Elle ne cache ni son angoisse ni ses reproches.

— Est-ce raisonnable, monsieur Pierre ?

— Non, Maria, ce n'est pas raisonnable. Je me suis endormi. Je vais vite dans ma chambre car je tombe de sommeil.

— Écoutez-moi, monsieur Pierre. Ce que j'ai à vous dire est grave.

— Je vous écoute, Maria.

François l'aide à s'asseoir dans le fauteuil, près de la cheminée. Grand-père remercie Maria d'y avoir allumé le feu et tend ses mains glacées vers les flammes. Maria le secoue pour s'assurer qu'il ne s'endort pas.

— Mélie-Rosine est revenue à Sanluc. Elle voulait vous voir. Elle est repartie à Paris très inquiète.

Grand-père sursaute.

— Quoi ? Mélie-Rosine est revenue ?

— Oui. L'enfant de la maison forestière est au plus mal... L'interne a alerté Mélie-Rosine... Carlos a voulu examiner l'enfant... Mon fils et Mélie-Rosine l'ont vu cet après-midi. Ils sont repartis avec lui... L'enfant est hospitalisé à Necker dans le service de Carlos... Il espère le sauver... Mélie-Rosine reviendra avec l'enfant dès qu'il sera hors de danger...

L'émotion empêche Maria de contrôler le débit de ses paroles. Les mots se bousculent dans sa bouche et grand-père reçoit chacun d'eux comme un choc au cœur.

— Maria, je suis trop fatigué pour téléphoner à Mélie-Rosine. Faites-le à ma place. Dites-lui que je suis allé jusqu'au manoir et que je me suis endormi dans le bosquet. Dites-lui, pour la rassurer, que c'est François qui m'a ramené... Dites-lui aussi que j'ai confiance... Son enfant malade est entre de bonnes mains... A eux deux, ils sauront le guérir... Dites encore à ma petite-fille que je l'aime, que je l'admire et que je regrette de l'avoir inquiétée.

François aide monsieur Pierre à quitter le fauteuil et à regagner sa chambre.

Maria essaie, vainement, d'avoir Mélie-Rosine au téléphone. Quand elle vient l'annoncer à monsieur Pierre, elle le trouve étendu sur le lit, tout habillé. Il dort avec sa canne.

8

Aux premières lueurs de l'aube, Mélie-Rosine réveille grand-père. Il prend le téléphone et l'écoute. Elle a vécu une nuit blanche au chevet de son enfant malade, partagée entre l'angoisse et l'espoir. Carlos, auprès d'eux toute la nuit, penche pour l'espoir, mais un espoir si timide qu'il n'ose le faire partager. Mélie-Rosine ne reverra grand-père et ses autres malades que lorsque Carlos lui dira que l'enfant est sauvé.

Grand-père attend les reproches de sa petite-fille, mais elle ne lui reproche rien. L'enfant que Carlos arrache à la mort l'accapare tout entière. Elle n'a de cœur, de pensée que pour lui.

Grand-père n'ose lui demander si Carlos ne la retient qu'à l'hôpital. Il sait que les vacances de Mélie-Rosine ne seront qu'attente angoissée au chevet de l'enfant. Elle veut, vite, y retourner et supplie grand-père de ne plus oublier son portable.

C'est enfin le reproche que grand-père attendait. Il promet de ne plus jamais l'oublier, mais l'oreille de sa petite-fille n'est déjà plus là.

A nouveau, la sonnerie. C'est Sylvie. Elle voudrait que Pierre vienne vite. Elle a des soucis.

Pierre promet et rassemble ses forces pour sortir de son lit. Il ne s'étonne pas d'y avoir dormi tout habillé et d'y trouver sa canne. Il veut sans tarder entrer dans la chambre de Mélie, s'asseoir dans son fauteuil, lui dire que Mélie-Rosine...

La voix de la Mélie le presse à partir.

— Sylvie t'attend, Pierre. Cours-y vite, si tu as encore de bonnes jambes.

Sa canne l'aide à les retrouver sur le chemin des sapinières. La brise froide du matin emporte avec elle les dernières brumes du sommeil qui l'engourdissaient encore. Il tâte le téléphone, dans sa musette, et aussi la bouteille de saint-émilion. Il claudique moins douloureusement qu'il ne le craignait, et savoir Sylvie inquiète le force à marcher plus vite. Il voudrait ne venir chez elle que pour lui faire partager sa joie de la retrouver après tant d'années.

Grand-père accroche son regard sur tout ce qui lui rappelle sa jeunesse. Ce chemin où claudiquent ses quatre-vingt-quatre ans a les mêmes ornières, les mêmes bruyères, les mêmes ajoncs, les mêmes genêts que du temps où y gambadaient les douze ans du pitaud. Avril y fait épanouir les mêmes fleurs et débourrer les mêmes feuilles. Et le vieux cœur du professeur ressent les mêmes émois que le pitaud des Freiquin quand son cœur était jeune et sa marche légère.

Pierre s'accote au parapet du pont-aux-chèvres et attend que ce vieux cœur batte moins vite avant de reprendre sa marche. Il voudrait abandonner sa canne et courir vers Sylvie, quand il l'aperçoit, penchée sur son âne. Mais les douleurs lui rappellent son âge et sa folie d'hier. C'est Sylvie qui abandonne son âne et avance, cassée, vers lui. C'est Sylvie qui tend vers lui son pauvre visage ridé que l'angoisse a cruellement vieilli.

— Pierre, mon âne va mourir. Il est là, couché dans la cour, et il ne veut plus se relever. Il ferme les yeux et ne bouge pas ses oreilles quand je lui parle.

L'âne ne les a pas bougées quand Pierre l'a caressé. Il est resté couché quand il a voulu qu'il se lève pour trouver, dans son écurie, la paille fraîche de sa litière et une mangeoire garnie.

— Sylvie, j'appelle le vétérinaire. Ton âne ne veut pas mourir, mais il est grand temps que son médecin le soigne.

Les poules, intriguées par cet intrus qui s'obstine à paresser là où elles picorent, becquètent les poils du dormeur.

Du sabot, Sylvie les chasse.

— Toi, Pierre, va boire ton café. S'il est froid, tu rallumes sous la cafetière.

Pierre boit son café, met une bûche sur les landiers, et les flammes qui agonisaient reprennent vie. Elles éclairent la pièce. Pierre n'est pas surpris que tout y soit en ordre. Maria, la veille, est venue en cuisinière et en femme de ménage. Mais serait-elle venue, aussi, en bibliothécaire ? Tous les livres de Luciole sont rangés sur la table.

Quand Pierre revient vers Sylvie, elle parle si tendrement à son âne qu'il se contente de lui dire que le café était encore chaud et que le feu n'était pas éteint.

Au téléphone, le vétérinaire répond, avec une belle voix de jeune femme, qu'il sera là dans moins d'une heure.

— Reste auprès de Baptiste, Sylvie. Moi, je m'occupe des biques, du bouc et des lapins.

Pierre donne aux chèvres de lourdes brassées de trèfle rouge. Elles le remercient avec des hochements de tête. Les biquets tètent goulûment en remuant la queue, de la gauche à la droite, à une cadence de plus en plus rapide. Pierre redevient le pitaud des Freiquin. Les biquets de 1997 comme ceux de 1925 ont les mêmes mouvements de queue qui remercient leur mère.

L'auto du vétérinaire chasse les poules effrayées. Une jeune femme en descend. Elle est penchée sur l'âne avant que les deux vieux aient le temps de l'accueillir. Sa féminité n'est que dans ses cheveux, une longue queue de cheval dont les boucles blondes caressent ses épaules. Un vétérinaire homme s'habille et se chausse comme elle.

Son regard scrute l'âne comme celui de Mélie-Rosine scrute ses malades. Leurs deux regards brillent d'une même passion, celle de guérir.

— Il a quel âge, votre âne, Sylvie ?

— Trente ans. Peut-être plus.

— Et vous croyez, Sylvie, qu'il n'a pas le droit à la retraite ?

— Mais j'ai besoin de mon Baptiste...

— Il vous faut un autre âne, Sylvie. Celui-là, il ne veut pas mourir mais il veut se reposer. Je vais vous le remettre sur pieds, mais promettez-moi de ne plus lui faire tirer la charrette jusqu'à Garbois. Ni même ailleurs. La charrette, c'est fini.

Une première piqûre et Baptiste ouvre les yeux, remue les oreilles. Une seconde piqûre, et tout son corps se réveille.

La jeune femme l'aide à se relever et l'accompagne jusqu'à l'écurie avec la tendresse d'une mère qui encourage les premiers pas d'un enfant. Elle revient vers les deux vieux qui, eux, n'ont pas bougé.

— C'est promis, Sylvie ? Baptiste mérite une retraite heureuse. Il vivra, longtemps encore, mais il lui faut un enclos. Il y marchera juste ce qu'il faut pour ne pas devenir grabataire. Je viendrai le voir. A bientôt.

Elle est déjà dans l'auto lorsque Pierre lui demande :

— Vous connaissez le docteur Mélie-Rosine, ma petite-fille ?

— Oui. Nous sommes amies. Nous avons fait nos études ensemble. Elle, à Paris, moi à Maisons-Alfort. Moi pour apprendre à soigner les bêtes, elle pour apprendre à soigner les gens. Pierre-Jacques, son frère, est aussi mon ami.

Après un long silence, elle ajoute :

— Monsieur Forelli-Alban, ne laissez pas Sylvie seule avec son âne. Elle a du chagrin.

Son sourire, quand elle lui dit « au revoir », c'est le sourire de Mélie-Rosine. Peut-être cache-t-il un secret ?

Songeur, Pierre s'attarde sur ce « peut-être », mais le braiment de l'âne le rappelle au présent : dans l'écurie, Sylvie embrasse Baptiste en pleurant.

— Viens, Sylvie. Viens choisir l'enclos où Baptiste prendra sa retraite.

Sylvie suit son pitaud, comme autrefois, lorsqu'il l'accompagnait, après la classe, jusqu'au pont-aux-chèvres. Sa main est dans la sienne. Comme autrefois.

— Tu crois qu'il sera heureux dans son enclos, mon Baptiste ? Le marché de Garbois, la charrue, les charretées, tu crois que ça ne va pas lui manquer ? Tu crois qu'à ne plus rien faire, il va vivre une retraite heureuse ?

— Sylvie, son bonheur d'âne, ce n'est pas de travailler mais d'avoir une bonne patronne. Tu l'as toujours été. Tu le seras plus encore. Ton Baptiste ne regrettera ni Garbois, ni la charrue, ni les charretées si, chaque jour, tu lui rends visite.

— J'y viendrai, Pierre. J'y viendrai chaque jour. Et même plusieurs fois... Mais je ne suis pas à la retraite, moi. Le marché, les bêtes, les champs, qui va m'aider ?

— Moi.
— Toi ?
— Oui, Sylvie.
— Je ferai avec toi ce que je faisais avec Baptiste ?
— Oui, mais je ne serai pas ton âne.

Un sourire naît sur le visage de Sylvie. Elle s'accroche à la promesse de son pitaud comme à une bouée de sauvetage. L'avenir qu'elle redoutait noir comme un ciel de décembre prend la couleur d'azur de ce matin d'avril.

— Toi, tu es trop savant pour remplacer mon âne. Mais qui le remplacera ?

— Jeudi, c'est le coconnier. Il viendra t'acheter ce que tu vends à Garbois.

— Il n'aura guère à prendre. Les biquets boivent tout le lait de mes biques. Je n'ai plus de fromages. Mes lapins et mes poules, je n'ai pas le cœur de les vendre. Il ne reste que les œufs.

— Le coconnier t'achètera les œufs.

— Il viendra tous les jeudis, le coconnier ? Comme mon âne, je n'irai plus à Garbois ?

— Tu feras ton marché, tous les jeudis, comme avant.

— C'est toi qui tireras la charrette ?
— Ça, Sylvie, c'est mon affaire.

Sylvie regarde son pitaud. Il a son air mystérieux d'autrefois quand il lui réservait une surprise. Elle ne le questionne pas. Elle est confiante. Le soleil d'avril qui réveille tout ce qui vole et chante, ces arbres qui débourrent leurs feuilles et leurs fleurs, tout ce qui se guérit des blessures de l'hiver ne peut laisser Sylvie seule avec les siennes. Son printemps à elle, c'est son pitaud. Elle s'appuie sur son bras.

— Viens. Allons choisir l'enclos de mon Baptiste.

A la prairie de deux journaux qui n'a que l'ombre du tilleul, ils préfèrent celle d'un seul journal entourée d'une haie d'ormes et de noisetiers.

— Nous lui construirons sa maison avec les planches de nos sapins. Ton Baptiste y aura sa litière de paille et sa mangeoire.

Sylvie s'émeut de la délicatesse de ce « nous ». Pierre a, seul, les moyens d'offrir à Baptiste sa maison de retraite. Mais c'est Sylvie, toute seule, qui la lui offrira.

La hantise d'abandonner ses champs à la friche la tenaille à nouveau lorsqu'elle trébuche dans les ronces qui rampent entre les porelles, les chenillées, les chiendents et les arrête-bœuf.

— Regarde ce désastre, Pierre. Rien n'est labouré. Baptiste ne voulait plus tirer la charrue. Huit journaux rongés par toute cette vermine. L'orge et l'avoine, c'est en mars qu'on les sème et, en avril, il est grand temps de mettre en terre les graines de lisette et les pépins de citrouille. De piquer aussi les truffles et les choux-moelle.

C'est à dessein qu'elle a dit « piquer » pour « planter » et « truffles » pour « pommes de terre ». Elle veut parler à son pitaud comme ils se parlaient quand ils avaient douze ans.

— Sylvie, tes champs seront labourés, l'orge et l'avoine semées, les choux-moelle et les truffles piquées, les graines de lisette et les pépins de citrouille en terre. Demain, je vois Simon Dorville. Ses hommes viendront avec leur matériel, les semences et les plants. Tout sera fait avant dimanche. Et les truffles seront rechaussées, l'avoine et l'orge tallées, les lisettes éclaircies quand il le faudra.

C'est à dessein qu'il a dit « rechaussées » pour « buttées ». Lui aussi veut parler à Sylvie comme ils se parlaient en 1925.

Sylvie serre plus fortement la main de son pitaud. L'émotion étrangle sa voix quand elle lui dit merci.

Cette retraite qu'elle redoute tant, Pierre sait la lui faire accepter comme une promesse de bonheur.

— Ma sapinière n'a besoin de personne, mais elle sera heureuse de te revoir. Viens.

Elle l'entraîne vers les sapins de maman Meudon.

— Elle les avait semés bien avant que je sois née. Je n'ai jamais voulu qu'un bûcheron les abatte. Ils sont centenaires mais ils se portent bien, regarde-les.

Sylvie se redresse, avec une grimace, mais son regard n'exprime que de la joie.

— Ça fait soixante-quatre ans qu'ils t'attendent. Comme moi, ils ne voulaient pas mourir sans t'avoir revu.

Sylvie voudrait s'asseoir dans la bruyère, comme autrefois. Pierre aussi. La crainte de ne se relever qu'au prix d'humiliantes maladresses les en empêche. Ils rient de leurs misères, et le bonheur d'être ensemble redonne sa jeunesse à leur cœur.

Sylvie choisit le sapin le plus robuste et s'appuie à son tronc. Elle se recueille, ferme les yeux et récite, avec la ferveur d'une nonne qui chante un cantique :

Quel bonheur de marcher, solitaire, en ces bois

De trébucher ses pas sur les ronces rampantes
De surprendre le faon et la biche aux abois

Leur nez dans le ruisseau et leur œil sur la sente.

La futaie abandonne ses parfums à la brise
Dans la bruyère en fleur folâtrent les lapins.

Parfois un rameau sec se détache et se brise
Et l'écureuil grignote aux cimes des sapins.

La voix qui récite, c'est la voix de Sylvie quand elle avait douze ans. Le sapin où elle s'appuie, c'est le sapin de leurs douze ans. Et le vieillard qui écoute, c'est les douze ans du pitaud qui s'appuient sur sa canne.

Forelli-Alban, professeur émérite à la Sorbonne, prend la relève du pitaud et murmure pour donner une excuse au rimailleur : « J'étais un enfant. »

Le professeur accorde un sourire indulgent au poète mais la mémoire et la diction sont dignes du tableau d'honneur.

— Tu te souviens, Sylvie, et moi j'ai oublié.

Sylvie regarde Pierre, mais c'est les douze ans du poète qu'elle revoit, et ce que le vieillard lui dit, avec des mots qui ont le rythme d'un alexandrin, elle ne l'entend pas.

Elle ferme, à nouveau, les yeux, accote tout son corps au tronc du sapin et récite, avec la même ferveur :

Unis dans le malheur par un destin cruel
Pauvres pitauds perdus en ce monde sans âme
Nous écrirons tous deux le poème immortel
De nos peines de cœur, de nos blessures d'âme.

Le professeur se souvient. La mélancolie d'un ciel d'automne lui avait inspiré ces vers. Il les écoute avec l'indulgence d'un grand-père que la voix de Sylvie ramène chez les Freiquin.

— Pierre, ce poème immortel, nous ne l'avons jamais écrit. Toi, tu as guéri ailleurs tes peines de cœur et tes blessures d'âme. Moi, je suis restée ici, avec elles, et elles n'ont jamais guéri.

Sylvie ne veut pas que le ciel si bleu de ce matin d'avril soit assombri par des regrets.

— Mais il n'est pas trop tard pour l'écrire, ce poème, puisque tu es revenu.

Pierre lui répond qu'il n'est pas un poète, mais Sylvie ne l'entend pas. Elle l'entraîne vers d'autres souvenirs et, dans sa hâte, elle oublie la main de son pitaud et le laisse, seul, claudiquer avec sa canne.

— Regarde mes pommiers et mon poirier. Ils ne te rappellent rien ?

— Si. Les pommes de gros-yeux, celles qui sont mûres en juin et que nous croquions avec gourmandise car c'était les premières. Et aussi les poires vertes-longues, si juteuses et si fondantes. Elles aussi étaient mûres avant toutes les autres. Mais la gros-yeux comme la verte-longue, ça n'existe plus.

— Si, Pierre. Ça existe encore. Chez moi. Ces arbres-là, c'est moi qui les ai plantés et greffés. J'avais trente ans. Ils ne sont plus jeunes. Mais regarde-les, tous fleuris. Eux ne sont pas comme Baptiste. Ils refusent la retraite.

Elle secoue son pitaud qui ne dit mot. Il est retourné dans son passé.

— Pierre, des pommiers comme ceux-là, on n'en voit plus. On les a laissés mourir, couverts de gui, dans leurs champs. Ils sont morts d'ennui. Ils ne servaient plus à rien. On ne ramassait plus leurs pommes qui pourrissaient sous eux. Dans les fermes d'aujourd'hui, on ne fait plus de cidre. On a des vergers, comme chez Simon Dorville. Les arbres y sont alignés comme des ceps de vigne. La main et le bras suffisent pour cueillir, jusque dans les plus hautes branches, la Luciole et la Dorville.

Malgré les secousses de Sylvie, le pitaud reste muet, enfermé dans son passé.

— Moi, je les ramasse encore mes pommes et je fais mon cidre. Mais, puisque tu me mets à la retraite, comme Baptiste, qui le fera, mon cidre ?

Pierre revient dans son présent.

— Moi.

— Toi ? Tu as encore la force de mouliner les pommes ?

— Tu m'aideras. A deux, on tournera la manivelle.

— Et tu sauras faire pisser le pressoir ?

— A deux, on y arrivera.

Sylvie voit le pitaud gaulant les pommiers et elle remplissant les paniers.

— Je n'ai qu'un tonneau.

— Tu en auras autant qu'il faut et ton cidre ne virera plus à l'aigre. Le Freiquin m'a appris à en faire du bon.

Cette matinée d'avril n'ensoleille pas que les arbres ; c'est aussi le vieux cœur de Sylvie qu'il réchauffe.

— Viens voir mon cerisier. Il sera heureux de faire ta connaissance.

Le cerisier, c'est d'autres souvenirs qui remontent à la mémoire. En juin, maman Meudon vendait ses guignes sur le marché de Garbois. Elles étaient dodues, sucrées, rouges comme des rubis. Elles attiraient la gourmandise des enfants et les sourires des ménagères.

Chez maman Meudon, l'arbre était respecté. On ne cassait pas les branches du cerisier pour cueillir ses fruits sans l'aide d'une échelle. Mais Sylvie grimpait à l'arbre, accrochait son panier à une grosse branche et se hissait jusqu'à la cime où l'attiraient les plus beaux fruits. Les risques ne l'effrayaient pas. Jamais Sylvie n'a chuté.

Sylvie espère que Pierre se souviendra. Lui, appuyé sur sa canne, elle, bien droite malgré ce dos qui peine à se redresser, regardent le cerisier et ses branches lourdement chargées de feuilles et de fleurs. Sylvie guette sur le visage de Pierre le signe qu'elle attend.

— Tu te souviens, pitaud ?

Et elle entend, heureuse.

— Oui, pitaude, je me souviens.

C'était en 1925. Un jeudi. Les deux pitauds s'en vont cueillir des mûres, l'un pour les confitures de la Freiquin, l'autre, pour celles de maman Meudon. C'est sans surprise qu'ils se rencontrent au pont-aux-chèvres. La veille, à la sortie de classe, ils s'y étaient donné rendez-vous.

— Pierre, mon cerisier est plein de cerises. Viens en cueillir avec moi ; maman Meudon, quand elle reviendra du marché de Garbois, sera contente que je ne sois pas toute seule dans l'arbre. Elle a toujours peur que je tombe.

Ils grimpent à l'arbre, remplissent les paniers, se barbouillent avec les guignes qu'ils dévorent. La fille se veut plus leste et plus hardie que le garçon. Pierre, assis sur une grosse branche, hésite à prendre des risques. Sylvie, libérée du regard de maman Meudon, les affronte hardiment. Elle se hisse jusqu'à la cime, comme à un mât de cocagne, robe relevée jusqu'à la taille. Le pitaud n'a d'yeux que pour les cuisses et la petite culotte. Sylvie s'en aperçoit et en est si troublée que ses mains lâchent prise et que ses jambes, seules, la retiennent, tête en bas et robe sur le visage. Le pitaud s'affole et grimpe. Il retient Sylvie dans ses bras et l'aide à glisser sa robe jusqu'aux mollets. Ils redescendent, s'assoient sur la branche où Pierre était assis. Corps contre corps, joue contre joue, ils voudraient que plus rien, jamais, ne les sépare…

Maman Meudon arrive, les voit, nichés dans l'arbre, comme deux pigeons.

— Sylvie, viens dételer Baptiste.

Revenue sur terre, Sylvie dételle l'âne et l'accompagne vers son écurie.

Maman Meudon attend, au pied du cerisier, que Pierre en soit descendu.

— Toi, petit polisson, rentre chez toi.

Elle lui caresse le visage, ajoute à ses mûres celles cueillies par Sylvie et lui donne une barre de chocolat.

Pierre et Sylvie revivent, longtemps encore, cette douce langueur qui, ce jeudi de juin 1925, les retenait sur la branche.

— Je me souviens, Sylvie, murmure Pierre, enfin revenu vers sa canne et ses quatre-vingt-quatre ans.

Sylvie se souvient aussi et elle rougit.

— Sans toi, je serais morte.

Ses yeux se lèvent vers la cime du cerisier.

— Notre arbre a eu moins de chance. Tu n'as pu lui sauver la vie. Il pourrissait du tronc. Maman Meudon craignait que je l'escalade encore. Elle l'a fait abattre. Pour me consoler, elle en a planté un autre, à la même place. C'est celui-là. Ses guignes sont aussi belles.

Elle ajoute, avec une ironie qui masque mal ses regrets :

— Mais tu n'es jamais venu y cueillir des cerises et rabaisser ma robe.

Les cloches de Sanluc sonnent midi.

— Rentrons, Pierre. C'est l'heure du repas. Nos vieilles jambes ne peuvent plus grimper au cerisier, mais l'appétit reste solide.

Le chat les attend, somnolent sur la table, l'œil mi-clos sur un livre de Luciole.

— Va aux souris, fainéant. Aujourd'hui, ton couvert est dehors.

Le chat s'étire de l'avant, puis de l'arrière... La patronne le fait sortir plus vite avec son sabot au derrière.

— Ferme le bas de la porte, Pierre. C'est les poules, maintenant, qui vont entrer.

Pierre met le loquet à la demi-porte du bas et laisse ouverte l'autre aux rayons du soleil.

Le feu dans la cheminée sommeille sous la cendre.

— Pierre, jettes-y un fagot. Le feu, il est comme moi, il se ravive quand on s'occupe de lui.

Elle pense : « Toi, tu m'apportes un fagot de bonheur et mon cœur se rallume », mais elle se tait. Des phrases comme celle-là, même si elles disent le vrai, on les garde pour soi quand on a quatre-vingt-quatre ans.

Le feu se réveille. Ses hautes flammes blanches crépitent et dansent. Sylvie se réchauffe à la chaleur de son cœur.

— Maria nous a mijoté un civet de lièvre. Ça se déguste, elle m'a dit, avec du château-margaux 1970. Débouche la bouteille. On va trinquer à ma retraite et à celle de Baptiste.

Pierre débouche la bouteille, renifle et déguste lentement avec des soupirs satisfaits ce qu'il a versé religieusement dans les deux verres. Sylvie l'imite et s'amuse des mimiques de son pitaud qui boit le château-margaux 1970 avec le même cérémonial que le curé son vin de messe.

— On va trinquer aussi à nos vingt-sept ans, puisque c'est l'âge du château-margaux.

Ils vident leurs verres avec des rires et Sylvie deviendrait loquace si le civet ne l'appelait vers la cuisinière.

Ils en sont à la troisième tournée et à la dernière bouchée de civet lorsque Pierre, qui hésitait jusque-là, interroge :

— Sylvie, tous ces livres de Luciole, tu les as lus ?

— Oui, Pierre. C'est en 1970 que j'ai lu le premier. Il a l'âge du château-margaux. Je ne crois pas que Mélie-Rosine l'ait choisi par hasard. C'est elle qui a demandé à Maria que je dépose les livres de Luciole sur la table.

— Et qui t'a donné son premier livre ? ose demander Pierre.

— Je l'ai acheté chez le libraire, à Garbois. On ne voyait que lui dans sa vitrine. Je pourrais encore te réciter des pages entières par cœur. C'est beau ce qu'elle écrit, ta fille. C'est courageux aussi. Sublime, Agatos, Aroua, tous les personnages de Luciole ont une place dans mon cœur et ma mémoire. Ils y resteront toujours. Ils m'ont appris que sous le ciel d'Afrique des femmes vivent avec plus de souffrances qu'une pitaude sous le ciel sarthois.

— Elles y souffrent encore, Sylvie, et Luciole ne les abandonne pas.

— Et tu crois que les femmes de demain vivront dans un monde meilleur que celui de leurs mères ?

— Je le crois. Ce que Luciole a mis en marche, personne ne pourra l'arrêter.

Avec le fromage et le château-margaux, les curiosités de Sylvie s'enhardissent.

— En vingt-sept années, j'ai lu treize livres de Luciole. De toi, je n'en ai lu qu'un seul. Il est beau. Je t'y ai retrouvé. Lui aussi, je le connais par cœur. Mais pourquoi n'as-tu publié qu'un seul roman ?

— Parce que je ne suis pas un romancier.

Sylvie s'étonne.

— Tu as tous les diplômes. Tu es professeur. Et tu ne sais pas écrire ?

— Les études m'ont appris à écrire, et même à bien écrire. Toute ma vie, j'ai consacré à mes auteurs préférés des livres qui font autorité dans nos facultés de lettres. Mais écrire comme Balzac, Flaubert, Victor Hugo, Proust, Céline… c'est un don qu'on a en soi à la naissance. Ces écrivains-là écrivent des chefs-d'œuvre, même s'ils ne sont pas des universitaires.

— On peut être écrivain avec, pour tout bagage, un certificat d'études ?

— Oui, Sylvie. On peut être écrivain avec, pour tout bagage, un certificat d'études. Et même un grand écrivain.

— Tu en connais ?

— Oui, Sylvie.

Le professeur voudrait n'en citer qu'un seul, mais sa mémoire lui en propose une dizaine. Et ce nom que Sylvie attend, c'est le cœur de son pitaud qui le choisit.

— Sylvie, une pitaude avait ce don d'écrivain. C'est Marguerite Audoux. Elle était, comme toi, enfant de l'Assistance publique et, comme toi, fille de ferme. Elle n'avait, comme toi, que le certificat d'études. En 1910, elle a raconté sa vie de pitaude dans *Marie-Claire*. Un roman qui a obtenu le prix Femina.

Songeuse, Sylvie revient avec la cafetière.

— Pourquoi, après avoir écrit *Le Pitaud*, tu n'as pas écrit *La Pitaude* ?

— Mélie-Rosine m'a demandé de lui raconter l'enfance de son grand-père. Si elle te demande d'écrire celle d'une pitaude, je suis sûr que tu l'écriras.

— Je crois, Pierre, qu'il n'y a qu'une Marguerite Audoux.

Ils approchent leurs chaises de la cheminée et dégustent quelques guignes à l'eau-de-vie.

— En juin, tu viendras m'aider à cueillir celles du cerisier ?

— Oui, Sylvie. Mais tu tiendras l'échelle.

Ils regardent les bûches qui, lentement, se consument.

— Je reviendrai lundi, Sylvie. Les journaliers de Simon Dorville, j'espère qu'ils seront chez toi dès mercredi et qu'ils resteront toute la semaine. Il vaut mieux que ce soit toi, toute seule, qui les commandes.

Sylvie se tait. Sept jours à l'attendre. Toute sa vie elle l'a attendu, et ce lundi lui paraît si proche qu'il n'éveille aucune impatience. Lundi, elle l'attendra au pont-aux-chèvres. Il s'approchera avec sa canne, sa musette qu'il lui offrira comme un bouquet d'avril.

Pierre la met en bandoulière, sa musette, il la prend, sa canne, et il laisse à Sylvie le bouquet de bonheur de ce lundi 4 avril 1997.

Avant de partir, il regarde les cheveux blancs de Sylvie.

— Pourquoi ne portes-tu jamais de gouline ?

— Parce que les goulines, les femmes s'en coiffent quand elles ne vivent plus qu'avec leurs souvenirs. Moi, toute ma vie, je l'ai vécue d'espérance. Quand je remercierai la vie de m'avoir donné tout ce que j'espérais d'elle, je la porterai, la gouline.

9

Rentré chez lui, Pierre s'installe dans le fauteuil de la Mélie, prêt à y passer la nuit.

— Ne me raconte rien, Pierre. Tu es fatigué. Maria t'a préparé une soupe. Tu la réchauffes et tu vas au lit. La journée de demain sera encore lourde.

— Oui, Mélie. C'est raisonnable.

Mélie faisait la même soupe, autrefois, et seule Maria sait encore la faire. Brave Maria ! Elle a mis tout ce qu'il faut dans la cheminée. Pierre n'allume pas le feu. La soupe lui suffit.

Un dernier regard vers le ciel étoilé, une dernière écoute aux bruits d'une nuit d'avril qui annoncent un matin sans nuages, et Pierre est dans sa chambre quand le téléphone sonne. C'est Mélie-Rosine. Elle vit, avec Carlos, des heures d'angoisse au chevet de l'enfant. Les vingt-quatre prochaines heures seront décisives. La vie et la mort s'affrontent. Carlos ignore si la vie vaincra. Il met toute sa science à son service pour l'aider à vaincre. Mélie-Rosine ne reviendra que lorsque le destin aura donné son verdict. Elle téléphonera demain.

Dans sa chambre, avant de s'endormir, Pierre voudrait revivre les émotions de la journée. Tout ce que la Mélie a refusé d'entendre, il veut s'entendre le lui dire. Le sommeil le gagne avant qu'il ait récité les vers du pitaud et rabaissé la robe de Sylvie.

Il se réveille avant l'aurore. Maria, la veille, lui a préparé son petit déjeuner. Une simple tasse de café fort et brûlant. Le civet de lièvre et le château-margaux 1970 lui rappellent son âge. C'est pourtant tout guilleret qu'il prend sa canne, sa musette, son téléphone, et qu'il presse le pas vers ce qu'on appelait autrefois la ferme de maître Dorville.

Aucune odeur d'étable, d'écurie, de porcherie ne l'accueille. Simon Dorville, tôt levé, le regard sur l'écran de l'ordinateur, programme les travaux de la journée. Les cadres attendent, dans la salle de réunion, les instructions du patron. Chacun d'eux transmettra les siennes aux employés du secteur dont il est responsable.

Les terres des Dorville n'ont jamais cessé d'être cultivées. Pas un seul journal n'est abandonné à la friche, mais des activités nouvelles sont nées, programmées, chronométrées, contrôlées, avec la même minutie que celles des usines. En un tout autre jour, le professeur Forelli-Alban imaginerait des fermes dans vingt ans. Les usines de l'agriculture produiront-elles ce que nous mangeons comme Peugeot, Citroën et Renault produisent nos automobiles? Dans cette ferme-usine, Pierre n'interroge pas l'avenir. C'est une réponse au présent qu'il y vient chercher.

Le patron ne le fait pas attendre. Pierre lui épargne les routinières questions sur la santé et les affaires.

— Simon, Sylvie a besoin d'aide.

— Merci, grand-père, d'avoir songé à moi... Il faut l'aider en quoi, Sylvie?

— A cultiver ses terres. Son âne ne peut plus tirer ni la charrette, ni la charrue.

— Grand-père, les terres de Sylvie ne seront pas abandonnées. Tout ce qui doit être fait sera fait. Sans son âne.

Enfant, Simon, comme Mélie-Rosine, Pierre-Jacques, Lucas, Adline, a toujours appelé « grand-père » le professeur Forelli-Alban. Simon a quarante ans. Il est grand et robuste comme l'était Jacques Dorville, son père. Il a toutes les audaces d'un patron qui sait prévoir et organiser. Mais, devant le professeur Forelli-Alban, il reste l'enfant qui, avec respect et affection, lui dit « grand-père ». Et le grand-père oublie que le patron Simon Dorville n'est plus un enfant. Il ne lui dit pas « merci » mais, comme autrefois, il l'embrasse.

Simon appelle Victor. C'est son plus vieil employé. Il possédait une ferme de quarante journaux. Il les cultivait avec son cheval, sa charrue, sa brouette et la faux, comme autrefois. La modernité l'a chassé de ses terres, comme beaucoup d'autres. Simon Dorville les lui a achetées et lui a offert un emploi. Victor habite toujours sa maison, cultive son jardin. Il perçoit, chaque mois, un salaire, prend, chaque année, cinq semaines de congés payés, ce qui lui épargne les regrets de n'être plus à son compte.

— Victor, tu iras demain chez Sylvie. Elle a besoin d'aide. Il n'y a que toi qui sais encore travailler la terre comme autrefois. Tu feras pour Sylvie ce que tu ferais pour toi. Je compte sur toi, Victor.

— Vous pouvez y compter, monsieur Simon. Vous m'envoyez tout de suite chez elle ?

— Oui... En avril, la terre ne peut plus attendre. Prends ton auto et file chez Sylvie. Elle aussi ne peut plus attendre.

C'est encore le Simon enfant que le grand-père embrasse.

— Grand-père, l'âne de Sylvie prend sa retraite ?

— Oui, Simon. Sylvie lui a choisi un enclos mais il lui faut aussi un abri. Pour ça aussi, Sylvie a besoin d'aide.

— Grand-père, l'âne aura son abri dès cette semaine... J'appelle un spécialiste. Il viendra chez Sylvie avec son matériel. C'est vite monté. Tout est préfabriqué. Avant dimanche, l'âne aura son abri. Il sera même assez grand pour qu'il y invite un compagnon.

Simon voudrait prolonger l'entretien, mais les cadres s'impatientent et les téléphones sonnent.

— Grand-père, j'aimerais vous voir plus souvent. J'ai besoin de revivre avec vous l'heureux temps de nos promenades et de vos chansons.

Une dernière embrassade, et le patron suit sa secrétaire qui entre dans la salle de réunion les bras chargés de dossiers.

La faim tenaille Pierre lorsqu'il reprend sa route. Il n'a pas oublié de mettre le téléphone dans sa musette, mais le petit déjeuner de Maria est resté sur la table. Seul, le couteau n'est jamais absent. Il a sa place dans la poche du pantalon. Sa lame et son tire-bouchon savent ne jamais se faire oublier.

Pierre hésite. Retourner chez lui ou continuer jusqu'au bourg de Sanluc ? Les décisions de Simon l'ont mis en gaieté et, quand le cœur s'échauffe, il faut marcher longtemps pour en garder la chaleur. C'est donc vers le bourg que la canne de Pierre martèle la route. C'est là qu'il apaisera sa faim : le pain chez Henri, le boulanger, les rillettes chez Charles, le boucher-charcutier.

Charles, Henri, il les a connus gamins. Ils restent les seuls commerçants que Sanluc a retenus. Ils ont quarante-cinq ans. Charles n'attire pas le regard par sa taille, ni grande ni petite, par sa silhouette que l'embonpoint n'a pas encore alourdie, mais son visage émeut. Il a les rides profondes du mal-vivre et le sourire inquiet des timides qui ne deviennent bavards que lorsqu'ils ont bu. Charles ose alors des gaudrioles qui ne sont pas toujours de bon goût.

Henri, c'est le bellâtre dans toute sa suffisance. Il est grand et musclé. Il montre ses pectoraux et emprisonne ses fesses dans des jeans qui en accusent les rondeurs. Il a l'œil conquérant des coureurs de jupons, la mâchoire carnassière et le sourire béat des enjôleurs qui se croient irrésistibles.

Charles est boucher-charcutier comme l'était son père, mais il est interdit d'abattage. Ses viandes de bœuf, de veau, de mouton, de porc, c'est à l'abattoir de Garbois qu'il les choisit. Il ne saigne plus rien chez lui. Sauf, parfois, clandestinement, un veau, un mouton, un cochon.

Henri était mitron chez Gauthier, l'ancien maire de Sanluc, du temps du pitaud. Il a pris la succession. Son pain n'arrive pas tout cuit dans sa boutique. Il met du levain dans sa pâte, attend qu'elle lève, enfourne ses miches comme il a appris à le faire. Le four, c'est le mazout qui le chauffe. Henri ne se brûle plus les mains et le visage à la flamme des fagots. C'est le seul changement qu'il ait accepté. Dans les usines à pain, on le fabrique autrement. Henri ne veut que du vrai pain d'autrefois.

Le boucher-charcutier et le boulanger ont accepté, subi, refusé la modernité, mais ils ressemblent étrangement à ceux dont ils ont pris la relève. Les rumeurs d'autrefois colportaient dans tout Sanluc que le père de Charles était cocu et M. Gauthier un chaud lapin. Les rumeurs d'aujourd'hui attribuent les mêmes rôles à leurs successeurs. Charles est cocu et tout le village s'en amuse et le plaint car le chaud lapin qui le cocufie, c'est Henri, son meilleur ami.

Le vieil homme que la faim tenaille ne s'attarde guère chez Henri qui n'a que du vrai pain frais à lui offrir. C'est à Charles qu'il demande d'en recouvrir deux tranches d'une épaisse couche de rillettes.

— Il vous faut aussi un verre de cidre, monsieur Pierre.

— Volontiers, Charles. Si tu en as du bon.

— Il ne vaut pas celui des Freiquin. Maintenant, le cidre, on le fabrique en usine. Mais, celui-là, on le fait encore à la ferme, et avec des pommes. Je l'achète en bouteilles et il mousse comme du champagne.

De bonnes rillettes, du vrai pain, du cidre qui mousse, c'est une faim qui s'apaise et un cœur qui s'échauffe. C'est aussi la tête de Charles qui s'échauffe au troisième verre et l'incline à la gaudriole.

Il tend vers monsieur Pierre une saucisse longue et dodue :

— Une comme celle-là, Sylvie serait heureuse d'avoir la même dans son lit.

« Et toi, si tu avais la même dans ta culotte, tu ne serais pas cocu », pense monsieur Pierre. Mais pourquoi faire de la peine à un cocu qui ignore son infortune ?

Monsieur Pierre prend la saucisse, l'agite sous le nez du plaisantin :

— Sylvie n'aime la saucisse que dans son assiette. Tu m'en prépares deux belles pour lundi. Je viendrai les chercher. Nous les mangerons en tête à tête.

Brave Charles ! Tout Sanluc saura, bien avant lundi, que « monsieur Pierre a offert sa saucisse à Sylvie ».

Pierre s'en amuse en reprenant sa route, faim apaisée et cœur en fête. Sa marche n'éveille pas de regrets. Ces journaux de terre qui bordaient son chemin d'écolier et que la modernité cultive avec d'autres méthodes ne retiennent ni sa pensée ni sa mémoire. C'est ce que la modernité n'a pu détruire qui les retient. Le ciel si bleu de ce matin d'avril, c'est l'azur du ciel d'avril de ses douze ans. Ces blancs, ces roses si tendres qu'une gelée d'avril en flétrirait les corolles, ce sont les couleurs d'avril des pommiers, des cerisiers de son enfance. Toutes ces nuances de verts qui tapissent les hectares de maïs et de betteraves sucrières, les blés, les orges, les avoines, les haies qui les protégeaient, l'œil de l'écolier, autrefois, distinguait les mêmes. Les couleurs du ciel et de la terre résistent à la modernité, comme le cœur et la mémoire du pitaud refusent la vieillesse.

Sa joie, le vieil homme presse le pas pour l'offrir à Mélie comme un bouquet de toutes ces fleurs épanouies qui enchantent son regard. Rentré chez lui, il s'installe dans le fauteuil de la Mélie et il raconte...

On frappe à la porte. A ses cheveux blonds et son visage, Pierre reconnaît le vétérinaire, mais elle a troqué son austère tenue de la veille contre une robe printanière et des chaussures à talon. Elle se présente :

— Gaëlle Lenormand... Monsieur Forelli-Alban, je vous remercie d'avoir donné à Sylvie un bonheur qu'elle n'espérait plus. J'ai remis son âne sur ses quatre pattes, mais vous, le vieux corps de Sylvie, vous l'avez remis en jeunesse. Il faut la voir arpenter ses terres aux côtés de Victor...

Pierre l'écoute comme il écoute Mélie-Rosine quand elle fait irruption chez lui sans prévenir. C'est la même séduction de la voix, du regard, du sourire.

C'est aussi la séduction d'un prénom qu'il entend pour la première fois.

— J'allume le feu, Gaëlle. Lui aussi est heureux de vous accueillir.

Les flammes dansent et les bûches étincellent. Pierre invite Gaëlle à s'asseoir :

— Gaëlle est un joli prénom et vous le portez avec grâce.

Gaëlle accueille le compliment avec un sourire que le léger maquillage des lèvres et des paupières rend encore plus séduisant.

— C'est le prénom d'une Bigoudène aux yeux noirs. Mon père m'a donné ses cheveux de Normand.

Un rire léger ajoute du charme à sa voix.

— Je dis « donné » car il est chauve.

Ce rire et ces flammes qui dansent mettent le vieil homme en gaieté.

— Il est midi. C'est l'heure de mon whisky. A vous, Gaëlle, que vais-je offrir ?

— Rien, monsieur Forelli-Alban. Je vous emmène.

— Vous m'emmenez ? Chez Sylvie ?

Ce que Maria a mis la veille sur la table n'échappe pas au regard de Gaëlle.

— Ce beurre et ces confitures, c'est votre menu, ce midi ?

— Oui. J'y ajouterai un verre de pomerol.

Gaëlle s'efforce de prendre un air sévère.

— Mélie-Rosine vous gronderait. Elle vous dirait : « Grand-père, j'ai faim. Je n'ai envie ni de beurre ni de confitures, mais de coquillages et de poissons. Je t'emmène à La Dorade. » Que répondrait grand-père ?

— Il répondrait : « Je te suis. »

D'une voix murmurée comme s'il se parlait à lui-même :

— Mélie-Rosine a toujours mené son grand-père par le bout du nez et elle sait que j'aime les poissons de mer et les coquillages.

Gaëlle a repris sa voix caressante :

— Laissez-vous mener par le bout du nez, grand-père. Je vous invite à La Dorade.

— Mais... c'est au Mans !

— Notre table est retenue. Dans moins d'une heure nous y serons. Le chef vous attend. Il sait ce que vous aimez. Venez, grand-père.

Gaëlle lui laisse le temps de mettre le costume préféré de Mélie-Rosine. Il prend sa canne mais s'appuie au bras que lui offre Gaëlle. Elle l'aide à s'installer dans l'auto. Elle lui dit, avant de démarrer :

— Monsieur Forelli-Alban, je vous ai dit « grand-père », comme Mélie-Rosine.

Elle guette la réponse, et ce qu'elle entend lui réjouit le cœur :

— Puisque je vous obéis comme j'obéis à ma petite-fille, pour vous aussi je suis grand-père.

Son rire la libère de la crainte d'avoir eu trop d'audace.

— Merci, grand-père. Quand Mélie-Rosine sera de retour, ce sont vos deux petites-filles qui vous emmèneront à La Dorade.

Dans l'auto qui file sur la route des 24 Heures, grand-père songe à Mélie-Rosine et s'obstine à croire qu'elle reviendra bientôt avec l'enfant guéri. Gaëlle, le regard sur la route, devine les pensées de grand-père :

— Carlos guérira l'enfant. J'en suis sûre.

Au restaurant La Dorade, le chef accueille son vieil ami. Il sait ce qu'il aime. Il sait aussi que la jeune femme partage les mêmes goûts, qu'elle est vétérinaire et bretonne. Lui est d'Audierne, et elle de Fouesnant. Quand les bêtes et les gens leur permettent une escapade, c'est à La Dorade que le vétérinaire et le médecin viennent, le temps d'un repas, oublier leurs malades et les attentes de leur cœur. Le médecin, le chef l'a souvent reçue au bras du professeur, et il sait qu'elle est sa petite-fille.

Grand-père oublie rillettes, cidre et gaudrioles de Charles quand le chef lui propose les huîtres de Riec-sur-Belon, les crevettes roses d'Audierne, les oursins de Martigues et le turbot de Guilvinec.

— Quel vin préférez-vous, Gaëlle ? demande le professeur.

— Celui que vous choisirez, grand-père.

Le chef croyait que le professeur n'avait qu'une petite-fille. Les secrets de famille ne sont pas sur la carte.

— Je vous propose un meursault.

Gaëlle remercie d'un sourire. C'est ce bourgogne blanc qu'elle préfère quand les huîtres, les crevettes, les oursins, le turbot sont au menu.

Aux belons et aux crevettes, Gaëlle redevient bigoudène. Ses souvenirs d'enfance ajoutent la joie du cœur aux plaisirs de la bouche. C'est la plage de Cap Coz et les homards qu'on déniche dans leurs nids d'algues, à marée basse, au creux des rochers. C'est la brasse et le crawl, et Béatrice qui redonne confiance et courage quand on a bu la tasse. C'est Bruno qui la tient sur ses genoux, dans le vaurien, et lui apprend à diriger la voile pour voguer, sans désaler, dans la baie de Concarneau. C'est le pêcheur Corantin qui l'emmène, le soir, vers ses filets et ne revient au port qu'aux premières lueurs de l'aube. C'est Germaine, sa femme, qui vend ses rougets, ses soles et ses crevettes, debout devant son étal, sur la place de l'église de Fouesnant. C'est...

Pierre croit entendre Mélie-Rosine raconter ses souvenirs d'enfance...

Au meursault, qu'elle déguste en connaisseur, Gaëlle revient vers ses trente-sept ans. Grand-père revient, lui, vers Sylvie.

— Gaëlle, notre Sylvie est heureuse que son âne prenne sa retraite. Mais elle ? Croyez-vous qu'elle accepte, sans regrets, de ne plus conduire sa charrette, le jeudi, jusqu'au marché de Garbois ?

Gaëlle ose une réponse qu'elle voudrait rassurante.

— Victor aura, je l'espère, mission de l'y conduire.

Grand-père insiste :

— J'ai une autre solution en tête, mais il faut que vous m'aidiez.

Et Gaëlle, toute à la joie d'aider grand-père :

— Si c'est en mon pouvoir, mon aide vous est acquise.

Les oursins de Martigues n'éveillent aucun souvenir mais leurs saveurs prolongent leurs plaisirs. La gorgée de meursault affermit la volonté d'aider Sylvie à ne pas rester enfermée dans sa maison comme l'âne dans son enclos.

Grand-père donne une pause aux plaisirs de la table.

— Il faudrait que Sylvie continue à vendre ses œufs au marché de Garbois... Il faudrait qu'elle y aille le jeudi, même si elle n'a rien à vendre... Je la conduirais moi-même si j'avais un cheval et une carriole. Bellone et Bucéphale, les chevaux de mes jumeaux, ont achevé leur vie dans les prairies de Jacques Dorville. La carriole, Dieu seul sait où elle est !... Gaëlle, vous qui connaissez tous nos vieux paysans qui s'obstinent à cultiver leurs terres comme autrefois, savez-vous si l'un d'eux possède encore son cheval et sa carriole ?

Grand-père attend une réponse qui tarde à venir. Gaëlle déguste ses oursins. Elle se donne le temps de remercier de l'œil et des lèvres ce meursault d'une très bonne année. Et ce que grand-père espérait, il l'entend.

— Je peux vous aider, grand-père. La carriole, un vieux fermier a gardé la sienne. Elle est en bon état. Il sera heureux d'apprendre qu'elle est encore utile. Le cheval, c'est aussi le sien. Il est trop jeune pour le mettre à la retraite, mais il ne fait plus rien.

Elle sourit.

— Quinze ans, c'est le bon âge pour un cheval. Il n'est plus fougueux mais il aime encore, à défaut du galop, la marche et le trot. Il s'accommodera fort bien des lenteurs d'un vieux maître.

Gaëlle interrompt les remerciements de grand-père.

— Le cheval et la carriole seront chez vous dimanche, au plus tard. Peut-être samedi. Faites-en la surprise à Sylvie. Lundi, c'est avec votre canne et votre musette qu'elle vous attendra.

Le chef grille, devant eux, le turbot. Il dresse les assiettes, écoute, modeste, les compliments, et remplit les verres. Il s'apitoie sur les malheurs des pêcheurs de Guilvinec qui voient leurs chalutiers prendre leur retraite sans que de jeunes bateaux les remplacent. Gaëlle, c'est à Fouesnant qu'elle emmène grand-père dès que le chef retourne à sa cuisine. Elle prend plaisir à satisfaire les curiosités de grand-père. Il ne connaissait que le vétérinaire. Il voudrait aussi connaître Gaëlle, l'amie de Mélie-Rosine.

— Mon père est médecin à Fouesnant et ma mère pharmacienne. Comme à Sylvie, le mot « retraite » leur fait peur. Ils ont soixante-cinq ans, mais leurs malades et leurs petits-enfants les obligent à rester jeunes.

— Vous avez des frères, des sœurs ?

— J'ai un frère. Il est médecin à Brest. J'ai aussi deux nièces et un neveu, tous au collège, l'un en sixième, les filles en quatrième et en troisième. Leur père a quarante ans.

Gaëlle devine la pensée secrète de grand-père.

— Nous ne sommes pas jumeaux mais, comme Mélie-Rosine et Pierre-Jacques, nous nous téléphonons souvent.

Pierre-Jacques ! Enfin, Gaëlle a prononcé son nom. Grand-père le répète comme s'il l'invitait à leur table. Gaëlle l'y invite aussi avec un empressement qui réjouit le cœur de grand-père.

— Pierre-Jacques, c'est au bal des polytechniciens que Mélie-Rosine m'a présentée à lui. Il m'a demandé d'être sa cavalière. Il n'a dansé qu'avec moi. Sa carrure et ses deux mètres m'emprisonnaient dans une valse ou un tango, et cette prison-là, je n'ai pas osé lui dire que j'étais heureuse d'y être enfermée. Nous nous sommes revus. A Paris. A Garbois. Jamais à Fouesnant. Je le sentais heureux et malheureux. Il ne pouvait rester longtemps sans me voir. Il me téléphone encore de Kourou. De Houston. De Moscou. Mais je ne le vois guère.

Gaëlle s'efforce de sourire. Grand-père n'y voit que le masque d'une secrète souffrance. Il cherche les mots que Gaëlle aimerait entendre.

— Pierre-Jacques et Mélie-Rosine, je crois que les liens qui les attachent l'un à l'autre, peu à peu, se desserrent.

— Vous croyez, grand-père ?

— Je le crois, mais il faut les aider.

Gaëlle laisse parler son cœur.

— Pierre-Jacques m'a téléphoné ce matin. De Kourou. Il dirige une équipe qui mettra sur orbite, le 13 avril, la nouvelle fusée Ariane. Il voudrait que j'assiste à son lancement. C'est aussi pour vous dire cela que j'ai frappé à votre porte ce matin.

Les mots de Gaëlle ajoutent du bonheur dans l'assiette et le verre de grand-père. Il devine ce que Gaëlle n'ose lui demander.

— Vous voulez que je vous dise ce que vous devez faire ?

— Oui, grand-père.

Le turbot et le meursault ne retardent pas la réponse.

— Pierre-Jacques vous attend, Gaëlle. Ne le faites pas languir. Dès ce soir, dites-lui que la mise à feu de sa fusée se fera en votre présence.

La joie rayonne sur le visage de Gaëlle, étincelle dans ses yeux noirs, embue ceux de grand-père. Elle leur laisse déguster le turbot et une dernière gorgée de meursault, mais elle leur fait oublier qu'au menu, il y a aussi les crêpes.

— Rentrez vite à Garbois, Gaëlle.

Grand-père rassure le chef : le vétérinaire est appelé pour une urgence. Les couples attablés délaissent leurs assiettes et encouragent de leurs sourires cette jeune femme en robe printanière qui surveille la marche claudicante d'un vieil homme avec une tendresse d'amoureuse.

10

— Mélie, crois-tu que nos jumeaux resteront attachés, toute leur vie, comme le restent frères et sœurs siamois ?

Mélie ne répond pas.

Pierre, à nouveau, interroge :

— Crois-tu, Mélie, que Pierre-Jacques a une autre passion que ses vols dans l'espace ?

Pierre attend la réponse, si longtemps que les ténèbres ont envahi la chambre de Mélie quand il se réveille calé dans son fauteuil. Il a tenté vainement de résister, mais la réponse de Mélie il l'a trop longtemps attendue…

Simon Dorville, Victor, Sylvie, ses terres cultivées et son âne à l'abri, le cheval, la carriole, le bonheur de Gaëlle, La Dorade, ses coquillages, son turbot, son meursault, tout cela pesait lourd dans le corps et le cœur de grand-père. Il remercie Mélie d'avoir attendu son réveil pour lui répondre.

— Pierre, je suis ton passé, ta mémoire, mais l'avenir, il n'est plus en mon pouvoir de le connaître.

— Mélie, le passé éclaire parfois l'avenir.

— Le mien n'éclaire plus rien, mais le tien…

— Il n'éclaire qu'une espérance, Mélie. C'était une timide lueur, mais Gaëlle lui a donné de l'assurance.

— Va dans ta chambre avec notre passé, Pierre.

Demain éclairera peut-être notre espoir d'une lumière plus vive.

Dans sa chambre, c'est le passé qui tient Pierre éveillé. Le passé de Mélie-Rosine est sans mystère. A grand-père, elle n'a jamais caché un secret. Toutes ses joies, ses peines de cœur, elle les lui a confiées. Toutes ? Seul Carlos est un secret qu'elle n'a jamais confié à grand-père. Mélie-Rosine n'admirerait que la science et le savoir-faire du médecin Carlos ? N'est-ce pas une feinte qui masque d'autres sentiments ?

Grand-père est dans son lit, téléphone en main. Quand Mélie-Rosine l'appellera, ce sera pour lui dire que Carlos a sauvé l'enfant. Elle tarde à l'appeler, mais grand-père ne s'inquiète pas. Ses angoisses, Mélie-Rosine les lui épargne. Sa joie de ramener l'enfant guéri, elle la lui fera partager, sans retard.

Grand-père n'a jamais été le confident de Pierre-Jacques. Il n'est pas le grand-père à qui un petit-fils ouvre son cœur. Même quand ils chantaient, avec les « une-deux », leurs chansons d'écolier, Pierre-Jacques tenait la main de monsieur le professeur. Son admiration pour grand-père l'empêchait de le regarder avec des yeux de petit-fils. A Mélie, il confiait sans pudeur ses faiblesses. Devant grand-père, seuls ses succès d'écolier, de lycéen, de taupin, de polytechnicien, l'ont mis à l'aise. Grand-père, c'est l'amphithéâtre de la Sorbonne, les étudiants qui l'écoutent et l'applaudissent. Grand-père n'est pas un héros, comme Agatos, son père, mais Pierre-Jacques veut égaler en célébrité le professeur Forelli-Alban, comme il veut égaler en héroïsme Agatos. Grand-père n'ignore rien des travaux de son petit-fils au CNES et à la NASA. Il sait que Pierre-Jacques rêve d'être le premier astronaute qui pilotera dans l'espace la première navette française. Il sait que, à Paris, Toulouse, Kourou, Houston, Moscou, il téléphone chaque semaine à Mélie-Rosine. Ce que grand-père ne sait pas, c'est que Gaëlle était sa cavalière au bal des polytechniciens et que ça fait dix-sept ans que Gaëlle espère être, à nouveau, enfermée dans ses bras. Avec la même carrure, la même taille, le même amour, Agatos, son père, y enfermait Luciole, sa mère. Le même amour ? Les lumières de demain donneront, peut-être, encore plus d'audace à l'espérance.

Avant de s'endormir, grand-père voit, enfermés dans leur vaisseau, Gaëlle et Pierre-Jacques s'envoler vers le septième ciel.

11

L'odeur de la paella le réveille. Il s'inquiète. Mélie-Rosine n'a pas téléphoné. Maria le rassure. Mélie-Rosine a appelé monsieur Pierre, mais il n'a pas entendu la sonnerie.

Carlos est soucieux, mais si l'enfant résiste encore quarante-huit heures, il espère le sauver. Mélie-Rosine reste, jour et nuit, au chevet de l'enfant.

— Maria, Carlos le guérira, j'en suis sûr.

— Je le crois aussi, monsieur Pierre.

Ils se regardent et s'embrassent. C'est dans les embrassades que se cachent les angoisses et les espérances. Ce sont elles que Maria et monsieur Pierre se dissimulent, visage contre visage et yeux fermés.

Maria se libère et surveille la cuisson de la paella. Elle revient vers monsieur Pierre.

— C'est l'heure de votre whisky. Salvador vous tiendra compagnie, il est venu aider votre parc à rattraper son retard dans sa toilette de printemps. Votre parc s'endort en hiver mais, en avril, il sommeille encore. Il fait comme vous. Quand vous dormez, dans votre lit ou le fauteuil de la Mélie, c'est toujours mes odeurs de cuisine qui vous réveillent.

Elle rit, Maria, et son rire éloigne son angoisse. Elle ne garde en elle que l'espérance.

— Moi, je prends un porto. Comme d'habitude.

La cloche de Sanluc et ses douze coups arrêtent le travail du jardinier. Maria lui tend son verre de whisky.

— Au prochain retour de l'enfant et de Mélie-Rosine, dit monsieur Pierre en levant son verre.

— Et de Carlos qui, je l'espère, les accompagnera, dit Maria en levant le sien.

Ils trinquent à l'espérance, et c'est encore elle qui se met à table quand Maria y apporte son plat de paella.

La paella de Maria, monsieur Pierre n'en connaît pas de meilleure. Elle se déguste avec un vin d'Espagne que Maria, seule, sait choisir. Ses arômes se marient avec ceux du vin, et le mariage serait moins heureux si Maria y ajoutait des hors-d'œuvre qui en perturberaient l'harmonie. Pourtant, ce n'est pas à ce mariage-là que pense Pierre. Mais le dire tout de go ne serait pas convenable. Un monsieur respectable comme l'est « monsieur Pierre » ne met pas son cœur à nu devant des enfants de la pudique Espagne. Grand-père laissera parler son cœur mais avec des mots qui lui gardent sa pudeur.

— Il a quel âge, votre fils ? demande grand-père.

— Bientôt quarante ans, répond Maria, et elle soupire.

Le temps de déguster le vin d'Espagne et grand-père taquine :

— Maria, vous n'aimeriez pas être grand-mère ?

— Oh ! si. Mais mon Carlos n'est marié qu'à la médecine… Ça lui donne beaucoup d'enfants mais ça ne me fait pas grand-mère.

Et, à nouveau, elle soupire.

C'est Salvator qui prend la relève avec son franc-parler d'hidalgo.

— Et Mélie-Rosine, elle a quel âge ?

— Trente-sept ans.

— Ça ne vous tarde pas, monsieur Pierre, d'être arrière-grand-père ?

— Oh ! Si. Mais Mélie-Rosine, elle aussi, est mariée à la médecine.

Et grand-père, comme Maria, soupire.

Il est grand temps que Maria entende, de la bouche de monsieur Pierre, que sa paella, jamais elle n'en a cuisiné de meilleure. Il le dit entre deux bouchées de poisson et de poulet, après une rasade de ce capiteux vin d'Espagne.

Salvator revient sur le sujet avec la franchise d'un homme simple et droit qui ne sait pas voiler de convenances les désirs de son cœur.

— Si la médecine était moins abusive, vous ne croyez pas, monsieur Pierre, que devant le maire et le curé, Mélie-Rosine et Carlos, ça ferait un joli couple ?

— Oh ! si, Salvator.

Grand-père regarde son assiette et occupe sa fourchette à décrocher de sa coquille une moule d'Espagne.

— Il ne faudrait pas qu'ils attendent leurs cinquante ans pour se décider, dit Maria.

Monsieur Pierre a moins de gêne à aller au bout de ses curiosités :

— Carlos ne vous ouvre jamais son cœur ?

— Jamais, répond vivement Maria.

Puis, après une bouchée de son riz moelleux et safrané :

— Et Mélie-Rosine, elle vous l'ouvre, son cœur ?

— Jamais elle ne me l'a ouvert pour me parler de Carlos.

Salvator exprime leur espoir commun :

— C'est leur secret. Peut-être qu'ils nous le diront quand l'enfant sera guéri.

Ils n'avaient plus que des banalités à se dire. Ils se les épargnèrent. En silence, ils se sont rassasiés de la paella de Maria et de son vin d'Espagne.

Maria allume le feu dans la cheminée. Grand-père, installé dans le fauteuil, regarde les flammes et s'accorde une sieste. Salvator achève la toilette de printemps du parc. Il réveille monsieur Pierre et l'aide à se dégourdir les jambes dans les allées.

Salvator est fier de son travail et le fait apprécier. Il annonce à monsieur Pierre l'éclosion prochaine de toutes ces fleurs d'avril qui ne risquent plus d'être étouffées par les mauvaises herbes. Grand-père caresse les jonquilles et respire les grappes des lilas.

— Votre parc, monsieur Pierre, est plus beau que celui de Garbois. Je voudrais cependant y planter ce que Mélie-Rosine aimerait y voir.

— Planter quoi, Salvator ?

— Deux palmiers.

— Deux palmiers ? s'étonne grand-père.

— Oui. Agatos en avait planté un, dans votre parc, à Garbois. Il l'a offert à Luciole. C'était en 1960. En 1959, elle avait planté un chêne à Kalinga, le village d'Agatos. Lui voulait que Luciole ait un palmier de Kalinga dans le sien. Le palmier a grandi. Il est aussi beau que ceux du Senghal et d'Espagne. Je crois que votre petite-fille serait heureuse, à son retour de Paris avec l'enfant guéri, d'être accueillie chez son grand-père par deux palmiers.

— Mais pourquoi deux ?

— L'un lui rappellera son père.

— Et l'autre ?

— Je vous le laisse deviner, monsieur Pierre…

La devinette était facile.

— C'est une bonne idée, Salvator. Plantez vite vos deux palmiers. Ils se plairont à Sanluc. Ils deviendront aussi grands que ceux du Senghal et de votre Espagne.

Grand-père s'arrête, s'appuie plus fort au bras de Salvator, regarde le ciel. Il paraît songeur quand il murmure :

— Mélie-Rosine y verra son passé et, je l'espère, son avenir.

Grand-père reprend sa marche. Salvator voudrait dire : « Je l'espère aussi », mais il n'ose pas.

Ces palmiers qui accueilleront Mélie-Rosine, c'est une idée géniale née dans le cœur de Salvator. Pas dans celui de grand-père. Il réfléchit, grand-père, et il la trouve géniale, son idée.

— Salvator, crois-tu que les mimosas, les camélias, les fuschias, les hortensias se plairaient à Sanluc ?

— Ils se plaisent en Bretagne. Pourquoi ne se plairaient-ils pas dans votre parc ?

— Peux-tu, samedi au plus tard, me mettre tout ça en terre ? Ici. Aux endroits que tu choisiras ?

— Je n'avais songé qu'aux palmiers, mais je crois avoir assez de temps pour trouver ce que vous me demandez et le planter.

— Ce sont des promesses de fleurs que tu planteras. Samedi, si elles sont en terre, elles seront aussi des promesses de bonheur.

— Tout sera en terre samedi, monsieur Pierre. Peut-être vendredi.

La nuit est tombée quand Maria les appelle. Sa bonne soupe les attend, fumante. Avec le fromage de Sylvie et le verre de Jasnières, Maria et Salvator reviendront à Garbois, le cœur en fête et la faim apaisée. Maria a promis, pour demain, une morue comme elle se cuisine en Espagne.

Grand-père regarde, dans la cheminée, les flammes qui s'étiolent. Quand la dernière s'éteindra, il ira se caler dans le fauteuil de Mélie et, comme chaque nuit, il lui racontera sa journée.

12

Ce n'est pas Maria et les bonnes odeurs de sa cuisine qui le réveillent. C'est le facteur. Dès 8 heures, il frappe à sa porte. D'habitude, il ne vient jamais avant 11 heures, mais voici un colissimo adressé à M. le professeur Forelli-Alban ; la poste le lui remet dès qu'il arrive à Garbois. C'est le professeur Gaston Durand qui lui envoie son dernier ouvrage. Pierre arrête longuement son regard sur le titre, et tout ce qu'il réveille en sa mémoire l'emporte loin, très loin de ce jeudi 7 avril 1997 et des joies qu'il en espère. Il lit à haute voix, pour que Mélie l'entende :

— « François Balbaye, le poète de la négritude... »

François Balbaye, son vieil ami. François Balbaye, le premier président de la République du Senghal.

En 1985, à soixante-dix ans, le président Balbaye a décidé de prendre sa retraite. Cyrille Akoula, son Premier ministre, lui succéda sans surprise, avec 80 % des suffrages exprimés.

Pierre espérait que son ami François prendrait enfin quelque repos et qu'il viendrait, avec son épouse, dans leur maison de Lisieux. Pierre espérait aussi les accueillir dans sa maison de Sanluc. Ils y évoqueraient tous les souvenirs qui ont scellé leur amitié : l'agrégation, le lycée Corneille à Rouen, la khâgne de Louis-le-Grand, l'université de Kabidjo, les réflexions échangées sur la littérature, l'enseignement, la politique, la décolonisation, la difficulté d'être un Noir, la fierté d'assurer sa négritude et d'en être le poète...

Tous ces souvenirs, ce n'est ni à Sanluc, ni à Lisieux qu'ils les ont évoqués, mais à Paris. François, chaque jeudi, y venait retrouver, sous la coupole, ses collègues de l'Académie française.

C'est en 1993 que la vieillesse et la maladie l'ont enfermé dans sa maison de Kabidjo. Il n'en sort plus, n'écrit plus et ne reçoit personne. Il achève sa vie dans l'anonymat et a fait savoir au président Cyrille Akoula qu'il refuse les solennités des obsèques nationales.

François et Pierre ne se sont ni revus ni écrit depuis 1993.

Pierre feuillette le livre et lit la dédicace :

> *A mon maître, le professeur Pierre Forelli-Alban, l'ami et le confident de François Balbaye. Ce livre, je n'aurais jamais eu l'audace de l'écrire si vous ne m'aviez aidé de vos conseils et de vos encouragements.*
>
> *Gaston Durand.*

— Gaston Durand, tu te souviens de lui, Mélie ?

Mélie ne répond pas. Pierre entre dans sa chambre, s'installe dans son fauteuil, attend la réponse. Mélie ne lui parle que la nuit, et le soleil d'avril en a effacé les dernières ombres. Tant pis ! Pierre n'attendra pas qu'elles reviennent.

— Écoute-moi, Mélie.

C'est Pierre qui parle.

— Gaston Durand, Luciole l'appelait Phoibos jusqu'au jour où elle a voulu qu'il redevienne Gaston Durand. Phoibos, c'était la khâgne de Louis-le-Grand ; l'École normale supérieure, l'amoureux qui écrivait des poèmes à la gloire du « joli cul de Luciole ».

Quand Luciole est revenue à Sanluc, sans Agatos, c'est toi, Mélie, qui l'as ramenée à la vraie vie, mais Phoibos n'était plus qu'un souvenir qu'elle a enfermé dans son cœur. Tu as cru, et moi aussi, que Gaston Durand redeviendrait Phoibos lorsque, le 22 juin 1968, ils écoutèrent, dans l'église de Sanluc, le « pan-pan-pan-pan » de la symphonie de Beethoven. Le destin qui frappe à la porte, nous voulions croire qu'il frappait à la porte de Luciole et qu'elle l'ouvrirait à Phoibos. Luciole n'a pas ouvert sa porte. Elle est restée enfermée avec Agatos. Elle ne l'a plus jamais ouverte. Gaston Durand s'est résigné à n'être plus jamais Phoibos. L'amoureux est devenu l'ami. Il l'est depuis trente ans. Luciole et Gaston se voient parfois, s'écrivent souvent et s'épaulent. Luciole n'aurait jamais eu l'audace d'écrire ce qu'elle a écrit si Gaston Durand ne l'avait encouragée. Gaston Durand n'aurait jamais écrit son *Villon* ni son *Rimbaud* sans les encouragements de Luciole. Luciole à Kalinga, Gaston, professeur à Paris, ni l'espace ni le temps ne les séparent. Par les liens de l'esprit et du cœur, ils sont toujours ensemble. Comme nous deux, Mélie.

13

Maria lui rappelle l'heure. Elle croyait que monsieur Pierre dormait dans le fauteuil de Mélie, comme d'habitude, et elle n'osait le réveiller avant que Mélie-Rosine ne téléphone.

Mais Mélie-Rosine n'appelle pas et Maria s'inquiète.

Grand-père semble être ailleurs. Le livre qu'il tient en main rassure Maria. Grand-père ne dormait pas.

— Pour une fois, vous êtes raisonnable, monsieur Pierre. Ça mérite récompense. Je vous promets d'être bonne cuisinière. La morue, même dans ma Catalogne, elle est moins bonne que celle que je vous prépare. Salvator, lui, vous ramène avant midi tout ce que vous voulez voir en terre avant le retour de Mélie-Rosine.

Mélie-Rosine ! Pierre revient dans les réalités de ce jeudi 7 avril : l'angoisse de l'attente d'un appel de Mélie-Rosine, mais aussi les joies promises de Salvator et de Maria.

Mais Maria paraît soucieuse. Elle marche nerveusement sur la terrasse et regarde le ciel.

— Je crains un orage. J'espère que Salvator sera ici avant la pluie. Prions le ciel qu'il nous épargne la grêle.

Maria retourne à sa morue. Grand-père ne se laisse pas séduire par les bonnes odeurs de la cuisine.

— Maria, le silence de Mélie-Rosine, c'est comme ces nuages noirs. Ça n'annonce rien de bon.

— Monsieur Pierre, en ce moment, Mélie-Rosine est dans la tempête. Sa peur, elle la garde pour elle toute seule. Elle vous appellera quand son ciel redeviendra bleu.

Grand-père voudrait croire Maria, mais cet orage que le tonnerre et les éclairs annoncent malmène son espérance. Un ouragan d'avril, avec ses grêlons, c'est les fleurs des pommiers, des poiriers, du cerisier de Sylvie anéanties. C'est aussi l'enfant que Carlos et Mélie-Rosine essaient d'arracher à la mort... Pourquoi grand-père ne songe-t-il qu'aux arbres de Sylvie, à l'enfant de Mélie-Rosine, alors que ses arbres à lui et tant d'autres enfants sont exposés aux caprices du ciel et du destin ? Il n'ose s'avouer que s'il ne songe qu'à eux, c'est que le cœur de Sylvie comme celui de Mélie-Rosine saigneraient si les fleurs succombaient aux rafales, et l'enfant... Non ! Non ! Les fleurs et l'enfant échapperont à l'orage.

Dans le vacarme du tonnerre, les flashes des éclairs, sous la pluie torrentielle, Salvator annonce, à grands coups de klaxon, son arrivée. Devant la cheminée où il reprend haleine, il oublie l'orage et apprécie le verre de whisky que lui tend Maria. Grand-père déguste aussi le sien. Maria se refuse le porto. Ses yeux guettent la trouée d'azur qui annoncera le retour du printemps.

Elle revient vers la cheminée, ajoute une bûche sur les landiers, ranime avec les pincettes les flammes qui s'endormaient.

— Il n'y aura pas de grêle, monsieur Pierre.

Maria s'accorde, rassurée, le verre de porto. Elle ne se trompe jamais, Maria, et ses prévisions devraient mettre en appétit. Ils se mettent à table. La morue est succulente mais ni Salvator ni monsieur Pierre le disent à Maria. Le vin de Barcelone est une merveille, mais chacun le déguste en silence. Carlos et Mélie-Rosine sont présents dans leurs pensées mais personne ne dit que leur silence les angoisse.

Ce n'est qu'au café que Salvator rompt le silence :

— J'ai tout ramené, monsieur Pierre, comme je vous l'ai promis. Les palmiers, les mimosas, les camélias, les fuschias et les hortensias, je les planterai demain. Aujourd'hui, après l'orage, la terre est trop détrempée pour que l'on puisse faire du bon travail.

— Demain, je vous cuisinerai un rôti de veau avec les champignons du printemps. Mais c'est vous qui choisirez le vin.

Elle s'efforce à sourire, Maria.

— Ce sera du pomerol. C'est le vin préféré de Mélie-Rosine. Elle m'indiquera, au téléphone, celui de la meilleure année.

— J'espère qu'elle vous le dira avant que nous l'ayons bu, soupire Maria.

Elle a la force de retenir ses larmes quand elle embrasse grand-père, avant qu'il s'installe dans son fauteuil près de la cheminée.

14

A 7 heures, le samedi 9 avril, la sonnerie du téléphone réveille Pierre. C'est Mélie-Rosine. Sa voix se veut rassurante. Comme tous les spécialistes de grande compétence, Carlos se garde des affirmations péremptoires. Il croit en l'efficacité de sa thérapeutique, mais il ne se prononcera qu'en fin de journée, peut-être même très tard dans la nuit. Sans doute, Carlos a la conviction que la science médicale, la chance et la présence de la maman sauveront l'enfant, mais il ne le dira que lorsqu'il en aura la certitude. C'est Carlos qui a demandé à la maman de venir au chevet de son enfant. Sa confiance aide à vaincre les doutes du médecin. La bonne nouvelle espérée, Mélie-Rosine la téléphonera à grand-père.

Grand-père interroge. Il voudrait que sa petite-fille lui parle d'elle, de sa fatigue, de ses projets. Sa voix n'est plus au téléphone. Grand-père attendra. Sans angoisse.

Il boit son café et s'installe à la terrasse. Il aspire, à pleins poumons, l'air printanier de ce matin sans nuages. Tout ce que Salvator a planté la veille le met en gaieté. Grand-père attend Gaëlle. Tout lui annonce que ce samedi 9 avril sera un samedi de bonheur.

La veille, la voix angoissée de Mélie-Rosine annonçait un vendredi de malheur. Salvator n'aurait pas eu le même entrain à planter ses palmiers, mimosas, camélias, fuschias et hortensias, Maria aurait cuisiné sans fierté son veau aux champignons si, vers 10 heures, la voix de Mélie-Rosine n'avait adouci les angoisses du matin.

C'est aussi vers 10 heures que Simon Dorville rendit visite à grand-père.

Simon n'a jamais été, comme Adline et Lucas, l'ami intime des jumeaux. Ni l'école, ni le lycée, ni l'université ne les ont réunis. Ensemble, ils n'ont vécu que leurs vacances à Sanluc. Ils en évoquent les souvenirs lorsque les fêtes et les deuils les rassemblent... Simon, l'air soucieux, embrasse Maria, affairée à sa cuisine, salue Salvator affairé à ses plantations, serre nerveusement la main que lui tend le vieil homme.

— Grand-père, j'ai besoin de vos conseils.

Le vieil homme ne cache pas sa surprise.

— Te conseiller, toi ? En quoi, grand Dieu, puis-je t'être utile, toi qui réussis tout ce que tu entreprends ?

— Il ne s'agit pas de moi, grand-père, mais de Sylvie.

Le vieil homme pâlit comme s'il redoutait une mauvaise nouvelle. Il s'installe dans son fauteuil sur la terrasse et propose à Simon celui de la Mélie.

— C'est Sylvie qui t'envoie ?

— Non. Elle est toute à la joie de voir ses terres labourées, ensemencées de seigle, d'avoine et d'orge. Ses plants de chou-moelle, les pommes de terre, les pépins de citrouille et les graines de lisette, tout est en terre. Victor n'aurait pas mieux travaillé ses champs, s'il en avait encore. L'âne est dans son abri et ne manquera jamais de litière fraîche ni de nourriture. Victor y veillera. Toutes les heures nécessaires à l'entretien des terres et aux soins des animaux, il les prendra sur les quarante heures de son contrat. Je vois cela avec lui, dès lundi… Sylvie croit rêver. Je l'ai vue ce matin. Elle pleurait mais ses larmes étaient celles du bonheur.

— Quels conseils puis-je te donner, Simon, puisque, grâce à toi, Sylvie est heureuse ?

— C'est difficile à dire… Sauf à vous, grand-père… Voilà… Sylvie n'a pas d'héritier. Après elle, ses terres retourneront à la friche et sa vieille maison s'écroulera, comme celle des Freiquin… Je voudrais éviter ça… Je voudrais proposer à Sylvie de lui acheter son bordage en viager… Je crois que c'est le seul moyen de sauver la maison et les terres.

— Je le crois aussi.

— Je voudrais que Sylvie connaisse une retraite heureuse, sans souci d'argent, sans angoisse pour le devenir de ce qu'elle laissera… Si je lui propose dix mille francs par mois, croyez-vous que ce soit raisonnable ?

— Ce ne l'est pas Simon. C'est trop d'argent. Elle ne saura qu'en faire.

— Grand-père, vous lui apprendrez à s'acheter du bonheur.

— Sylvie a vécu toute sa vie avec la pauvreté. Ses bonheurs à elle ne s'achètent pas avec de l'argent et, pourtant, ce sont de vrais bonheurs.

— Que me conseillez-vous, grand-père ?

— Retourne chez Sylvie. Propose-lui cinq mille francs. Dis-lui que cet argent-là remplacera celui qu'elle ramenait du marché de Garbois et que, si elle en a trop, je l'aiderai à le dépenser.

— Je crois qu'elle vous écoutera, grand-père… Mais pourquoi refuser dix mille francs ? Un autre acheteur lui en proposerait davantage.

— Si, soudainement, Sylvie voulait changer de vie, je te demanderais, Simon, de lui en donner les moyens.

« Comme il ressemble à son père », murmure grand-père en regardant Simon marcher à grandes enjambées vers son auto. C'est le même compas en culotte de cheval et bottes de cuir, le même chapeau à larges bords, le même corps mince et musclé qui frôle le mètre quatre-vingt-dix. C'est aussi le même regard de chef qui maîtrise le présent et prévoit l'avenir... Jacques Dorville, l'ami dont il ne se guérit pas de l'absence...

Les onze coups de la cloche de Sanluc lui rappellent que le viager de Sylvie, les plantations de Salvator, le veau aux champignons de Maria, c'était hier, vendredi 8 avril. Ce samedi 9, guettant son arrivée, c'est Gaëlle qu'il attend.

Elle s'annonce avec un freinage qui fait grincer le sable de l'allée.

En tailleur strict, Gaëlle a la sobre élégance des femmes racées qui partent en voyage. Elle sourit à grand-père mais n'accourt pas vers lui. Elle s'arrête devant chaque plantation de Salvator. Grand-père croit l'entendre parler à chacune et il voit ses mains qui caressent les fuschias, les hortensias, les camélias, les mimosas... Elle est, enfin, sur la terrasse. Grand-père la retient dans ses bras comme il y retient Mélie-Rosine.

— Merci, grand-père... Chez grand-mère, à Cap Coz, ce sont les mêmes fleurs qui m'accueillent.

Sa voix a les interrogations du bonheur.

— Et les palmiers ?

— Il y en a aussi deux, dans la rue de Kerzilès, là où habite grand-mère. Les vôtres rappelleront à Mélie-Rosine ceux de son enfance. Moi, c'est la Bretagne et ses fleurs.

Ses yeux, ses lèvres, c'est aussi le regard, le sourire du bonheur.

— Il est bientôt midi. As-tu choisi un restaurant ? Ici, je n'ai que les restes d'un bon repas préparé hier par Maria.

— Ni le restaurant, ni votre table, grand-père.

Grand-père ne cache ni sa surprise ni sa déception. Gaëlle s'empresse de justifier sa hâte.

— Avant de m'envoler pour Kourou, je voudrais faire des achats dans quelques boutiques parisiennes.

Kourou ! La joie et l'espérance s'épanouissent sur le visage de grand-père.

— Je m'envole cette nuit. Le mercredi 13 avril, j'assisterai au lancement de la nouvelle fusée Ariane.

— Tu resteras longtemps en Guyane ?

— Je ne sais pas encore. C'est Pierre-Jacques qui décidera. Je crois, si le lancement est réussi, qu'il prendra des vacances.

Elle hésite, Gaëlle, elle rougit, mais elle voit dans le regard de grand-père un encouragement à poursuivre.

— Peut-être que je resterai avec lui une ou deux semaines et qu'ensemble nous explorerons la forêt guyanaise.

Elle s'empresse d'ajouter, comme si elle se mettait en faute :

— Un collègue vétérinaire me remplacera tout le temps de mon absence.

Qu'importe à grand-père que Sanluc et Garbois soient privés de vétérinaire ! Ceux du Mans prendront la relève…

Gaëlle-Pierre-Jacques. Le destin donnera-t-il au vieil homme la suprême joie de les savoir ensemble ?

— Je ne te retiens pas, Gaëlle. File vite vers Paris, et surtout, ne rate pas l'avion.

Gaëlle n'a aucune hâte à le quitter.

— Grand-père, Mélie-Rosine m'attend. Elle a un message à me transmettre. Elle me dit que c'est très important... Si l'enfant est sauvé, nous dînerons à l'aéroport de Roissy. L'avion pour Kourou ne décolle qu'à minuit... Peut-être que Carlos nous accompagnera.

Mélie-Rosine ! Grand-père l'attend aussi, au téléphone, tard dans la nuit. Cet enfant sauvé, c'est peut-être l'annonce d'autres bonheurs...

— Donnez-moi de vos nouvelles, quand vous serez ensemble... Et toi, Gaëlle, n'oublie pas que grand-père serait heureux d'entendre ta voix et celle de Pierre-Jacques avant que vous n'exploriez la forêt guyanaise.

— Je vous le promets, grand-père.

Grand-père se lève, mais Gaëlle reste assise dans le fauteuil de la Mélie.

— Grand-père, Sylvie, elle aussi, a droit au bonheur. Demain, elle aura son cheval et sa carriole.

Grand-père se rassoit, essaie de maîtriser son émotion. Gaëlle ne lui en laisse pas le temps.

— Vous connaissez le père Heurtebise ?

— Oui. J'avais douze ans quand il en avait huit. Notre instituteur, Paul Alban, lui apprenait à lire et à écrire dans le même temps qu'il me préparait au certificat d'études.

— Le destin a voulu que son cheval ait des coliques. Dans son enclos où il a pris sa retraite, son maître l'avait gavé de trèfle vert. Le père Heurtebise craignait que, par sa faute, son cheval soit en danger de mort. Il m'a appelée, affolé... Le cheval n'avait qu'une indigestion qui s'est terminée en une spectaculaire diarrhée... « Père Heurtebise, votre cheval mange trop parce qu'il s'ennuie. La gourmandise le tuera car il n'a rien d'autre à faire. » J'ai osé dire ça au père Heurtebise qui m'a répondu : « C'est vrai, mais comment l'éviter? » J'ai senti, grand-père, que la chance venait vers moi et qu'il me fallait la retenir. « Père Heurtebise, votre cheval n'aura plus de coliques s'il se remet au travail. Monsieur Pierre cherche un bon cheval et une carriole. » J'ai attendu, longtemps, la réponse. « C'est vrai qu'ici, Flambeau mourra d'ennui et ma carriole de rouille s'ils ne servent plus à rien. Dites à mon ami Pierre qu'il vienne les chercher. »

Gaëlle se lève, s'assoit sur un genou de grand-père, comme Mélie-Rosine.

— Grand-père, Flambeau a quinze ans. Il n'est plus fougueux mais il peut tirer la charrette au petit trot, pendant des heures. Et c'est vous, grand-père, qui tiendrez les rênes, le temps que Sylvie s'habitue à Flambeau.

Elle tend la joue pour y recevoir les baisers de la récompense et grand-père n'en est pas avare.

Gaëlle reprend sa place dans le fauteuil de Mélie.

— Il n'est pas raisonnable que vous alliez à pied chez le père Heurtebise. C'est à deux heures d'ici, en marchant d'un bon pas.

— Avec ma canne, c'est une promenade.

— Ce n'est pas raisonnable, insiste Gaëlle. J'ai demandé à François de venir vous chercher. Demain, il sera chez vous vers 10 heures.

Gaëlle se lève. Grand-père brusque les effusions du départ. Dans sa grande maison vide, Gaëlle laisse tant de bonheurs que grand-père n'est plus seul lorsque sa « petite-fille » file vers le sien.

Tous ces bonheurs qui meublent sa solitude le retiennent sur la terrasse. Il songe, enfin, à réchauffer le veau aux champignons, lorsque le grincement du sable annonce une autre visite. C'est Maria et Salvator.

Grand-père ne les attendait pas, mais leur présence le réjouit.

— Nous arrivons à l'heure du whisky, monsieur Pierre. Je vous en sers un double. A Salvator aussi. Moi, c'est un porto, comme d'habitude, mais un double.

Maria ne cache jamais sa joie quand son cœur est en fête, mais l'entendre fredonner une chanson d'amour en levant son verre intrigue monsieur Pierre.

— Carlos a téléphoné. Ce qu'il nous a appris, nous sommes venus vite vous le dire. L'enfant est sauvé. Carlos attendra le réveil de Mélie-Rosine pour le lui annoncer. Elle se repose d'une nuit blanche au chevet de l'enfant. La maman a pris la relève et elle sait qu'elle peut revenir chez elle avec son enfant hors de danger. C'est une grande victoire que Mélie-Rosine et Carlos fêteront avec Gaëlle avant son envol pour Kourou. Gaëlle, ce matin, nous a raconté tout ce qu'elle est venue vous dire. C'est aussi pour ça que Salvator m'accompagne.

Pendant que Maria réchauffe le veau aux champignons, Salvator demande à monsieur Pierre si le cheval trouvera ici abri et nourriture.

— J'avoue n'y avoir pas pensé.

— Moi, si. Le foin et la paille, c'est devenu rare à Sanluc depuis que le cheval-vapeur a remplacé le cheval. Je sais où en trouver. J'irai, cet après-midi... L'abri... L'écurie de Bellone et de Bucéphale est-elle en bon état ?

— Je n'y vais jamais.

— On a dû y remiser tout ce qui ne servait plus à rien. Je vais remettre de l'ordre dans tout ça... Votre cheval aura, en arrivant ici, et son fourrage, et son abri...

— A table, commande Maria.

Ce veau aux champignons du printemps, hier, il se dégustait avec, au cœur, une grande espérance. Ce samedi 9 avril, la joie tant attendue lui donne une saveur jamais égalée. Le pomerol, généreusement versé dans les verres, délie les langues. Celle de Maria prend plaisir à taquiner monsieur Pierre.

— On dit, à Sanluc, que Sylvie aime la saucisse.

Monsieur Pierre sourit. Il comprend que la gaudriole de Charles, tout Sanluc la connaît.

— Bien sûr qu'elle aime la saucisse. Et tout particulièrement celle de Charles, le charcutier.

Maria, très en verve, éclate de rire.

— Le pauvre. Il rase les murs quand il sort de sa boutique. La saucisse de Sylvie, la vieille Gertrude la lui a fait entrer dans la gorge.

— Gertrude, c'est la seule commère qui reste au bourg de Sanluc. Toutes les autres sont à Garbois, dans la maison de retraite. Gertrude veut mourir chez elle. Elle y vit seule. Ses enfants sont à la ville et viennent rarement la voir. Mais elle ne manque pas de compagnie. Le boulanger lui apporte son pain, le charcutier sa viande, et Sylvie ses œufs et son fromage… Charles a voulu l'amuser en lui disant que Sylvie aimait la saucisse de monsieur Pierre. La vieille l'a mal pris. « Et ta saucisse à toi, pauvre cocu, même ta femme n'en veut pas. Elle préfère celle du boulanger. »

Maria laisse son rire se débrider et s'amuse de la mimique de monsieur Pierre qui s'efforce, vainement, de retenir le sien.

— Et Charles, comment a-t-il réagi ?

Le rire de Maria éclate à nouveau.

— Très mal, monsieur Pierre… Charles est rentré chez lui furieux et il a botté le cul à son chien. Il l'a triqué si fort que la pauvre bête ne sort plus de sa niche… A sa femme, il a dit que la Gertrude était une garce et que ses saucisses, elle n'était pas à la veille d'en croquer une.

C'est seulement au café que les visages redeviennent sérieux. Pierre attendait ce moment pour demander à Maria si Carlos ne lui avait donné que des nouvelles de l'enfant. La sonnerie du téléphone ne lui en laisse pas le temps. C'est Mélie-Rosine. Sa voix est celle du bonheur et grand-père devine que ce n'est pas seulement celui du médecin. Mélie-Rosine prendra une semaine de vacances à Paris. Elle se reposera dans le studio de maman, là où elle revivra ses souvenirs d'étudiante. Elle y retrouvera aussi ceux qu'y a laissés Luciole. Mélie-Rosine a besoin de se confier à maman. Elle a des choses importantes à lui dire. Elle lui téléphonera cette nuit, dès que Gaëlle s'envolera pour Kourou.

— Et à grand-père, tu n'as rien à dire ?

— Grand-père, c'est à Sanluc que je te le dirai. Pas au téléphone.

Maria et Salvator ont tout entendu. Ils espèrent que les « choses importantes » de Mélie-Rosine, ce sont aussi celles de Carlos, mais ils n'osent le dire à monsieur Pierre. C'est un espoir qu'ils enferment en eux par crainte qu'il ne s'échappe. Maria regarde grand-père qui semble être ailleurs.

— Prenez votre canne et faites une promenade, monsieur Pierre. Quand vous reviendrez, nous ne serons plus là, mais tout sera en ordre.

— Demain, votre cheval aura son abri, son fourrage et sa litière, ajoute Salvator.

A la nuit tombante, grand-père rentre chez lui. Les bûches de chêne flambent dans la cheminée et la soupe mitonne dans la marmite.

— Plus tard, si j'ai faim, j'y goûterai.

Grand-père met la marmite à l'écart du feu, entre dans la chambre de Mélie, s'assoit dans son fauteuil.

Ce samedi 9 avril, si riche de bonheur, Mélie n'en doit rien ignorer.

La soupe est froide, la cheminée sans feu, et grand-père raconte à Mélie depuis des heures tous les bonheurs de ce samedi 9 avril. Ils le réchauffent et apaisent sa faim bien mieux qu'une soupe et un feu de bois...

Grand-père a tout raconté, mais il reste avec Mélie, bien calé dans son fauteuil. Il s'assoupit. La sonnerie du téléphone le réveille. C'est Gaëlle. Elle est à Roissy. L'avion décolle cette nuit, dans trois heures. Mélie-Rosine et Carlos resteront avec elle jusqu'à l'embarquement. Carlos les invite au restaurant Les Étoiles, dans l'aéroport. Il propose un menu de fête...

Gaëlle, comme Mélie-Rosine, a la voix du bonheur.

— Grand-père, Mélie-Rosine me charge de vous apprendre une grande nouvelle.

— Est-elle si grande qu'elle n'ose me le dire ?

— Oui, grand-père... Mélie-Rosine prend deux semaines de vacances... Mais pas à Paris... Demain soir, elle s'envole pour Kourou... Pierre-Jacques lui demande d'assister au vol de sa fusée... Carlos l'accompagne... Lui aussi prend deux semaines de vacances... C'est à quatre que nous explorerons la forêt guyanaise... Je vous embrasse, grand-père... Je retourne vers Mélie-Rosine et Carlos. Ils m'y attendent pour déguster un risotto de langoustines aux girolles... Ils vous téléphoneront demain... Cette nuit, à Roissy, ils veulent que ce soit moi, toute seule, qui vous dise : « Je suis heureuse, grand-père. »

Grand-père raconte à Mélie ce qu'il vient d'entendre.

— Nos jumeaux ne sont plus que frère et sœur, répond Mélie. Ils vont vivre enfin, séparément, leur destin.

Si Maria était venue, le dimanche 10 avril, chez monsieur Pierre, elle l'aurait réveillé, comme d'habitude, dans le fauteuil de la Mélie.

15

C'est François qui le réveille après de nombreux appels sans écho dans la grande maison silencieuse. Il le découvre enfin, dans un fauteuil, près d'un lit non défait. Par la fenêtre ouverte, les oiseaux s'égosillaient vainement et les cloches de Sanluc annonçaient, sans être entendues, que la messe de ce dimanche 10 avril serait la dernière à ouvrir les portes de l'église avant Pâques.

Dans l'auto de François, grand-père songe enfin à remercier avril de lui offrir un dimanche de renouveau qui réveille ses souvenirs d'écolier. La modernité a, certes, décimé les oiseaux et les arbres, mais ceux qui ont résisté aux hécatombes s'élancent vers l'azur en joyeuses envolées, verdissent et s'épanouissent en fleurs blanches et roses, avec la même ardeur d'être au monde, comme autrefois.

Au bourg de Sanluc, les klaxons des autos accompagnent la sonnerie des cloches. Sur la place bitumée, elles se rangent sagement dans les rectangles blancs. Les portières s'ouvrent sur des paroissiens endimanchés qui regardent leurs montres et s'empressent vers d'autres paroissiens qui les attendent, sous le porche. Sont-ils là, si nombreux, pour le bon Dieu ou la vanité de montrer la nouvelle voiture, la nouvelle tenue printanière ? Grand-père songe aux messes d'autrefois, au curé Félix, aux sorties d'église, les dimanches de baptême, aux garçons et aux filles qui se bousculaient, sur cette même place poussiéreuse, caillouteuse, y ramassaient dragées et sous jetés comme des graines aux semailles, par le parrain et la marraine.

— Nous ne sommes pas en retard, dit François. Dans un quart d'heure, nous serons au Fougeray.

Le lieu-dit n'a pas changé, mais, de la ferme, il ne reste que ce qui abritait les bêtes et les gens. L'abri des gens ne garde que Loïc. Celui des bêtes est vide.

Un quart d'heure, c'est juste ce qu'il faut à François pour dire à grand-père ce qu'il voudrait lui dire, mais il n'ose troubler la méditation du vieil homme comme si l'auto le ramenait vers son enfance. Gertrude, au passage, reconnaît le pitaud, lui fait un large signe d'amitié. Le boulanger, trop occupé dans sa boutique avec le pain à bénir et les fouasses, ne leur accorde pas un regard. Charles rentre chez lui, les yeux sur ses sabots. François sourit. Pourquoi rappeler à grand-père des niaiseries qui enlaidiraient ce beau dimanche de printemps ?

L'autre rumeur a, sans doute, lobé le grand-père. François voudrait que ce quart d'heure lui apprenne ce qu'il voudrait savoir, mais, à l'évidence, grand-père ne sait rien. Certes, il porte en haute estime le notaire de Garbois, maître Henri Grimaud, maire et président du district, qui fait entrer hardiment, judicieusement Garbois et ses communes satellites, dont Sanluc, dans le troisième millénaire. Grand-père sait que maître Henri Grimaud ne réalise rien sans les conseils de sa sœur Luciole. Mais ce qui se chuchote dans tout Garbois, grand-père l'ignore. A la fin de ce quart d'heure de curiosités non satisfaites, la rumeur qui intrigue François restera sans ancrage.

Les cloches de Sanluc appellent les retardataires lorsque l'auto tressaute dans les ornières du chemin creux qui conduit chez Loïc. Le Fougeray, c'est cinquante journaux de terres maigres comme celles de Sylvie, mais elles ont leur noblesse : c'est le royaume des châtaigniers. C'est aussi celui des fougères. Avril les encourage à hausser leurs tiges courbées comme des crosses d'évêque. Au Fougeray, les fougères ont toujours été conquérantes. Elles étouffent tout ce qui a l'audace de s'enraciner auprès d'elles. Loïc, pendant quarante ans, avec sa charrue et son cheval, ne leur a laissé que le bois des châtaigniers. Robustes et gigantesques, malgré les blessures du temps qui a tordu leurs branches et raviné leurs troncs, ils font bon ménage avec leurs agressives compagnes qui les protègent des ronces et autres lierres grimpants. Elles ont aussi leurs faiblesses pour les cèpes et les girolles qu'elles mettent à l'abri des pluies d'orage sous les ombrelles de leurs feuilles. A l'automne, elles accueillent les bogues de leurs vieux compagnons. Elles tombent sur leur tapis, largement étalé, et s'y enfoncent douillettement, à l'abri des gelées blanches.

Loïc attend sous son châtaignier. L'ancêtre des Heurtebise l'a planté, en 1789, au milieu de la cour, après que la nuit du 4 août eut aboli les privilèges des seigneurs. Ce châtaignier si frêle, c'était son arbre de la liberté, son bras d'honneur aux Corfontaine qui ne pourraient plus lui interdire le droit de chasse et l'obliger à aller à la messe du dimanche. L'arbre n'a pas déçu son planteur et sa descendance. Il a résisté à tous les ouragans, toutes les foudres, tous les parasites gloutons et porteurs de maladies. Plus gigantesque et plus robuste que ceux du bois, il ombrage la cour et réserve des cachettes aux enfants Heurtebise qui, de génération en génération, se hissent jusqu'à sa cime, malgré l'interdiction des parents.

A l'automne, ses bogues s'ouvrent sous le choc de leur chute et libèrent, chacune, deux belles châtaignes luisantes. Les enfants les croquent crues, malgré la maman qui leur dit que les châtaignes mangées crues donnent des poux. Et ils en ont, des poux, les enfants ! En raclant leurs cheveux avec un peigne fin, ils tombent sur un journal étalé sur la table. Les enfants les écrasent avec l'ongle du pouce, un claquement sec qui donne envie aux polissons de manger plus de châtaignes crues pour avoir plus de poux. La maman les gronde car elle croit que c'est leur désobéissance qui leur donne tant de poux, mais les enfants, chaque matin, s'attardent sous le châtaignier pendant que la maman trait les vaches, et emplissent leurs poches avant d'aller à l'école.

A la Toussaint, c'est la fête des châtaignes. Les Heurtebise invitent leurs amis de Sanluc à ramasser celles du bois. Celles du châtaignier de 1789, les enfants ne regrettent pas de ne plus les ramasser. Grillées dans les braises de la cheminée, elles sentent bon et ajoutent au plaisir de la langue qui les déguste celui de l'oreille qui les entend. Les enfants pouffent quand elles pètent aussi fort que le cheval attelé à la carriole.

Assis sur son banc sous le châtaignier, Loïc revit ses souvenirs et attend le vieil ami qui vient lui enlever le seul ami qui lui reste au Fougeray endormi dans son passé. Loïc, comme Gertrude, a refusé de finir ses jours à Garbois, en maison de retraite. Il accepte sa solitude que la réussite de ses trois garçons rend moins douloureuse. L'école laïque et ses maîtres, et aussi la République, en ont fait des messieurs. L'un est directeur d'école dans les vignobles de Jasnières. L'autre est percepteur dans les collines du Perche. Le troisième aime la terre et voulait prendre la relève du père, la dynastie des Heurtebise ne pouvant s'éteindre avec Loïc. Mais aimer la terre comme employé chez Simon Dorville a plus d'attrait que de l'aimer au Fougeray. Chez Simon, la terre n'exige que quarante heures de travail par semaine, quelle que soit la saison, et accorde le week-end, deux semaines de congés payés en hiver, trois en été ; et la feuille de paye n'a rien à envier à celle du maître d'école.

Désiré, le petit dernier, a donc renoncé au Fougeray, mais il veut que son père en reste le gardien. Le samedi, il vient cultiver son jardin. Il abandonne aux fougères tous les champs jadis labourés, ensemencés, moissonnés, mais jamais les Heurtebise ne vendront leurs cinquante journaux. Les trois frères sont d'accord. Plus tard, on ne sait jamais... Peut-être que les fougères recouvrent un trésor que les Heurtebise de demain sauront découvrir.

Les cloches annoncent à tout Sanluc le *« ite, missa est »* du successeur du curé Félix, la seule formule latine qu'il s'obstine à prononcer avant de libérer ses ouailles. Les cloches annoncent aussi le démarrage des autos qui filent vers les restaurants de Garbois. Loïc croit les entendre, mais c'est la voiture de François qui s'arrache aux ornières et s'arrête au pied du châtaignier.

Les deux octogénaires se retrouvent et c'est soixante-quinze années qui s'effacent. François n'existe plus dans cet autrefois retrouvé et il repart sans que s'arrêtent les accolades des retrouvailles.

— Le séquoia. Pierre, tu te souviens du séquoia ?

— On n'oublie jamais ses bêtises.

— Et les œufs de grenouille, tu t'en souviens ?

— Je me rappelle surtout les commères qui me regardaient traverser le bourg, tout nu, le cul fouaillé par le Dorville.

— Nous ne sommes plus guère à avoir connu ce temps-là.

— Gertrude... Sylvie... Nous deux... Je crois que nous restons les seuls, ici, à Sanluc... Il y en a aussi à Garbois, à la maison de retraite, mais ceux-là, on ne les voit jamais.

Loïc et Pierre, dans un silence, rendent hommage à ceux qui sont morts et ont laissé des souvenirs qui leur remontent en mémoire.

— Pierre, tout Sanluc parle encore du pitaud du séquoia et des œufs de grenouille, mais ignore que c'est ce pitaud-là qu'ils saluent avec respect quand monsieur le professeur fait sa promenade.

Et, à nouveau, ce sont les accolades.

Une abeille les ramène dans ce dimanche 10 avril 1997. Elle s'est posée sur la main de Loïc. Alourdie de pollen, elle essaie, vainement, de s'envoler.

— Tu es trop gourmande. Jamais tu ne pourras retourner à ta ruche.

Loïc la prend délicatement, la lance en l'air et elle s'envole. Les deux octogénaires la suivent du regard et ce sont d'autres abeilles qui retardent leur retour vers leur enfance.

— Loïc, c'est ton châtaignier qui les attire.

— Oui. Elles butineront jusqu'en mai. Après, elles iront visiter d'autres fleurs.

Loïc abaisse une branche, en chasse les abeilles.

— Regarde. Elles ne se trompent pas. Mon châtaignier est en pleine floraison.

Pierre sait que les châtaigniers portent des fleurs mâles qui recouvrent de leur pollen tout ce qui les touche, et des femelles plus discrètes que seul un œil averti sait découvrir ; mais en voir autant sur une seule branche...

— En avril, les gelées ne sont plus à craindre. A la Toussaint, la récolte sera bonne. Tu viendras en ramasser, si tu aimes encore les châtaignes. Celles-ci sont des nousillas. Les meilleures.

Loïc libère la branche qui reprend sa place et retrouve ses abeilles.

Les cloches de Sanluc sonnent les douze coups de midi.

— Mon Flambeau et sa carriole, on les verra plus tard... C'est l'heure d'aller à table. Je n'ai guère à t'offrir, mais je serai heureux de le partager avec toi.

— C'est bien volontiers, Loïc. Personne ne m'attend.

— Moi non plus.

Tous deux soupirent, mais la joie d'être ensemble les protège des regrets.

Loïc redresse sa longue silhouette que quarante années de lutte contre l'envahissement des fougères ont desséchée. D'une marche légère, il entraîne grand-père et sa canne vers sa maison grande ouverte. Un feu de cheminée les accueille. De hautes flammes blanches lèchent la suie de la crémaillère et rougeoient le fond de la marmite qui y est accrochée. Y mitonne une soupe préparée la veille par Adèle, la femme de Désiré.

Loïc n'éteint jamais son feu, même pendant les canicules de juillet-août. Les flammes lui tiennent compagnie. Il leur parle. Il les engueule lorsqu'elles charbonnent. Il engueule aussi les bûches de châtaignier quand elles pètent trop fort. Sans elles, il s'abandonnerait au désespoir de la solitude. Elles l'en protègent, et sa robuste santé, Loïc est convaincu que c'est à son feu de cheminée qu'il la doit.

La maison de Loïc, c'est deux pièces, l'une pour y vivre, l'autre pour y dormir, comme chez Sylvie. Mais c'est une maison habitée par un vieil homme qui refuse les tâches ménagères. Chaque samedi, Adèle fait le lit, la vaisselle, la lessive, le ménage, enlève les cendres de la cheminée, prépare les repas de la semaine, emplit le congélateur. Elle reproche au beau-père de ne rien faire dans sa maison, ni le lit, ni la vaisselle, de se complaire dans son fouillis de crasse... Mais Loïc s'obstine à penser que la propreté, c'est l'affaire des femmes.

Loïc décroche la marmite de la crémaillère, pose deux bûches sur les landiers, tisonne les braises qui étincellent.

— Te souviens-tu, Pierre, de nos miottées et de nos routies ?

— Oui, c'était bon. Mélie en faisait quand j'étais enfant. Mais, pour moi, elle mettait plus de sucre et d'eau que de cidre.

— En avril, c'est trop tôt pour la miottée. A la saison des foins et des moissons, ça calme la soif et la faim. La mie qui détrempe dans du cidre bien frais, qui mousse comme du champagne, ça redonne des forces... Si ça te fait plaisir, c'est une routie que je te prépare.

— Ça me rappellera celle de la Mélie.

— La mienne est sans eau et sans sucre. Je ne la fais qu'avec du vieux cidre qui racle la gorge.

Loïc coupe dans la miche deux épaisses tranches, pique une fourchette dans chacune d'elles et, avec ce support qui les tient à la verticale, il les présente aux braises incandescentes. Le pain prend progressivement une couleur blonde qui vire au brun. Loïc repique les fourchettes dans les faces rôties et présente aux braises celles qui ne le sont pas.

— Surveille-les. Si elles noircissent, la routie est foutue. Je vais tirer mon cidre au tonneau.

Loïc revient avec le vieux cidre dans un pot de grès et deux bouteilles encapuchonnées. Il prend une autre marmite, l'accroche à la crémaillère, y verse le vieux cidre, y ajoute des poudres et des feuilles séchées, recette secrète des Heurtebise, transmise de génération en génération, émiette les deux tranches grillées.

— Il faut que ça mijote doucement, un petit quart d'heure, en évitant les gros bouillons. Tu surveilles pendant que je décroche de la cheminée des gendarmes fumés à point, tu en as mangé chez les Freiquin. Est-ce que tu les aimes encore ?

— Je croyais qu'il n'y en avait plus dans nos cheminées.

— Si. Chez moi... Les viandes, les poissons d'Adèle, ils me restent dans la gorge. Je n'aime que les gendarmes et j'en mange tous les midis... Sauf le samedi. C'est peut-être pour ça que je ne vois jamais le médecin.

Loïc décroche les gendarmes, leur tâte le ventre, repère ceux qui ont des œufs.

— Ce sont les meilleurs. Ceux à laitance, je les mangerai seul.

Il pose un gril sur les braises et les gendarmes grésillent, fument, empestent, mais réjouissent le nez de Loïc.

— Tout est prêt. A table, monsieur le professeur. Tu vas partager avec moi un repas d'autrefois.

La routie, c'est un bonheur retrouvé après soixante-quinze ans d'oubli. Le gendarme agresse le palais et les narines, mais dans la bouche des octogénaires, il a gagné ses lettres de noblesse.

— C'est un repas de pauvre, s'excuse Loïc, mais il me réjouit le cœur. C'est un événement que de t'avoir à ma table.

Le cidre mousseux emplit les verres qui se lèvent, se choquent, se vident, et Loïc, tout en gaieté, les emplit à nouveau.

— Oui, c'est un événement, répète Loïc.

Et, après un silence :

— Il a fallu que Sylvie mette son Baptiste à la retraite pour que tu viennes au Fougeray.

Au troisième verre, le coquin de mousseux délie la langue de Loïc qui n'aurait jamais osé dire à Pierre ce qu'il ne peut plus garder pour lui.

— Sylvie, autrefois, c'était ta bonne amie.

A nouveau, les deux octogénaires ne sont plus dans aujourd'hui. Autrefois les reprend comme si le passé gardait un mystère jamais éclairci.

— C'était un amour d'écoliers. Il fallait bien que quelqu'un la défende. Tous, vous la pourchassiez en lui criant qu'elle sentait le bouc.

— Oui... Oui..., répond Loïc. Tu la défendais... Mais tu te promenais aussi avec elle quand personne ne lui criait dessus.

Le bouchon de la seconde bouteille pète.

— Toi, tu as quitté Sanluc pour faire des études. On t'a revu rarement ici. A vingt ans, tu y es revenu et on disait que toi et Rosine... Rosine a épousé son notaire... Sylvie, chaperonnée par la mère Meudon, allait au bal, les jours de fête à Sanluc, mais personne ne la faisait danser. Personne. Sauf toi, une seule fois. Je me souviens. C'était mon premier bal.

— Tu as bonne mémoire, Loïc. C'est vrai. C'était à la Saint-Alban, en 1933. Sylvie faisait banquette. Nous avons dansé, dansé toute la nuit...

— Et tu n'es revenu à Sanluc que le mardi gras de 1934. T'en souviens-tu ?

— Oui. J'étais monté sur le percheron de maître Émile.

— Et moi, sur celui de notre ferme.

La tradition veut que, le mardi gras, tout Sanluc se rassemble dans le hameau des Pinaudières et y applaudisse le jeune homme qui a décollé l'oie. Il se dirige vers l'élue de son cœur, lui offre la tête et, dans l'année, les cloches carillonnent le mariage des deux amoureux.

Le chemin des Pinaudières, c'est une ancienne voie romaine qui traverse un bois de chênes. A la fête du décollage, une oie morte y est suspendue par les pattes à une corde qui relie deux chênes qui se font face, de part et d'autre du chemin. Les cavaliers arrivent au galop, l'un après l'autre, et prouvent leur adresse en attrapant au passage la tête de l'oie. Les maladroits manquent la prise et achèvent leur course sous les quolibets. Les autres évitent de tirer trop fort. Seul celui dont la fiancée espère la victoire décolle la tête d'un coup sec qui le soulève, parfois, de son cheval.

Les deux octogénaires se taisent, le temps de revivre le décollage de ce mardi gras 1934. Le mousseux, à nouveau, les ramène chez Loïc.

— Pierre, c'est bien toi, au décollage de 1934, qui devais garder la tête dans ta main ?

— Oui.

— Et c'est à Sylvie que tu devais la remettre ?

— Oui.

— Pourquoi ne l'as-tu pas fait ?

— Parce que, quand ç'a été mon tour de partir au galop, Jacques Dorville est venu me dire que Sylvie n'était plus là.

— Et tu sais pourquoi ?

— Non. Sans doute ne voulait-elle pas que je lui donne la tête.

« Il ne savait pas... Peut-être ne le sait-il pas encore... Il faut que je le lui dise », pense Loïc.

Encore une gorgée de mousseux et il se jette à l'eau.

— Non, Pierre. Elle est partie parce que le docteur Bonnard est venu la chercher. La mère Meudon, très malade, lui avait demandé de revenir auprès d'elle.

Pierre s'efforce de maîtriser les emballements de son cœur.

— Je ne le savais pas... Loïc, je te jure que je ne le savais pas... C'est toi, aujourd'hui, qui me l'apprends.

Une lampée de mousseux l'aide à retrouver la pleine maîtrise de son esprit et de son cœur. Il murmure, mais assez fort pour que Loïc l'entende :

— C'est le destin. Lui savait que, dix-huit ans plus tard, j'apprendrais que Luciole est ma fille.

Les hennissements de Flambeau crispent le visage de Loïc.

— Il me reproche d'être en retard. Il réclame son picotin.

Loïc se redresse comme un ressort, précipite ses pas vers l'enclos, laisse, loin derrière, l'ami Pierre et sa canne. L'ami Pierre claudique plus lentement, donnant à Loïc le temps de se faire pardonner. Flambeau a posé sa tête sur l'épaule de son maître. Il l'écoute, naseaux frémissants et oreilles dressées.

— Flambeau, ici, tu mourras d'ennui. Mon picotin et mes paroles, ça ne remplace pas la charrue et la carriole. Chaque jour, tu feras ta promenade au petit trot. Va, mon Flambeau... Moi, je retourne à ma cheminée ; sa flambée me tiendra compagnie.

Loïc répète, d'une voix étranglée par l'émotion :

— Va, mon Flambeau. Sois heureux avec ton nouveau maître.

Pierre a tout entendu.

— Loïc, ton Flambeau n'a pas de nouveau maître. Un ami, ça ne se vend pas, ça ne se donne pas, ça se prête. Flambeau, il reviendra dans son enclos aussi souvent que tu le voudras.

Loïc, du regard, remercie l'ami Pierre.

— Le revoir de temps en temps, ça me ferait plaisir.

— Tu le reverras, Loïc, et c'est toi qui tiendras les rênes.

— J'irai en promenade avec toi ? Avec Sylvie ?

— Oui. Jeudi, si tu le veux, nous te prenons au Fougeray. Nous irons au marché de Garbois, comme chaque jeudi, du temps de Baptiste.

— Merci, Pierre. Merci. Jamais je n'aurais osé te demander ça.

Dans une joie partagée, Flambeau est attelé à la carriole. Les deux amis s'embrassent, se disent « à jeudi », et Flambeau, crinière au vent, trottine dans le chemin creux.

Loïc rentre chez lui, tisonne les braises, met une bûche sur les landiers, tend ses mains vers les flammes, leur dit, en confidence :

— Pierre a gardé son cœur de pitaud. Flambeau sera heureux. Moi aussi.

Il remplit son verre. Le cidre qui pétille a la saveur du bonheur.

C'est un bourg désert que Flambeau traverse au petit trot. Le boucher et le boulanger ont fermé boutique. Seule, Gertrude, intriguée par le bruit insolite d'une carriole dans un Sanluc qui ne roule qu'en auto, ouvre sa porte et regarde. Elle reconnaît Pierre et, des deux bras levés, arrête le cheval.

— Sylvie a bien de la chance.

— Toi aussi, Gertrude, si tu le veux.

— Tu m'emmènerais en promenade si je te le demandais ?

— Jeudi, j'emmène Sylvie au marché de Garbois. A 9 heures, si tu es levée, tu montes dans la carriole.

Et elle y monte, Gertrude, dans la carriole, malgré ses jambes douloureuses. Elle embrasse Pierre.

— Je serai prête, bien avant 9 heures.

A nouveau, elle embrasse Pierre.

— Mon pitaud, tu as toujours ton grand cœur.

Maria et Salvator n'attendaient le retour de monsieur Pierre qu'à la nuit tombée. Le soleil commence à s'enfoncer dans la pourpre des nuages lorsque les roues de la charrette crissent sur le sable de l'allée.

— Tout est prêt, monsieur Pierre, dit Salvator. Nous ne voulions pas vous laisser seul. Je m'occupe du cheval et de la carriole.

— Et moi de la cuisine, dit Maria.

Pierre s'installe dans son fauteuil, tend ses mains vers les flammes.

— Monsieur Pierre, nous sommes venus aussi pour vous dire que Carlos et Mélie-Rosine sont dans l'avion pour Kourou. C'est un avion réservé au ministre de la Recherche et aux personnalités qui l'accompagnent. Pierre-Jacques y avait réservé deux places. Nos enfants sont partis cet après-midi et non cette nuit. Ils vous téléphoneront demain.

Après la soupe et le fromage, Maria et Salvator lui souhaitent bonne nuit.

— Demain, soyez prudent, monsieur Pierre. Ce cheval est peut-être capricieux. N'oubliez pas votre téléphone, dit Maria.

Dans le fauteuil de la Mélie, Pierre commence le récit de sa journée.

— Va dormir, Pierre... Demain, ne fais pas attendre Sylvie.

Dans son lit, il dort et il rêve, le pitaud. Il se voit juché sur le percheron de maître Émile. Il voit Sylvie qui l'aide à poser pied à terre. Elle embrasse son chevalier, la tête de l'oie dans sa main.

16

Depuis le 30 mars, Sylvie a perdu le sommeil, mais l'insomnie ne la fatigue pas. Elle y puise un sursaut d'énergie comme une flamme sur les dernières braises.

« Quand on est si près du sommeil éternel, pense-t-elle, on n'a plus envie de gaspiller ce qui reste de vie dans les bras de Morphée. »

Morphée ! La mythologie. Le libraire de Garbois lui a vendu le livre qui raconte la fabuleuse histoire de ses dieux et de ses héros, grecs et latins. Il y a longtemps que Sylvie en a fait son livre de chevet. Chaque soir, à la veillée, Sylvie l'ouvrait comme une bible et lisait à haute voix pour maman Meudon la page que le hasard avait choisie. La lecture achevée, toutes deux s'endormaient en compagnie de l'invité de la nuit.

Les divinités n'abandonnèrent pas Sylvie lorsqu'elle entra en solitude. Éole continua à la caresser d'une brise légère, à l'effrayer de ses bourrasques. Cérès ne cessa de l'accompagner dans ses champs d'avoine, d'orge et de seigle. Le dimanche, dans sa robe de messe, Sylvie ne résista jamais au désir de se regarder dans la glace et, toujours, c'est Aphrodite qu'elle voyait. Belle, Sylvie était heureuse d'être belle, mais le sera-t-elle encore quand son Apollon reviendra ? Apollon ? Son pitaud n'est pas un dieu mais un héros. C'est Ulysse. Comme Ulysse, il fait un long voyage, il vit son Odyssée. Sylvie, fidèle Pénélope, a attendu soixante-quatre ans son retour.

Ce lundi 11 avril, Ulysse se fait attendre. Dès l'aube, Sylvie le guette, accotée au parapet du pont-aux-chèvres. Par où arrivera-t-il ? Par le chemin des sapinières ou la route du bourg ? Avec sa canne ou en charrette ? Pierre lui a promis une surprise. Elle ne doute pas qu'il arrivera en carriole.

Sylvie a mis la robe qu'elle mettait les dimanches de messe quand elle avait trente ans, en cotonnade bleue imprimée de fleurs blanches. Son corps s'y est glissé, comme autrefois, mais il n'a retrouvé ni sa souplesse, ni le charme de sa silhouette cambrée. Sylvie aurait voulu adoucir ses rides avec une crème de beauté, mais il y a longtemps qu'elle n'achète plus de crème. Elle a crêpé ses cheveux blancs et les a rassemblés en un gros chignon. Elle veut être belle pour accueillir son Ulysse qui se fait attendre.

Elle a tant à lui dire. Ces huit jours sans lui pèsent plus lourd que les soixante-quatre années passées. Le travail de Victor, l'abri de Baptiste, les billets de Simon, Sylvie veut que Pierre n'ignore rien de ce qui a fait de cette semaine une semaine de bonheur.

Elle voudrait qu'il arrive par le chemin des sapinières. C'est le chemin de leurs amours d'écoliers. Brusquement, une polissonnerie lui remonte à la mémoire.

En août 1925, la canicule avait tout desséché. Il ne restait de vert que les ormes. Un jeudi, jour sans école, la Freiquin avait dit au pitaud : « Prends la brouette et trois sacs. Va hérusser les ormes. » Sylvie, ce même jeudi, avec sa brouette et un sac, s'en allait, elle aussi, hérusser les ormes.

La haie où les ormes ne souffrent pas de la canicule, les deux pitauds la connaissent. Ils s'y retrouvent, sans surprise, le cœur en fête, et se mettent à l'ouvrage. Ils serrent fortement la branche d'orme, souple comme un osier, et tirent jusqu'à sa pointe. Les feuilles restent en leur main, et la tige, nue comme un ver, se redresse pendant que les hérusseurs emplissent leur sac.

Sylvie, diable au corps, ne hérusse que les hautes branches, ce qui remonte sa robe et montre sa culotte. Elle épie, d'un regard en coin, son pitaud, qui oublie de hérusser, fasciné par la culotte. Sylvie s'en amuse et espère qu'il osera, lui, une polissonnerie de garçon. Ce qu'il lui demande la trouble si fort qu'elle obéit, inconsciente de son audace.

— Sylvie, c'est fait comment une femme ?

Sylvie enlève la robe et la culotte. Nue, elle se plante devant Pierre.

— Regarde. C'est fait comme ça, une femme.

Pierre regarde. Il n'ose frôler le triangle duveté qui l'affole.

— C'est beau... Tu es belle, Sylvie... Très belle.

— Et un homme, c'est fait comment ?

Elle a l'audace de demander ça, Sylvie, comme si l'alanguissement qui embrouille ses pensées avait aussi endormi sa pudeur.

Pierre ne veut pas se montrer nu. Sylvie lui enlève la chemise, fait glisser le pantalon, et ce qu'elle espérait voir surgit, droit, raide, nerveux.

— Tu vois, ce n'est pas beau, un homme, rougit Pierre.

— Oh ! si. C'est beau. Toi, Pierre, tu es un très bel homme.

Ils remettent leurs vêtements, se regardent gênés, hérussent à nouveau les ormes et se taisent comme si les mots avaient mis à nu leurs coupables pensées.

Ils y reviendront souvent, pendant la canicule, hérusser les ormes, mais Sylvie, accroupie, ne hérussera que les basses branches.

— Nous avions douze ans, soupire la pitaude. Il faut être folle comme je le suis pour revivre, à quatre-vingt-quatre ans, ces polissonneries-là.

Elle regarde ses souliers, des bottines de cuir noir à talons hauts qui enserrent ses orteils habitués aux sabots.

— Elles aussi, je les mettais quand j'avais trente ans. Ma pauvre Sylvie, tu te crois toujours jeune.

Le soleil est déjà haut dans le ciel. Elle guette, Sylvie, et c'est l'auto de Victor. Il doit être 8 heures à l'horloge pointeuse de Simon Dorville. Victor commence sa semaine de travail. L'âne, le bouc, les chèvres, les lapins, le coq auront leur nourriture avant qu'ils la réclament, et ce qui est planté, semé, enterré, verdira fin avril, fleurira en mai, mûrira de juin à septembre, protégé des prédateurs. Tout est programmé, et Sylvie peut entrer en retraite sans le remords d'abandonner ses bêtes et sa terre.

Le pitaud, qui se fait attendre, la rend nerveuse. Elle crispe ses mains sur son sac. Tous ces billets qu'il enferme, que peut-elle en faire si Pierre ne vient pas ?

Enfin, des bruits familiers : les sabots d'un cheval et les roues d'une carriole. C'est Pierre et son attelage.

— Monte, Sylvie. Victor nous attend chez toi.

Les jambes de Sylvie ont retrouvé leurs trente ans quand elle grimpe et s'assoit sur la banquette.

— C'est Flambeau ! Loïc t'a vendu Flambeau et sa carriole ?

— Loïc n'a rien vendu, rien donné, mais il est heureux que Flambeau soit encore utile.

Sylvie prend les rênes. Flambeau obéit à sa voix.

— Flambeau, je le connais. Baptiste aussi. Loïc avait sa place près de la mienne, les jours de marché, à Garbois. C'est lui qui donnait leur picotin à Flambeau et à Baptiste. Cinq ans déjà que son cheval et lui ont pris leur retraite.

Victor les attend, saucisses en main.

— Charles vous les offre. Il voudrait que vous lui pardonniez ses bêtises.

— C'est tout pardonné, s'empresse Sylvie.

La rumeur est venue jusqu'à elle mais ne l'a pas blessée.

— Monsieur Pierre, les terres de Sylvie ne sont plus en friche. Venez les voir.

Victor n'attend pas de compliments mais Sylvie n'en est pas avare.

— Victor a travaillé comme on travaillait autrefois. Il a même trempé dans une bouillie de bouse de vache les racines des choux-moelle avant de les mettre en terre.

— Grâce à toi, Victor, Sylvie est rentière.

« Pierre ne croit pas si bien dire », pense Sylvie, et elle caresse le sac qu'elle tient serré contre elle.

Ils reviennent vers Flambeau, remercient Victor.

— J'emmène Sylvie là où elle veut aller. Les saucisses, on les fera griller. Merci, Victor.

Victor, ému, regarde les deux vieux, Sylvie aidant monsieur Pierre à monter dans la carriole.

— Sylvie, c'est notre première promenade. Il faut qu'elle nous laisse de bons souvenirs.

Elle n'ose pas lui répondre : « Ce n'est pas la première. »

— Prends les rênes, Sylvie. Il faut que Flambeau s'habitue à toi, comme Baptiste. Où veux-tu nous conduire ?

— A la Pinaudière.

Pour aller à la Pinaudière, il faut traverser le bourg et c'est encore une demi-heure de carriole. Un court arrêt chez Henri, le boulanger, pour acheter le pain, un geste d'amitié à Charles, en lui montrant les saucisses, un autre à Gertrude, derrière les vitres, et Flambeau s'élance, comme sur un champ de courses. Des rênes et de la voix, Sylvie maîtrise ses emballements.

La Pinaudière, c'est une grande place entourée de terouesses. En mars, chaque année, on coupe leurs branches dressées comme de rares cheveux sur leurs énormes têtes. En avril, avant la repousse, elles n'offrent aux visiteurs que leurs crânes tondus. Les deux pitauds s'assoient sur un banc où les rejoignent leurs souvenirs.

Autrefois, la Pinaudière, c'était aussi une ferme de deux cents journaux, un café-restaurant et six modestes maisons qui abritaient des familles de journaliers. En ce matin d'avril 1997, Sylvie et Pierre ne voient que six confortables résidences secondaires, une ferme à vendre et l'enseigne, non effacée, du café-restaurant qui a fermé ses portes. Seules les terouesses ont continué à enfler leurs têtes rasées. La place a gardé ses vieux bancs où ne s'assoit plus personne. Mais qu'importe, puisque c'est à la Saint-Alban de 1933 que leurs souvenirs recréent la Pinaudière.

— Tu te souviens, Pierre, du bal de la Saint-Alban ?

— Oui, Sylvie.

Au bal de la Saint-Alban, en 1933, ce n'est plus deux écoliers qui se retrouvent. Ils ont vingt ans. Jamais ils ne s'étaient revus depuis leurs douze ans.

Pierre ne revenait à Sanluc que pour dame Berthe qui le consolait des rudesses des Freiquin, au temps du séquoia. Il y rencontrait aussi, en cachette, son ami d'enfance, Jacques Dorville, et sa sœur Rosine. Maître

Dorville n'aurait pas pardonné à ses enfants de fréquenter ce « fumier de pitaud ». Rosine l'aimait, le pitaud. Employée du Trésor, au Mans, elle l'attendait, chaque dimanche matin, à la sortie de l'École normale, et ils abritaient leurs amours dans son studio. C'est pourtant le fils du notaire de Garbois que Rosine épousa le 20 juillet 1932. Pierre, meurtri, ne vint plus à Sanluc jusqu'au 22 juin 1933. L'ami Jacques avait réussi à le convaincre qu'il retrouverait goût à la vie, dans les bras d'une cavalière, au bal des Pinaudières.

— Oui, je me souviens, Sylvie, répète le pitaud.

Sylvie a vingt ans et c'est son premier bal. Maman Meudon attelle Baptiste à la charrette et c'est un air d'accordéon qui les accueille sur la place de la Pinaudière. Sylvie, chaperonnée par maman Meudon, se laisse conduire sous la tente, évite, de justesse, la chute sur les lames du parquet frottées à la bougie. Maman Meudon fait asseoir Sylvie près d'elle. Genoux serrés, jupe baissée, Sylvie regarde les couples qui dansent mais elle fait tapisserie. C'est pourtant la plus belle, mais tous les garçons savent qu'elle sent le bouc.

Soudain, le cœur de Sylvie s'emballe. Elle a reconnu Pierre, malgré les huit ans d'absence. Un beau jeune homme qui semble être ailleurs et qui ne danse pas. Elle le regarde, elle espère que ses yeux, comme des aimants, attireront vers elle le regard de son pitaud. Et ils sont des aimants, les yeux de Sylvie ! Pierre reconnaît sa pitaude, et son visage s'éclaire du beau sourire d'autrefois.

— Maman Meudon, puis-je faire danser Sylvie ?

— Oui, mon Pierre. Mais tu vas lui apprendre. C'est son premier bal.

Pierre sait danser. Rosine lui a appris. La première danse de Sylvie, c'est une valse. Elle s'étourdit mais, d'instinct, tout son corps sait ce qu'il faut faire. Les mamans s'étonnent que la pitaude de la mère Meudon danse avec plus de grâce que leurs filles. C'est avec un rictus de jalousie qu'elles la voient s'alanguir au tango, s'encanailler à la java, s'endiabler au charleston, légère, séduisante, affolante. Jamais fille de Sanluc n'a dansé comme cette sylphide qui sent le bouc...

A la pause de l'accordéon, Sylvie revient vers la mère Meudon : « Maman, je suis heureuse » et, vite, elle reprend sa place dans les bras de son pitaud.

Il est 2 heures du matin lorsque l'accordéon égrène ses derniers triolets.

— Me permettez-vous, maman Meudon, de raccompagner Sylvie ?

— Oui, Pierre. A une condition. Promets-moi de respecter Sylvie.

— Je vous le promets, maman Meudon.

La mère Meudon rentre seule, chez elle, dans sa charrette. Les deux amoureux marchent dans la nuit, sous les étoiles. Ils arrivent au pont-aux-chèvres. L'herbe de la prairie, fauchée la veille, a été étendue à la fourche. Sur son tapis, les deux amoureux s'allongent ; Sylvie ose espérer que Pierre lui dira : « Sylvie, comment c'est fait une femme, quand elle a vingt ans ? »

Mais Pierre ne demande rien. Il a promis de respecter Sylvie. Il la respecte.

C'est le coq qui rappelle à Sylvie qu'il est grand temps de rentrer chez elle.

Assis sur leur banc, ce 11 avril 1997, ils revivent ce qu'ils se sont dit, ce qu'ils n'ont pas fait, ce 22 juin 1933. Leurs yeux ont retrouvé l'éclat de leurs vingt ans et leurs voix les interrogations d'autrefois.

Sylvie laisse parler son cœur.

— Pierre, j'espérais que tu ne tiendrais pas ta promesse.

Pierre le regrette aussi, mais il ne le dit pas. Les autres souvenirs, ceux de ce mardi gras de 1934 et du décollage de l'oie, Sylvie ne les évoque pas. Peut-être ignore-t-elle que c'est pour elle que Pierre était revenu à Sanluc, qu'il espérait qu'elle l'attendrait, sur cette place de la Pinaudière, pour y recevoir, de sa main, la tête décollée…

D'un sabot impatient, Flambeau signale qu'il voudrait repartir.

« C'est le destin qui me rappelle à l'ordre, pense Pierre. Ce qu'il n'a pas voulu, Sylvie doit l'ignorer. »

Il aide sa pitaude à monter dans la carriole.

— Où veux-tu que nous mangions les saucisses ?

— A l'Auberge du Coq. J'y allais avec maman Meudon. J'aimerais y revenir. Avec toi.

Des rênes et de la voix, Sylvie maîtrise, à nouveau, les emballements du cheval.

L'Auberge du Coq, c'était à deux heures de charrette, avec Baptiste. Il en faudra moins avec Flambeau.

Les jours de grand marché à Garbois, quand ses ventes avaient rempli son gousset, maman Meudon disait à Sylvie : « Dimanche, on s'offrira un bon repas à l'Auberge du Coq. »

Sylvie était aux anges. Elle mettait sa robe de messe et ses bottines. Elle préférait remercier le bon Dieu à l'Auberge du Coq plutôt qu'à l'église de Sanluc.

Le patron les installait à la table d'amis. Les autres tables étaient occupées par des bûcherons et des mouleurs de glaise qui prenaient, eux aussi, leur repas du dimanche. Tous lorgnaient la jeune fille en reniflant leurs assiettes. Sylvie les aguichait par de discrètes œillades, et la poularde du Mans, spécialité du chef, avait une succulence qu'elle ne devait pas au seul talent du cuisinier.

L'Auberge du Coq, Pierre aussi se souvient d'elle. Pitaud, il accompagnait le Freiquin qui venait y boire sa fillette de vin d'Anjou avant que le Marquis les ramène à Sanluc avec sa charretée de briques belges. La carrière d'argile, les abris à tous vents où elle était tassée dans des moules, les fours chauffés au coke où elle cuisait, c'était, en lisière de la forêt, à quelques encablures de l'Auberge du Coq.

Les briques belges, rugueuses, hérissées d'aspérités, le pitaud s'y râpait les doigts en les chargeant dans la charrette. C'était en 1924. Depuis des décennies, les abris n'abritent plus que des orties, et les fours, éteints, tombent en ruines. Le béton a remplacé la brique belge.

L'Auberge du Coq, elle, est toujours là et n'a rien perdu de son charme. A l'ombre des plus beaux hêtres de la forêt sarthoise, elle défie les modes et le temps. Les amoureux de la nature et des bons repas y retiennent leur table, en toutes saisons, chacune ayant son attirance.

Dans les années 20-30, celle préférée des enfants était l'automne, quand les hêtres laissaient choir leurs faines. Ils décortiquaient leurs amandes. Elles avaient une saveur plus délicate que les nousilles qui, elles, se cueillent dans les haies de coudriers à la mi-août. Les vieux racontaient aux enfants qu'au temps des rois, les serfs en ramassaient de pleins paniers. Les faines, écrasées sous les meules de l'huilerie, emplissaient les bonbonnes d'une huile douce qui sentait la nousille.

C'est à midi que les deux pitauds échappent à leurs souvenirs et descendent de carriole. Flambeau, enveloppé du nuage de sa sueur, apprécie son fourrage. La patronne ne montre aucun dépit lorsque Pierre lui demande de griller les saucisses et d'y ajouter des frites. Le foie gras d'oie, les crêpes suzette et le meilleur cru des vins du Loir, c'est un menu qui peut faire l'impasse du ris de veau en cocotte, spécialité du chef.

Toutes les tables sont occupées, mais personne ne lorgne Sylvie et elle n'aguiche personne. Le foie gras, les saucisses, les frites, les crêpes et ce vin de Loir qui l'étourdit, autant de succulences qui n'auraient été que plaisirs de bouche si Pierre n'y ajoutait le bonheur de sa présence.

Ils restent seuls à table quand arrive le café. La patronne ne montre aucune impatience mais s'empresse d'apporter la note quand Pierre demande l'addition. Sylvie la prend, la regarde, plus amusée que surprise.

— Nous avons fait des folies.

Elle ouvre son sac, sort la liasse, en compte les dix billets.

— Dix billets de cinq cents francs. Cinq cent mille anciens francs.

Elle voudrait que Pierre sache… Simon, la veille… Pierre l'interrompt.

— Simon m'a tout dit avant d'aller te voir.

— Il est trop généreux, Simon… C'est trop d'argent… Que veux-tu que j'en fasse ?

— D'abord payer la note. Il ne te restera que neuf billets.

Sylvie sourit et regarde la patronne qui emporte le dixième et ne revient pas.

De jeunes scouts, heureux de faire leur B.A., aident les deux vieilles personnes à monter en carriole.

— Pierre, une promenade en forêt m'aiderait à retrouver mes esprits.

Et Flambeau repart d'un pas tranquille.

Elle les retrouve vite, ses esprits, Sylvie.

— Pierre, cet argent, je ne peux pas le garder. Moi qui ne ferme jamais ma porte, je la verrouillerais chaque nuit... Pierre, épargne-moi ce cauchemar.

Elle tend les neuf billets et Pierre les met dans sa musette.

— Je veux bien les garder, mais ils sont à toi. Je ne suis que ton comptable. Quand tu auras pris l'habitude de t'offrir ce qui te fait envie, c'est peut-être moi qui te dirai : « Attention, Sylvie. Tu n'as plus d'argent. »

Leurs rires et l'anachronisme de l'attelage dans cette allée à autos amusent les chauffeurs qui les klaxonnent.

Sur la route du retour à Sanluc, Pierre décide d'apprendre à Sylvie ce qu'il est un des rares à savoir. Dans l'auto qui l'amenait au Fougeray, il avait laissé sur leur faim les curiosités de François. Le dire à Sylvie, c'est conclure une journée heureuse avec un bonheur qui la fera rêver.

— Sylvie, sais-tu pourquoi Simon t'achète les terres et ta maison en viager?

— Pour les avoir quand je serai morte.

— Non... C'est pour qu'elles gardent ton nom.

Sylvie lâche les rênes et Flambeau s'arrête.

— Mon nom! Donner mon nom à ce qui ne m'appartient plus!

— Oui, Sylvie... C'est un projet de Luciole... Elle le réalisera en association avec le district de Garbois... Luciole voudrait que nos enfants du troisième millénaire retrouvent chez toi ce qu'ils ne verront qu'en images dans leurs livres de classe... L'âne et le cheval, la chèvre et le mouton, les lapins et les poules... Et aussi le renard et le blaireau, la biche et le cerf, le chevreuil et le sanglier, la fouine et la loutre, l'écureuil, ceux de nos oiseaux qui sont en voie de disparition... C'est chez toi qu'ils apprendront à les connaître, à les aimer...

— Je rêve, Pierre, je rêve.

— Rêve, Sylvie. Sais-tu ce que les enfants liront, en lettres d'or, à l'entrée de leur parc ?

— Luciole, le nom de ta fille.

— Non, Sylvie. Les enfants liront, en lettres d'or :

« La ferme de Sylvie. »

Sylvie pleure. Pierre prend les rênes et Flambeau trottine. Tout chavire dans le cœur de Sylvie. Elle ressent une grande fatigue qui lui donne une grande joie. Elle repose sa tête sur l'épaule de Pierre et elle qui ne dormait plus ne résiste pas au sommeil.

Elle ne se réveille qu'à l'arrêt de la carriole. Victor l'aide à descendre. Chez elle, un feu de cheminée et une odeur de soupe l'accueillent. Elle s'assoit, pose une main moite sur son front :

— Pierre, je suis lasse... Il me faut deux jours de repos... Le bonheur, ça fatigue peut-être plus que le travail... J'aurai retrouvé toutes mes forces quand nous irons, jeudi, au marché de Garbois.

Elle se lève, hume la soupe.

— Merci, Victor... Mais je n'ai pas faim... Je tombe de sommeil.

Sylvie serre les mains de Pierre, celles de Victor, et entre dans sa chambre.

— Je vous ramène chez vous, monsieur Pierre. Maria vous y attend. Je m'occuperai du cheval à mon retour. Soyez sans inquiétude. Je prends soin de lui. Jeudi, il sera aussi fringant qu'aujourd'hui.

C'est aussi un feu de cheminée et une odeur de soupe qui accueillent monsieur Pierre quand il rentre chez lui.

— Je ne reste pas, dit Maria. Ne tardez pas à vous mettre au lit. Vous êtes fatigué.

Pierre n'a pas faim. Il voudrait s'asseoir dans le fauteuil de la Mélie, lui raconter sa journée... Il voudrait entendre, au téléphone, la voix de Luciole, de Mélie-Rosine, de Gaëlle, de Pierre-Jacques, de Carlos... Il voudrait... mais le sommeil l'assomme... Il se traîne jusqu'à sa chambre. Il grelotte lorsqu'il s'enfonce dans la moiteur des draps. Il s'endort. C'est en rêve qu'il entend les voix, au téléphone, et qu'il raconte à Mélie qu'à l'Auberge du Coq, le bonheur était aussi au menu.

17

Le mardi 12 et le mercredi 13, Sylvie veut être seule. Baptiste, le bouc, les chèvres, les poules, les lapins et tout ce qui verdit, fleurit, mûrit sur ses terres, tout cela lui a toujours tenu compagnie. Ces 12 et 13 avril, elle se privera de leur présence, enfermée dans sa chambre.

Les cloches de Sanluc sonnent midi lorsque Victor appelle Sylvie. Elle ne répond pas. Victor s'inquiète. Sylvie était si fatiguée quand elle est rentrée, hier soir. Il appelle à nouveau, crie plus fort que le repas est servi. Sylvie se montre. Enfin. Elle a faim. Elle remercie Victor. Elle lui demande de préparer son repas de demain. Pendant deux jours, elle restera dans sa chambre. « Oui, elle a beaucoup à faire. » Elle rassure Victor. « Je suis en bonne santé. » Victor s'en va, intrigué par cette soudaine envie de rangement. Il s'en amuse. Les vieux ont souvent des lubies qu'il faut leur pardonner.

La voix de Pierre que le téléphone portable met à son oreille l'ôte, un moment, à sa solitude. Cette soudaine envie de s'enfermer inquiète Pierre. Sylvie n'ose s'avouer qu'elle s'en réjouit. Elle l'a attendu soixante-quatre ans, il peut bien l'attendre deux jours. Le jeudi 14 avril, tout sera en ordre dans sa chambre et elle attellera Flambeau à la carriole.

Ce mardi 12 avril, c'est le téléphone qui réveille Pierre. Ni la voix de Maria, ni les cloches de Sanluc n'y étaient parvenues. De Kourou, Mélie-Rosine lui annonce qu'elle est heureuse. Ce n'est qu'à son retour qu'elle lui expliquera pourquoi. Pierre-Jacques, elle ne le voit guère. Quand la fusée sera sur orbite, il téléphonera à grand-père. Il lui dira qu'il est heureux, mais c'est à Sanluc qu'il lui dira pourquoi. Comme Mélie-Rosine. Il prolongera de quinze jours, à Sanluc et à Garbois, les deux semaines de vacances en Guyane avec Gaëlle, Carlos et Mélie-Rosine. Le lancement de la fusée, c'est demain, à 16 heures. Un événement télévisé. Grand-père en verra les images, devant son écran, et les applaudissements qui salueront le succès lui donneront, à lui aussi, du bonheur.

La voix de Mélie-Rosine n'est plus à l'oreille de grand-père mais elle reste présente en son cœur. Il l'écoute, l'appareil collé à sa tempe, comme si sa petite-fille lui parlait encore. Maria le taquine :

— Mélie-Rosine est bavarde et vous voulez qu'elle le soit encore plus, monsieur Pierre ? Moi, c'est la voix de mon fils que j'espère entendre, mais je n'ai pas de téléphone portable. Il me faut revenir vite à Garbois. Demain, je reviens vous préparer une truite aux amandes.

Grand-père la laisse partir sans lui demander son whisky ni lui offrir le porto. Maria lui a mijoté un bœuf aux carottes. Il ne le déguste pas seul. Malgré le silence du téléphone, Mélie-Rosine est toujours présente. Elle est l'invitée de grand-père. Elle ne tarit pas d'éloges sur les talents de la cuisinière, mais elle surveille l'assiette de grand-père et tempère sa gourmandise. Elle lui interdit un troisième verre de saint-émilion et l'oblige à prendre ses pilules. Elle l'accompagne dans sa promenade qui lui évite l'assoupissement d'après-midi. Grand-père a choisi celle que Mélie-Rosine préfère : le chemin des sapinières. Il l'interroge vainement sur ce qu'elle refuse de lui dire. Il lui parle si fort que des oiseaux occupés à leur nid s'effraient et s'envolent. Des lapins étonnés, assis sur leur derrière, les pattes de devant amenant vers leur nez les épis naissants des graminées sauvages, regardent, de leur œil rond, cet intrus qui cueille sur leur territoire des muguets dont les fleurs ne sont encore que perles verdâtres et les offre à une invisible personne. Mélie-Rosine l'aide à peser moins lourdement sur sa canne. Ce n'est qu'au crépuscule, quand le ciel reste rouge là où le soleil a disparu, que grand-père rentre à la maison. Il ne laissera Mélie-Rosine repartir à Kourou qu'après la soupe et la tisane.

Le lendemain 13 avril, Maria ne s'étonne pas de trouver monsieur Pierre endormi dans le fauteuil de la Mélie. Comme d'habitude, elle le réveille, le gronde et lui promet de n'en rien dire à Mélie-Rosine. Même au téléphone.

Pour Maria, le téléphone, c'est le messager du bonheur. C'est lui qui a mis tant de gaieté dans sa voix. Maria est aux anges. Ce que lui a dit son fils, son cœur désespérait de l'entendre, mais monsieur Pierre doit l'ignorer. C'est Carlos lui-même qui le lui apprendra, à Sanluc.

— Il est midi, monsieur Pierre. C'est l'heure de votre whisky et de mon porto. Trinquons au succès de Pierre-Jacques.

— Trinquons aussi à son bonheur, Maria.

Ils n'osent ajouter, bien que les mots soient sur leurs lèvres : « Et au bonheur de Gaëlle, de Carlos et de Mélie-Rosine. »

Grand-père invite Maria à partager son repas.

— Une seule truite, ça ne se partage pas, monsieur Pierre. Je reviens avant 16 heures, avec Salvator. Nous fêterons ensemble le succès de votre petit-fils. J'ai mis au frais une bouteille de champagne.

Grand-père taquine, sans appétit, cette excellente truite aux amandes. Il ne s'attarde pas sur le muscadet qui mériterait plus de considération. Il renonce à sa promenade d'après repas. Il regarde sa montre. 13 heures. Encore trois heures d'interminable attente. Il allume la télé. C'est l'heure des informations. Il les écoute d'une oreille discrète et la somnolence le gagne. Brutalement, il sursaute. De Kourou, le reporter annonce qu'en raison des mauvaises conditions atmosphériques, le lancement de la fusée, prévu pour 16 heures, est reporté. L'événement est-il retardé de quelques heures ou de quelques jours ? Le reporter n'en sait rien. Il réapparaîtra sur les écrans quand il le saura.

Grand-père prend sa canne. Il espère retrouver le calme en claudiquant dans les allées du parc. Le téléphone portable qu'il tient en main lui apprend la déception de Maria. Elle ne reviendra pas à Sanluc. C'est à Garbois qu'elle assistera au lancement de la fusée, mais c'est à Sanluc, chez monsieur Pierre, que Salvator et elle fêteront le succès de Pierre-Jacques.

Le ciel s'éclaire de ses premières étoiles lorsque grand-père rentre chez lui. Il ranime les braises et les flammes dévorent le fagot qu'il pose sur les landiers. Si Loïc était dans l'autre fauteuil, près de la cheminée, ils se prépareraient une routie qui n'a de saveur que si on la partage. Personne n'est dans l'autre fauteuil et grand-père renonce à la faire pour lui seul. Mélie-Rosine a repris sa place auprès de Pierre-Jacques qui a grand besoin de sa présence. Grand-père ne songe qu'à son petit-fils, à son impatience, peut-être à son angoisse. La mauvaise humeur du temps annonce, peut-être, un échec. Grand-père voudrait libérer son esprit du pressentiment qui le harcèle. Tout ce qui pourrait l'aider à échapper à ce harcèlement, la routie, le fromage, le whisky, il y renonce. Le pressentiment s'est installé en lui et rien ne peut le chasser.

C'est Pierre-Jacques qui a pris la place de Mélie-Rosine en son cœur. Il lui parle à haute voix comme il parlait à sa sœur dans le chemin des sapinières. Il lui demande si, seule, l'humeur du temps retarde le lancement de sa fusée. Pierre-Jacques répond :

— Oui, grand-père, avec l'assurance du spécialiste, mais grand-père décèle dans ce « oui » l'ombre d'un doute qui lui rappelle que le risque zéro n'existe pas.

Les flammes ont dévoré le fagot et grand-père laisse les braises s'éteindre. Grand-père s'enferme dans sa solitude. La sonnerie du téléphone l'en délivre. C'est Sylvie. Demain, à 8 heures, par le chemin des sapinières, l'attelage arrivera chez lui. Grand-père promet de ne pas se faire attendre. Il voudrait savoir pourquoi, pendant deux jours, Sylvie n'a voulu voir personne. Avec du mystère dans la voix, elle lui répond que c'est pour lui préparer une surprise.

Comme les jumeaux, Sylvie a son secret, et sa voix s'obstine à le garder. Devant son feu éteint, grand-père s'accroche à l'espoir que les voix entendues, malgré leur mystère, sont promesse de bonheur.

Grand-père guette, sur l'écran de sa télévision, le flash qui annoncera l'heure du lancement de la fusée. Le film du soir n'est coupé que par des spots publicitaires. L'espoir et l'impatience tiennent grand-père éveillé. Les informations de minuit ne disent mot sur l'événement de Kourou. Grand-père décide de passer la nuit devant son poste. Il croit pouvoir résister au sommeil. Les informations de 7 heures le réveillent, endormi dans son fauteuil. Elles restent muettes sur ce que grand-père espérait entendre. Grand-père ne s'en émeut pas. Si le retard avait une autre cause que la mauvaise humeur du temps, les journalistes, à l'affût de la moindre rumeur, l'auraient déjà annoncé au monde. A 8 heures, c'est grand-père qui attend Sylvie et son attelage. Il a pris sa canne et il fredonne un air ancien dans le chemin des sapinières. Fringant comme si Mélie-Rosine et Gaëlle l'invitaient à La Rascasse, il se hisse dans la carriole sans le secours de Sylvie. C'est la première fois qu'elle le voit en costume de ville. Il ressemble au jeune homme qui la faisait danser, au bal de la Saint-Alban, en 1933. Elle voudrait lui dire qu'il est beau, mais la pudeur la paralyse. C'est lui qui a l'audace.

— Tu es belle, Sylvie.

Elle rougit, mais le compliment la met à l'aise.

— C'est la robe que j'avais quand tu m'as fait danser.

Et toujours ces souvenirs qui leur remontent à la mémoire ! Ils ne s'y attardent pas. Pourquoi revivre les joies et les regrets du passé quand le soleil levant de ce jeudi 14 avril éclaire un présent prometteur ? Pierre s'assoit sur le coussin bourré de pivardaine, près de Sylvie qui tient les rênes. Il apprécie qu'elle ait songé à le protéger des rudesses du banc de chêne. Il répète :

— Tu es belle, Sylvie.

Et Sylvie s'enhardit :

— Toi aussi, Pierre, tu es beau. Comme au bal de la Saint-Alban.

Au petit trot, Flambeau les emmène au bourg. Gertrude attend, devant sa porte. Le boulanger lui tient compagnie. Intrigué par la soudaine coquetterie de la vieille dame, en cette heure matinale, la curiosité l'a conduit jusqu'à elle. Gertrude s'est endimanchée. Sa robe est celle des jours de fête, quand ses enfants viennent la voir. La veille, le coiffeur a redonné leur jeunesse à ses cheveux blancs. La médaille de la Vierge et son collier d'or, les diamants de ses boucles d'oreilles, l'émeraude de la seule bague qui se glisse encore à l'un de ses doigts rappellent que Gertrude est une riche dame de Sanluc. Sylvie, qui fut toujours pauvre, ne se sent pas humiliée. Sa richesse à elle, c'est Pierre qui est assis près d'elle. Le boulanger aide Gertrude à monter dans la carriole. Elle s'assoit à l'arrière, sur un coussin bourré de pivardaine.

L'attelage reprend sa route vers Loïc. Le boucher-charcutier ose sortir de sa boutique. Il regarde la carriole s'éloigner et, comme le boulanger, il agite les bras. De l'arrière, Gertrude répond à leurs signes. Les deux amis rentrent dans leurs boutiques sans se dire un mot. « La saucisse de monsieur Pierre » les a brouillés pour longtemps.

— Ce grand bêta va encore raconter que les deux vieilles se sont endimanchées pour aller courir le guilledou.

— Et toi, réplique Sylvie, je sais ce que tu lui diras pour lui clouer le bec.

Et c'est avec des rires qui n'en finissent pas que Flambeau force l'allure.

Quand la carriole cahote dans les ornières du chemin creux, Loïc les attend, assis sur son banc, à l'ombre du châtaignier. Les rires qu'il entend ne l'étonnent pas. Il connaît Gertrude et sa gouaille. Sa langue est parfois méchante mais ce qu'elle dit est toujours drôle. C'est elle, il le jurerait, qui amuse les autres.

Flambeau hennit, frotte ses naseaux contre les joues de son maître. Leurs retrouvailles éteignent les rires et crispent d'émotion les visages.

— Mon Flambeau, tu es heureux. Tu travailles. Ici, tu serais mort d'ennui à ne rien faire.

Flambeau hoche la tête. Loïc le remercie de sa visite avec des caresses et un picotin.

— Descendez tous. On va trinquer au succès de Pierre-Jacques. J'ai mis une bouteille au frais. Elle vous attend.

— Au succès ? Le lancement a eu lieu ? s'étonne Pierre.

— Non. Il est prévu pour midi. Un flash l'a annoncé aux informations de 8 heures.

— C'est un événement à ne pas manquer, dit Gertrude. Je sais un endroit où nous pourrons le voir.

On trinque. Une fois. Deux fois. Le cidre mousse dans les verres comme du champagne. Il monte à la tête. Les rires saluent les facéties de Gertrude. Tout le monde monte dans la carriole.

— Prends les rênes, Loïc. C'est ton cheval.

— Non, Sylvie. Si Gertrude le permet, je m'assois près d'elle.

Elle le permet et lui rappelle, pour le mettre en gaieté, sa dernière beuverie, au Mans, à la foire aux oignons. Cinq ans déjà qu'ils n'y vont plus. Ni elle. Ni lui.

— Le temps passe vite, conclut Gertrude. Profitons-en aujourd'hui. Et toi, Loïc, essaie de tenir droit jusqu'à ce soir. Les mufflées, c'est quand tu étais jeune.

Les cahots de la carriole, dans les ornières du chemin creux, font hoqueter leurs rires. Sur la route, Flambeau reprend son petit trot et pète, queue levée, pour remercier Loïc du picotin et des caresses. Ces pets qui se succèdent mettent les cœurs en gaieté. Loïc est le plus en verve. Il scande :

— Gertrude, une chanson ! Gertrude, une chanson !

Et les deux amis, sur le siège avant, scandent à leur tour :

— Gertrude, une chanson ! Gertrude, une chanson !

Gertrude ne se fait pas prier. Elle toussote pour éclaircir sa voix et chevrote :

Jeanneton prend sa faucille
Larilette, Larilette
Jeanneton prend sa faucille
Pour aller couper les joncs (bis).

En chemin, elle rencontre
Larilette, Larilette
En chemin elle rencontre
Quatre jeunes et beaux garçons (bis).

Pour chanter les autres couplets, la voix de Gertrude s'encanaille :

Le premier, un peu timide
L'embrassa sous le menton...

Le deuxième, beaucoup moins sage
Souleva son blanc jupon...

Le troisième, un intrépide
La coucha sur le gazon...

Ce que fit le quatrième
N'est pas dit dans la chanson.

Et Gertrude entonne le dernier couplet avec la voix retrouvée de ses vingt ans :

Si vous le saviez, mesdames,
Larilette, Larilette
Si vous le saviez, mesdames,
Vous iriez couper des joncs (bis).

— Et tu en as coupé souvent, des joncs ? ricane Loïc pendant que Pierre et Sylvie applaudissent.

— Souvent, oui. Mais pas avec toi. Tu n'embrassais les filles que sous le menton.

Quand les rires cessent de saluer la riposte, Gertrude ne lâche pas Loïc.

— Autrefois, tu chantais comme un ténor. On t'écoute.

Flambeau tourne le creux de ses oreilles vers la carriole comme si les « Loïc, une chanson ! Loïc, une chanson ! », il prenait plaisir à les entendre.

Loïc pourrait chanter une chanson grivoise. Il en connaît beaucoup, mais elles ne se chantent, verre en main, qu'en compagnie des hommes. C'est un chant appris à l'école, en 1929, avec Paul Alban, qui lui revient en gorge. Sa voix de ténor qui, elle, n'a pas vieilli, il l'offre, sans se faire prier, aux oreilles, y compris à celles de Flambeau.

Dans mon Maine joli
Je sais plus d'une sente
Où la lumière pâlit
Sur la terre glissante
Elle tombe en nappes d'or
Quand brûle Messidor.
Dans les sentiers
La pastourette
Fait la causette
A son pastour
L'amour. L'amour. L'amour.
Pastourette, viens donc là
La boula boula bergerette
Pastourette viens don là
La boulala la.

Et les trois autres, en chœur, reprennent :

Pastourette viens donc là
La boula boula bergerette...

Gertrude, séduite par la voix, n'ajoute pas son grain de sel à la bruyante gaieté qui remercie le ténor, mais ce sont ceux de l'avant qu'elle prend pour cible.

— Toi, Sylvie, jamais je ne t'ai entendue chanter. Il n'y a que Pierre qui sait que tu as une belle voix.

Pierre n'en sait rien. Jamais Sylvie n'a chanté pour lui ni pour d'autres, mais elle ne se fait pas prier. Sa chanson préférée, maman Meudon la lui fredonnait, pour l'endormir, lorsqu'elle était petite. Elle la chante parfois pour se sentir moins seule. Elle la chante pour eux, dans la carriole, parce qu'elle est heureuse. Sa voix, elle aussi, a la pureté du bonheur.

Quand vous voyez la Lisette
Vous en perdez la raison
Mais vous perdez aussi la tête
Dès que vous voyez la Lison
Toutes les deux sont jolies
Et quand vient la floraison
Les amoureux font des folies
Pour Lisette
Pour Lison.

Personne n'ose taquiner Sylvie. Les applaudissements font oublier qu'elle n'a été ni Lisette ni Lison et que, pour elle, les amoureux n'ont pas fait de folies.

La gaieté risquerait de sombrer dans la mélancolie si Gertrude n'était pas là pour relancer :

— Et toi, Pierre, tu ne chantes pas ? Tu es trop savant ? Tes chansons, on est trop bête pour les comprendre ?

— Je le crois, Gertrude. Ouvre tes oreilles. Ce que je vais chanter, je suis sûr que tu ne vas pas le comprendre.

Monsieur le professeur, de sa belle voix de baryton, entonne :

J'aime pas les noisettes
Ça vous casse les dents
J'aime mieux les bananes
Car y'a pas d'os dedans.

— Il fallait être normalien en 1935 et fan de l'orchestre Ray Ventura pour chanter ça, sourit Pierre.

— Je la chantais aussi, ricane Gertrude, et je crois bien que j'en comprenais toutes les paroles.

— Et celle-là, Gertrude, tu es sûre de la comprendre ?

T'as gagné un kilo de sucre
Pamela, Pamela
T'as gagné un kilo de sucre
Et un quart de chocolat.
Qu'il soit petit ou gros
T'as toujours le bon numéro
T'as gagné un kilo de sucre
Et un quart de chocolat.

— Oui, je m'en souviens aussi et je la comprenais. On la chantait pour fêter la naissance de la Loterie nationale qui, elle, promettait des millions.

— Si tu comprends cette troisième, je t'offre le champagne.

Qui, qui, qu'a perdu
Son petit, petit, tom'pouce
Celle qui l'a perdu
Sûrement qu'elle ne l'a plus.
Qui, qui, qu'a perdu

Son petit, petit, tom'pouce
Sûrement elle l'a plus
Celle qui, qui l'a perdu.

— Celle-là, nous la savons par cœur, n'est-ce pas Sylvie ?

Et les deux coquines reprennent en chœur :

Qui, qui, qu'a perdu…

— Nous étions jeunes, quand on chantait ça, soupire Sylvie.

Et, de sa voix moqueuse, Gertrude ajoute :

— Nous comprenions même les sous-entendus. Toi, monsieur le professeur, peut-être bien qu'ils t'ont échappé.

Ils arrivent à Garbois, place de l'église, là où se tient le marché, en chantant à tue-tête : « Qui, qui, qu'a perdu… » Ils ne se taisent que lorsque trop de visages tournent leurs regards vers eux.

Flambeau retrouve sa place et son fourrage, comme chaque jeudi, avant la retraite. Loïc se dirige, seul, vers le marché aux bestiaux. Il y est accueilli par de vieux fermiers qui ont encore une vache ou un veau à vendre, et de vieux maquignons qui se concertent pour éviter la concurrence afin de mieux plumer le vendeur. Les claques dans le dos et les gaudrioles ponctuent d'émouvantes retrouvailles.

Sylvie salue ses clientes qui regrettent Baptiste, les œufs, les fromages, les poules et les lapins, et s'étonnent de la voir en robe de jeune femme, au bras de monsieur le professeur Forelli-Alban. Tout le monde à Garbois le connaît, l'admire et le respecte. La vieille Gertrude, avec ses bijoux, ses soieries et ses bouclettes, la main accrochée à l'autre bras du professeur, déclenche des sourires indulgents.

Maria les aperçoit et son étonnement ne cède en rien à celui des clientes. Elle savait que Flambeau et la carriole les emmenaient au marché, mais voir les deux vieilles endimanchées comme si elles allaient au théâtre et monsieur Pierre en son costume parisien, c'est un spectacle qui force son sourire. Les deux vieilles devinent que Maria les trouve ridicules, mais elles s'en moquent. Toutes ces badaudes qui leur accordent plus de regards qu'aux poules et aux lapins, Gertrude se charge de les « moucher, ces merdeuses ».

— Monsieur Pierre, venez avant midi. Votre couvert est mis.

— Pierre reste avec nous, réplique Gertrude.

— Et le lancement de la fusée, ce midi, monsieur Pierre va manquer ça ?

— Il ne le manquera pas, rétorque Gertrude. Il le verra Chez Camille, dans la salle du restaurant, devant un grand écran de télévision.

Monsieur Pierre pâlit soudainement, comme pris d'un malaise. Ses deux compagnes le retiennent, chacune par un bras. Monsieur Pierre avoue, honteux :

— J'ai oublié ma musette. Le téléphone est dedans.

Maria le rassure :

— Mélie-Rosine et Pierre-Jacques sauront, par Carlos que j'aurai au téléphone, que vous êtes au marché de Garbois, avec vos amies, que vous rentrerez tard et que vous espérez les entendre avant de vous endormir dans le fauteuil de la Mélie.

Sa taquinerie la fait sourire. Elle s'éloigne, après ses recommandations, comme si elle parlait à des jeunes gens en goguette.

Sylvie n'ignore pas que, les jeudis de grand marché, on refuse les clients Chez Camille. Il est prudent d'y retenir une table. Le restaurant doit sa réputation à la succulence de ses tripes à la mode de Caen, à son cassoulet toulousain et au moelleux de ses biftecks au vin tranchés dans la bavette. Dès le mercredi, le cuisinier prépare les tripes. Elles mijotent, à feux doux, toute la nuit. Le matin, les voisins se réveillent, leur bonne odeur dans les narines. Ils retiennent leurs parts qu'ils emportent, mais il en reste assez pour les amateurs qui ne viennent Chez Camille que pour elles. Les jeudis de grand marché, les vieux maquignons et les rares fermiers qui vivent sur leurs terres, comme autrefois, y viennent conclure dans la bombance un marché où chacun croit avoir roulé l'autre. C'est toujours le maquignon qui règle l'addition et le fermier abuse du vin et de la tripe qui ne lui coûtent rien. Après le café et avant le « calva », le maquignon sort de sa sacoche un portefeuille bourré de billets de cinq cents francs. Il paie en liquide, frottant entre le pouce et l'index les billets que le fermier recompte. Après le « tope-là » des deux compères et le cul sec du « calva », ils se séparent, la tête échauffée par la ripaille et le plaisir d'avoir filouté l'autre.

Sylvie regarde l'horloge de l'église. 11 heures. C'est trop tard. Toutes les tables sont retenues. Loïc, qui revient vers eux, la rassure. Lui aussi a pensé au restaurant Chez Camille ; il a retenu la table située face à l'écran. D'ordinaire, c'est son maquignon qui la réservait, mais seulement pour deux couverts. Loïc en veut quatre. Le patron ne montre aucune surprise, sa discrétion valant sa cuisine.

A midi, l'événement annoncé ne les devance pas. Ils sont installés à leur table, l'apéritif aux lèvres. Ils regardent l'écran et attendent les tripes.

— Dix, neuf, huit, sept, six...

Pierre redevient grand-père. Il maîtrise mal le tremblement de ses mains. Il pose son verre sur la table. Les autres en font autant.

— Cinq, quatre, trois, deux, un…

Un monstrueux nuage rougeoyant de flammes, une force diabolique poussant la fusée qui décolle et s'élève… Devant leurs écrans, tous les membres de l'équipe de Pierre-Jacques, visages tendus, suivent la trajectoire. Et tous, d'un même élan, se lèvent, embrassent leur chef, applaudissent le succès du lancement. Pierre-Jacques prononce quelques phrases banales aux journalistes qui l'interrogent, mais son regard va bien au-delà des micros braqués sur lui. Ce regard-là, grand-père sait qu'il est pour lui et il pleure. « Bravo, mon enfant. » Ses larmes, c'est Sylvie qui les essuie et elle essuie aussi les siennes. Le patron, venu féliciter grand-père, ramène le sourire sur tous les visages.

— C'est la fête à Kourou pour votre petit-fils, mais c'est aussi la fête Chez Camille en votre honneur, monsieur le professeur. A votre menu, j'ajoute le champagne et c'est moi qui vous l'offre.

— Merci, Gustave. Merci pour les tripes que j'espère aussi bonnes que celles de ton père. Merci pour le vin de Bourgueil que tu nous proposes. Merci, mille fois merci, pour le champagne que tu nous offres.

C'est Gertrude qui improvise le compliment, mais elle se garde d'ajouter que ce champagne offert, c'est un autre événement, car Gustave a la réputation d'être aussi radin que bon cuisinier.

Camille, son père, a donné son prénom au restaurant. Le fils a gardé l'enseigne. Un restaurant célèbre garde toujours le nom de son créateur.

— Jeudi prochain, c'est un cassoulet que je propose à mes clients. Comme mes tripes, il mijotera toute la nuit. Même à Castelnaudary, on n'en cuisine pas de meilleur.

— Je retiens la table, s'empresse Gertrude. Et puisque tu es généreux, je t'offrirai le champagne. Si ton cassoulet est aussi bon que celui de ton père, je t'invite à trinquer avec nous.

On applaudit Gertrude, et Sylvie s'empresse de préciser que c'est elle, aujourd'hui, qui règle l'addition. Loïc et Gertrude s'étonnent mais ne disent mot. Ils croyaient Sylvie pauvre. Le bouc, les chèvres, les fromages, les œufs, les poules, les lapins, et toute une vie monacale et solitaire l'ont enrichie. Ils l'ignoraient mais s'en réjouissent, sans marquer leur surprise.

Chez Camille, ce 14 avril, aucune table n'est inoccupée, mais la salle comble reste silencieuse. Sylvie, Gertrude, Loïc, le professeur Forelli-Alban, elle les connaît, mais jamais elle ne les a vus attablés Chez Camille. Leurs rires et leurs saillies l'amusent, une joie trop communicative pour ne pas être partagée. Les tripes de Gustave valent celles de Camille quand Loïc, à la cantonade, en fait l'éloge, et le bourgueil de Gustave n'a pas d'égal quand le professeur en vante les vertus. Jamais Gustave n'a été si bon cuisinier.

D'ordinaire, la salle est vide à 15 heures. Elle est encore comble à 16 heures, les clients retenus à leurs tables par la verve des quatre vieilles personnes. Lorsque Gustave les rejoint et lève son verre pour saluer le succès du petit-fils du professeur, c'est aussi le grand-père et ses complices que la salle applaudit.

Ce n'est que vers 18 heures que l'attelage revient vers Sanluc. La carriole fera sa première halte au Fougeray pour y laisser Loïc, une deuxième devant la maison de Gertrude. Sylvie restera seule, avec Flambeau, lorsque Pierre entrera chez lui. Il fera nuit noire mais personne ne s'en inquiète, tant la joie fait oublier l'heure et les quinze kilomètres au petit trot de Flambeau.

— Sylvie, la pivardaine de tes coussins, c'est toi qui la ramasses ?

— Oui, Gertrude.

— En avril, la pivardaine a encore ses balayettes ?

— Oui, Gertrude.

— J'ai envie d'aller en couper. Mes balais sont usés.

La pivardaine, c'est un mètre de tiges, fines et rigides, dont on fait des balais. C'est aussi des feuilles, longues et souples qui s'étalent en touffes et se détachent à la main, au printemps, quand elles sont mortes et avant que les touffes reverdissent. Les femmes viennent les ramasser pour en garnir leurs matelas.

Sylvie craint que la carriole n'arrive dans les bois à pivardaine qu'à la nuit tombée. Gertrude ne veut rien entendre.

— Les bois, je les connais. Les jours de fête, à Sanluc, je m'y suis souvent allongée, sur un tapis de pivardaine. Pas toi, Sylvie ?

— Non, Gertrude. Je connais l'endroit, mais je ne m'y suis jamais allongée.

Gertrude regrette ce qu'elle a dit. La pitaude de la mère Meudon n'a jamais eu d'amoureux. Peut-être parce qu'elle sentait le bouc et qu'elle était pitaude. Gertrude voudrait ravaler ses paroles, mais le mal est fait. Il ne semble pas atteindre Sylvie qui active le petit trot de Flambeau d'une légère pression sur les rênes. Gertrude se punit en renonçant aux balayettes.

Au Fougeray, Loïc descend de la carriole moins lestement qu'il n'y est monté le matin. Il embrasse Flambeau. Il lui dit : « A jeudi », et la carriole cahote à nouveau dans les ornières du chemin creux.

Au bourg de Sanluc, Pierre et Sylvie aident Gertrude à descendre. Elle marche d'un pas hésitant, jusqu'à sa porte. Lorsque Flambeau reprend son petit trot, elle lève les bras et crie, très fort : « A jeudi. » Il fait nuit noire.

Gertrude n'arrive pas à enfoncer sa clé dans la serrure. Elle jure des « Nom de Dieu de merde » après chaque échec. Le boulanger et le boucher-charcutier, inquiets et amusés, la surveillent, chacun devant sa boutique. Quand elle ouvre, enfin, sa porte et allume la lumière, ils rentrent chez eux. Ils l'entendent chanter quand elle s'enferme chez elle.

Le lendemain, l'incorrigible boucher-charcutier raconte à ses clients, en tranchant l'escalope et mesurant une bonne part de boudin, que la Gertrude, hier, en pleine nuit, tenait une si forte mufflée qu'elle jurait comme un charretier contre sa clé qui ne voulait pas entrer dans sa serrure et que, sur le pas de sa porte, robe relevée jusqu'aux genoux, elle dansait la gigoulette en chantant : « Elle avait de tout petits petons, Valentine… »

18

La ribote de Garbois, Maria prend plaisir à la raconter à Carlos. Elle veut aussi que les jumeaux apprennent que grand-père a oublié son téléphone et qu'il ne rentrera chez lui que tard dans la nuit.

Salvator aide monsieur Pierre à descendre de la carriole. Il prend sa place auprès de Sylvie. Il n'est pas prudent de la laisser revenir seule, chez elle. Quand monsieur Pierre, après la soupe, s'installera dans son fauteuil, devant un bon feu de cheminée, l'auto emmènera Maria chez Sylvie. Elle allumera le feu, chauffera un bouillon, aidera Sylvie, fatiguée et somnolente, à se mettre au lit. Puis l'auto filera vers Garbois, emmenant le couple, lorsque Flambeau aura retrouvé Baptiste et l'abri, sa mangeoire et son râtelier.

Après la soupe, grand-père s'installe dans son fauteuil, regarde les flammes. Maria attendait ce moment pour lui remettre une lettre de Luciole que le facteur a glissée, le matin, sous sa porte.

Le téléphone portable met souvent la voix de Luciole à l'oreille de son père. C'est un coup de cœur qui ne lui prend que quelques minutes. Écrire une lettre en exige davantage. Faute de temps, peut-être aussi pour céder à la mode, Luciole téléphone. Une lettre d'elle qui arrive à Sanluc, c'est toujours, depuis qu'elles se font rares, un événement qu'elle annonce.

— Je vous laisse, monsieur Pierre. Je vais chez Sylvie. Ne vous endormez pas dans le fauteuil de Mélie. Votre repas de demain est tout préparé. Je l'ai mis au frais, dans le congel.

M. Pierre ne s'arrache à son fauteuil qu'après le démarrage de l'auto. Il s'avance, malaisément, vers la chambre de Mélie. Ce que Luciole écrit, grand-mère et papa le liront ensemble. L'événement prendrait moins d'ampleur si papa le gardait pour lui seul. La sonnerie du téléphone arrête sa marche. Pierre revient vers son fauteuil, s'y installe, écoute. C'est la voix de Pierre-Jacques.

Le succès ne lui enfle pas la tête. Il le partage avec les membres de son équipe. Leurs compétences y ont contribué aussi efficacement que les siennes. L'événement, ce n'est pas la fusée sur orbite. C'est la présence, à Kourou, de Gaëlle, de Carlos, de Mélie-Rosine. Grand-père voudrait en savoir plus, mais Pierre-Jacques s'obstine à lui cacher l'essentiel. Partir à l'aventure dans la forêt guyanaise, c'est passionnant, et grand-père comprend l'enthousiasme de son petit-fils ; mais l'aventure aurait-elle autant d'attrait si Gaëlle, Carlos, Mélie-Rosine n'y participaient pas ? Grand-père ne le saura pas.

Gaëlle et Carlos ont, eux aussi, du bonheur dans la voix mais, à les entendre, ils ne se réjouissent que du succès de Pierre-Jacques et de ce qu'ils espèrent découvrir dans la forêt vierge. Mélie-Rosine redevient le médecin de grand-père :

— N'oublie pas tes pilules et ne recommence pas demain ce que tu as fait aujourd'hui.

Elle aussi a, dans la voix, un bonheur qui ne doit rien à la médecine.

Grand-père revient vers Mélie et s'installe dans son fauteuil. Il ouvre la lettre et lit, à haute voix, une diction appliquée, celle de Paul Alban, dans sa classe, quand il aidait ses élèves à éviter les pièges de la dictée.

— « A soixante-trois ans, le destin ne me met pas à la retraite. J'ai conscience qu'il me reste à faire l'essentiel. Je voulais que tu viennes ici pour m'en donner le courage mais ce n'est plus nécessaire. Agatos et Sublime ne m'abandonnent pas. La mort ne nous a pas séparés. Je vis avec eux comme toi avec grand-mère. Et ce que tu m'aurais dit, ils me le disent. Ils n'acceptent pas que je me repose. Je pourrais prendre prétexte de l'âge pour ne pas vous entendre, ni toi ni eux, mais ta fille te ressemble. Ce qu'ils espèrent de moi n'est pas sans risque d'échec mais, comme toi, je refuse d'être raisonnable quand la déraison me met au service des autres.

« En cette terre africaine où j'ai choisi de vivre, j'ai voulu être la voix des femmes humiliées condamnées au silence. Les gros tirages de mes livres, je les dois à leur détresse plus qu'à mon talent. Je ne suis pas femme à m'accommoder de leurs misères, surtout quand elles me valent gloire et argent.

« J'ai donné trente ans de ma vie à l'écriture. Les années qui me restent, je les veux aux côtés de ces femmes courageuses dont mes livres ont changé la vie. Elles parlent et elles agissent. Désormais je serai, pour elles et avec elles, une femme d'action.

« Je veux que s'ouvrent, pour elles, les portes de l'enseignement supérieur. Universitaires, bachelières ou sans diplômes, elles y viendront, femmes engagées, apprendre à poursuivre leur croisade avec les armes de l'efficacité. C'est une science qui ne s'enseigne pas dans nos universités. Elles le seront dans un institut ayant son autonomie et ses locaux sur le campus de Kabidjo. Mes droits d'auteur, le soutien du président Cyrille Akoula et du ministre de l'Éducation me donnent les moyens de le créer. Son nom sera celui de mon époux et de sa mère. L'Institut Agatos-Sublime accueillera ses premières élèves l'an prochain. C'est à l'Association internationale des femmes francophones que je demande de les sélectionner. Toutes bénéficieront d'une bourse allouée par l'Institut qui se charge de leur trouver, à la fin de leurs études, un emploi compatible avec leur engagement.

« Mon problème, c'est de confier la direction de l'Institut à une personne qui partage mes vues et qui ait le prestige d'un grand universitaire. Mon choix ne peut te surprendre. C'est Phoibos.

« Ici, on ne connaît que le professeur Gaston Durand, l'auteur de *François Balbaye, le poète de la négritude*. Pour moi, depuis Louis-le-Grand et Normale supérieure, il est et reste Phoibos. Tous ceux qui admirent François Balbaye, retiré de la vie publique mais présent dans tous les cœurs, ont lu le livre de Gaston Durand. Les professeurs de l'université de Kabidjo l'accueilleraient avec enthousiasme dans une chaire créée pour lui. Il enseignerait avec eux et dirigerait avec moi, deux fonctions complémentaires qui conviennent à l'homme de pensée et d'action qu'il n'a jamais cessé d'être.

« Phoibos vient à Kalinga, pendant les vacances de printemps, avec le manuscrit de son nouveau livre. Il prendra l'avion le jeudi 21 avril. Il sera mon hôte. Il me lira son manuscrit et je lui exposerai mon projet. Je crains que ses attaches parisiennes l'emportent sur ce qui l'attire au Senghal. Mais si, avant son envol, tu le rencontrais à Paris, je suis sûre que tu saurais le convaincre du contraire. » J'irai à Paris mercredi. Qu'en penses-tu, Mélie ?

— Tu pourrais y aller dès lundi. Tu trouveras, en flânant dans le Quartier latin, la patience d'attendre ce que te diront Gaëlle et Mélie-Rosine à leur retour de Kourou.

Pierre n'ose dire à Mélie que le jeudi 21 avril, c'est l'escapade à Garbois, au petit trot de Flambeau, les chansons et les rires, le cassoulet de Gustave et le champagne de Gertrude…

— Luciole ne te dit rien d'autre, dans sa lettre ?

— Si, Mélie.

Et Pierre en poursuit la lecture :

— « Ce qui me retient ici ne m'y enracine pas. J'ai un autre projet. Mon frère Henri, notaire mais aussi maire de Garbois et président du district, m'aide à le mettre au point. Dans un très proche avenir, le manoir des Corfontaine ajoutera à ses activités actuelles qui attirent nos jeunes celles d'un centre culturel qui attirera aussi les personnes âgées. Mes droits d'auteur, que mon frère gère avec les compétences que tu lui connais, me permettent, là aussi, de participer à sa création et son équipement. La municipalité de Garbois, celles des communes regroupées dans le district, dont Sanluc, adopteront ma proposition de l'appeler centre culturel Mélie-et-Paul-Alban. Nous leur devons tellement, toi, moi, tant d'autres, que je veux les associer à une œuvre qui honore leur mémoire.

« J'ai hâte de venir à Sanluc et à Garbois. J'essaierai d'y être dès juillet et de ne repartir qu'en octobre. D'autres événements, je l'espère, me retiendront ici. Et peut-être que je ne reviendrai pas, seule, au Senghal. Si tu as pu convaincre Phoibos, nous partirons ensemble. »

Un centre culturel Mélie-et-Paul-Alban dans le manoir des Corfontaine…

Mélie interrompt son pitaud.

— Va dans ta chambre, Pierre. Laisse-moi avec Luciole. J'ai beaucoup à lui dire, qu'elle seule doit entendre.

Est-ce la fatigue ou la joie qui hallucine Pierre ? Dans l'obscurité de la chambre, une lumière douce éclaire le visage de Mélie, et elle sourit, comme autrefois, lorsque Luciole lui donnait du bonheur.

19

Ni douce lumière, ni visage n'accompagne grand-père dans sa chambre. Le velours d'une aile frôle son visage. Il allume et le jet de l'éclairage affole un papillon qui essaie, vainement, de s'envoler vers la lampe. Grand-père le retient, délicatement entre ses doigts. C'est un grand paon de nuit qui est entré dans la chambre par la fenêtre ouverte. Grand-père se souvient qu'en son enfance Mélie l'aidait à les capturer. Ils étaient les joyaux des collections que Pierre offrirait à sa maman quand elle viendrait le chercher. Ils se gavaient, au crépuscule, du nectar des trèfles rouges. Grand-père regrette que les terres ensemencées ne fleurissent, aujourd'hui, que du jaune des colzas et du blanc des pommes de terre. Le grand paon de nuit et ses ailes immenses n'existent plus que dans la mémoire des vieux. Pourquoi en restait-il un et pourquoi est-il venu frôler la joue de grand-père ? Il ne sent plus, entre ses doigts, le pouls de ses ailes emprisonnées. Grand-père ouvre la main et le grand paon de nuit y étale ses ailes qui s'immobilisent. Grand-père n'arrive pas à les ranimer. La bête a choisi sa main pour y mourir. Elle y laisse un chapelet d'œufs. C'est aussi la main de grand-père que le grand paon de nuit a choisie pour y laisser la vie. Grand-père, comme Luciole, ne croit pas aux signes mais, comme elle, il ne peut se défendre d'en être troublé parfois. Jadis, le cri de la chouette, la nuit, annonçait la mort et, comme la Mélie, il ne l'entendait jamais sans angoisse. Qu'annonce à grand-père le seul grand paon de nuit qui existe encore et vient dans sa chambre lui donner ses œufs et mourir ? Grand-père n'en sait rien, mais c'est un joyau qui manque dans la collection de Mélie-Rosine. Elle ne le cherche plus. Gaëlle l'a persuadée que la modernité l'a chassé des terres où ne fleurit plus le trêfle rouge. Grand-père l'offrira à sa petite-fille quand elle sera de retour.

Grand-père voudrait résister au sommeil. Par la fenêtre ouverte, il regarde le ciel étoilé. Ni chouette, ni crapaud, ni cri d'agonie ne trouble le silence. Grand-père aspire à pleins poumons, avec l'air frais, le parfum des fleurs endormies. Il remercie les étoiles de lui annoncer une journée ensoleillée. Il veut relire la lettre de Luciole, mais le sommeil en arrête la lecture.

Les rayons du soleil le réveillent. La faim aussi. L'absence de Maria l'enferme dans la solitude mais éveille l'envie de s'en évader. Le four à micro-ondes chauffe son café en une poignée de secondes. Dans sa main, le téléphone ne le laisse seul que s'il le désire. C'est la voix de Luciole qu'il voudrait entendre. Simon ne lui laisse pas le temps de l'appeler.

La voix de Simon sollicite l'aide de grand-père ; lui seul peut convaincre Sylvie que le moment est venu de laisser le coconnier emmener les biquets. Il faut aussi qu'elle renonce à traire les chèvres et à faire ses fromages. Simon connaît un bordage d'accueil pour ses chèvres, où elles seront aussi heureuses que, dans son enclos, le Flambeau de Loïc. Le bouc, personne n'en veut. Il finira ses jours en compagnie de Baptiste et de Flambeau. On laissera à Sylvie quelques lapins et quelques poules, et elle gardera le coq.

Ce matin, Simon est allé chez Sylvie. Il lui a remis dix autres billets de cinq cents francs mais ne lui a parlé ni de biquets ni de chèvres. Seul grand-père peut lui faire admettre leur départ et lui en adoucir la souffrance. Grand-père accepte la mission. Il en mesure les risques d'échec mais, comme à ses jumeaux, grand-père ne sait rien refuser à Simon. Le four à micro-ondes réchauffe aussi, en quelques minutes, le cassoulet de Maria. Grand-père renonce au whisky mais pas au pomerol. Le cassoulet et deux verres lui donnent le courage de dire à Sylvie que Luciole lui demande d'être à Paris dès lundi et qu'il ne reviendra à Sanluc qu'en fin de semaine. Un troisième verre de pomerol ne l'aide pas à annoncer à Sylvie qu'on lui enlèvera ses biquets et ses chèvres. La sonnerie du téléphone et la voix de Sylvie, à son oreille, c'est le destin qui accourt à son aide.

Elle est heureuse, Sylvie. Elle est riche. Simon lui a laissé dix billets de cinq cents francs. Elle veut être belle, Sylvie, une beauté de vieille. Sa robe à fleurs, c'est quand elle avait vingt ans. Elle voudrait que Pierre l'emmène au Mans. Ils y choisiront ce qui fera d'elle une vieille et belle dame, comme Gertrude.

Ils iront au Mans, tous les deux, le samedi 16 avril, mais pas au petit trot de Flambeau. La carriole qu'il tire jusqu'à Garbois, c'est du bonheur pour lui et ceux qui sont derrière. Mais ce lui serait une souffrance s'il la tirait jusqu'au Mans. Flambeau restera dans son enclos, avec Baptiste. Qui remplacera Flambeau et la carriole ? Sylvie le saura demain, à l'aube, quand Pierre viendra la chercher. Sylvie a tant de bonheur dans la voix que Pierre renonce à lui apprendre, au téléphone, des nouvelles qui la feraient souffrir.

20

Le cassoulet et le pomerol, c'est la somnolence qui le taquine malgré ses efforts pour y résister. La promenade saura la vaincre. Le parc accueille grand-père avec sa canne, sa musette et son téléphone. Tout ce qui mérite compliment tient grand-père en éveil. Ce qu'a planté Salvator prend racine. Grand-père félicite, au passage, les mimosas et les camélias, les hortensias et les fuschias. La santé des deux palmiers le réjouit. Ils se plaisent chez lui comme ils se plairaient en Espagne ou au Senghal. Toutes les fleurs seront épanouies lorsque Gaëlle et Mélie-Rosine seront de retour. Deux semaines d'attente, c'est long, trop long pour grand-père, mais c'est si court pour toutes ces fleurs qui bourgeonnent à peine.

La somnolence vaincue, les urgences accaparent l'esprit de grand-père. Le médecin Mélie-Rosine a fait entrer ce mot dans son vocabulaire. Il accepte, comme elle, qu'il le tienne en éveil, le protège de l'engourdissement du corps et de l'âme. Sylvie et ses achats, c'est demain, avec une auto et un chauffeur dont il ne dispose pas encore. Paris, c'est lundi, en TGV, et il lui faut chauffeur et auto pour le prendre en gare du Mans. Phoibos, c'est mercredi ou jeudi, et grand-père ignore encore l'heure et l'endroit du rendez-vous. Luciole, c'est tout de suite qu'il veut entendre sa voix, avec, dans la sienne, le remords de l'avoir fait attendre.

Grand-père choisit le petit pont pour y régler ses urgences. Il s'accote au parapet et cherche un appui où reposer ses jambes avant d'appeler Luciole. La sonnerie du téléphone le devance. C'est la voix de Luciole. Elle espérait une réponse, dès l'aube. Elle craint que sa lettre ait pris du retard. Papa plaide coupable, mais Luciole est trop heureuse d'entendre son père pour lui faire un reproche. C'est de l'espoir et du bonheur que papa donne à sa fille. Il la persuade que ce qui attire Phoibos au Senghal est plus fort que ce qui le retient à Paris. Luciole, sans angoisse, attendra jeudi. En accueillant Phoibos, son ami, elle accueillera aussi le directeur de l'institut Agatos-Sublime.

Luciole voudrait que papa ne revienne pas à Sanluc sans avoir rencontré Jean-François Gellier, l'éditeur de Phoibos. Est-ce seulement pour la joie de revoir un ancien élève, camarade de Luciole, en khâgne de Louis-le-Grand ? La réponse de Luciole le laisse sur sa faim.

La voix de Luciole prend les intonations du bonheur lorsqu'elle apprend à grand-père que Mélie-Rosine et Pierre-Jacques – et aussi Gaëlle et Carlos – feront escale au Senghal avant leur retour à Paris. Maman les retiendra une semaine, peut-être plus, si les urgences ne les rappellent pas. Grand-père n'aura pas à souffrir d'une absence qui se prolonge. De Kalinga, il entendra leurs voix plus souvent que de la forêt guyanaise. Il entendra aussi, chaque jour, la voix de sa fille. Grand-père s'accroche à l'espoir d'entendre Luciole lui dire ce qu'il rêvait d'être le premier à lui apprendre.

La voix de Luciole n'est plus à son oreille. Celle de Sylvie a pris le relais. C'est Victor et son auto qui les emmèneront au Mans. Sylvie a choisi d'y aller avec ses hardes de pauvresse, celles des jeudis à Garbois, quand Baptiste tirait la charrette. Elle espère en revenir avec les atours d'une dame.

— Même si les atours remplacent tes hardes, garde ton cœur tel qu'il est, Sylvie. C'est lui qui te donne la beauté.

« Une beauté qui n'a séduit personne », pense Sylvie, mais elle se tait. Pourquoi assombrir de regrets ce qu'elle a plaisir à entendre ?

Les autres urgences attendront. Grand-père reprend sa canne et met son téléphone au repos dans la musette. La solitude, c'est, la nuit venue, dans sa grande maison vide qu'il la retrouvera. Mélie l'aidera à ne pas en souffrir. Il est si fatigué et a tant à lui raconter qu'il craint de s'endormir dans son fauteuil avant de lui avoir tout dit.

Le ruisseau et les souvenirs retiennent grand-père sur le petit pont. Il reprend sa marche, lentement, douloureusement. Le sentier qui longe le ruisseau est son chemin de croix. C'est aussi son chemin de vie. Il revient souvent vers son calvaire, ses stations de souffrance, ses stations de bonheur... Pourquoi y retourne-t-il ce soir ? Est-ce seulement pour échapper à la solitude jusqu'à la nuit ? Est-ce pour retrouver Luciole dans les stations où elle lui a laissé du bonheur ? Pour retrouver Rosine et son calvaire ?

Le calvaire, il est dans le ruisseau, en bas du petit pont. Grand-père ne détache pas ses yeux de son rocher bordé d'écume. C'est là que Rosine lui a dit « oui », dans son dernier souffle, quand Pierre, penché sur elle, et enlaçant son corps brisé, lui a murmuré dans un sanglot : « Rosine, veux-tu être ma femme ? »

Tout près du rocher, sous le feuillage du saule, c'est une station de bonheur. Ici, Rosine lui a dit qu'il était le père de Luciole. Il avait attendu dix-huit ans pour l'apprendre. Grand-père continue sa marche vers les autres stations du bonheur. Ici, Luciole avait seize ans et elle s'est confiée à lui comme s'il était son père alors qu'elle était fille aînée de Rosine et de son époux, le notaire, maître Henri Grimaud. Elle lui a ouvert son cœur, ne lui a rien caché de ses audaces d'adolescente, dont celle, en cet endroit, de le tutoyer. Plus loin, à l'ombre des acacias en fleur, Luciole demande à Pierre qui devient, pour la bachelière, le professeur Forelli, de l'accepter dans sa khâgne de Louis-le-Grand. C'est appuyée au tronc de la terouesse centenaire, les bras chargés de marguerites, qu'elle lui a dit qu'elle aimait Agatos et qu'elle l'épouserait. Elle avait voulu le lui dire à cet endroit, comme si elle savait que, là aussi, quand ils avaient vingt ans, Pierre et Rosine... C'était la première fois... Terouesse, mésanges et marguerites étaient leurs seuls témoins. Le chemin de vie de grand-père, c'est tant de stations où il revit ses bonheurs qu'il oublie les douleurs de sa marche claudicante.

Les douleurs, elles reviennent quand il marche vers les stations de son chemin de croix. Ici, Luciole cueille des noisettes et parle au soleil noir qui brille dans le ciel bleu, un soleil qui a le visage d'Agatos. C'est là qu'il se souvient avoir demandé à Dieu, en qui il ne croit guère, de donner à grand-mère Mélie le pouvoir de rendre la raison à sa petite-fille. Mélie l'a fait. Peut-être sans l'aide de Dieu. Ici, le front appuyé contre l'écorce du vieux chêne, c'est Mélie qui sanglote. Paul Alban est mort. Et c'est en cet endroit que Pierre soutient la marche de la Mélie bien vieille jusqu'au vieux chêne et qu'elle annonce à son fils que le vieux chêne, elle ne le verra plus. Et là, sous le tilleul, c'est le pitaud de douze ans qui écrit les vers que Sylvie lui récite, dans ses sapins, à quatre-vingt-trois ans. Il les écrit avec ses larmes. Kerkhove l'a séparé de sa Mélie et livré à la rudesse des Freiquin. C'est encore le pitaud qu'il retrouve, à l'ombre des ormes. Nu comme un ver, il sort du ruisseau, les œufs de grenouille enfermés dans un bocal, court vers ses vêtements. Dorville l'attend, fouet en main et vêtements sur le porte-bagages de son vélo. Maître Dorville lui fouaillera les fesses jusqu'à l'école, sous le regard curieux des commères qui détaillent son anatomie... C'est là... C'est ici... C'est là...

Le soleil ne laisse que son souvenir dans la pourpre du ciel lorsque grand-père décide de rentrer à la maison. Il fait nuit noire mais un feu de cheminée l'accueille et aussi une bonne odeur de soupe.

— Vous ne m'attendiez pas, mais je ne voulais pas vous laisser seul, dit Maria. Luciole m'a téléphoné tout ce qu'elle vous a dit. Je vous emmène au Mans lundi. Demain, Salvator louera votre place dans le TGV de 10 heures et reviendra ici, avec votre billet.

Monsieur Pierre l'écoute en regardant les flammes qui réchauffent ses mains glacées.

— Vous avez froid, monsieur Pierre. Vous êtes pâle et grelottant. Pourquoi marcher si longtemps et rentrer si tard ? Ce n'est pas raisonnable.

— Mes souvenirs m'ont retenu là où je sais les retrouver. Je ne pensais pas qu'ils me retiendraient si longtemps.

— Nos enfants prennent de longues vacances. C'est le bonheur qui les retient si loin et si longtemps. J'espère qu'ils reviendront avec lui.

— Je l'espère aussi, Maria.

Elle apporte le whisky et le porto.

— Trinquons, monsieur Pierre. Ça vous réchauffera. Ça nous donnera aussi la patience de les attendre, ces polissons qui musardent.

Maria s'assoit dans l'autre fauteuil et ils trinquent.

— Votre soupe est prête, monsieur Pierre. Ne veillez pas trop tard dans la chambre de Mélie.

Maria ajoute, en confidence :

— Ayez grand soin de Sylvie. Elle est très fatiguée. Elle ne mange plus. Victor craint qu'elle perde la raison. Ce matin, il l'a trouvée dans l'abri, endormie, couchée dans le foin. Flambeau et Baptiste la protégeaient du froid, comme deux anges gardiens.

21

Les hardes de Sylvie ne sont pas des loques. Pourquoi diable veut-elle les troquer contre les atours d'une dame ? Comment imaginer la vieille Sylvie autrement qu'en jupe de drap noir, corsage de coton gris et, les jours de pluie et de froid, cape de bergère ? Le marché de Garbois ne l'a jamais vue avec d'autres vêtements. Ils ont vieilli avec elle mais n'ont jamais attiré le regard. La beauté de Sylvie, ce n'est pas eux qui la lui donnent, mais leur discrétion. Sylvie a vieilli avec des rides et des cheveux blancs qui n'enlaidissent pas son beau visage ; ses yeux noirs et malicieux lui gardent sa jeunesse d'esprit et de cœur. Quand elle va revenir à Garbois avec ses atours, ce n'est plus elle qu'on regardera, mais eux. Ni ses rides, ni ses cheveux, ni ses yeux ne lui vaudront les sourires attendris d'avant ; les atours, eux, déclencheront des rires moqueurs.

Dans l'auto qui les emmène chez Sylvie, Pierre garde ses craintes mais Victor lui confie les siennes.

— Sylvie m'inquiète, monsieur Pierre. Dormir dans le foin, avec Baptiste et Flambeau, s'enfermer dans sa chambre et n'en sortir que pour se mettre à table, vous trouvez ça normal ?

Monsieur Pierre ne trouve pas ça normal, mais il n'en dit rien à Victor.

Sylvie les attend au pont-aux-chèvres. C'est avec

ses hardes des jeudis à Garbois qu'elle s'installe sur le siège arrière.

— Pierre, reste à l'avant, avec Victor. Moi, toute seule derrière, ça me permet de rêver.

Pierre la regarde ; ce qui inquiète Victor l'inquiète aussi. Le vieux visage de Sylvie accuse la fatigue d'une nuit sans sommeil. Pierre et Victor échangent des regards qui ne cachent pas leur perplexité. Sylvie ne dit mot et ne semble occupée que par le sac à main qu'elle tient serré contre elle.

L'auto roule, un bon moment, sur la route des 24 Heures. Le silence de Sylvie intrigue les deux hommes mais ils n'osent le rompre. Enfin, Pierre se décide.

— Ça ne t'effraie pas, Sylvie, de marcher dans les rues du Mans, encombrées d'autos et de gens pressés ?

Pas de réponse. Victor jette un regard sur le rétroviseur.

— Elle dort.

Il tousse très fort et guette, sur le visage de Sylvie, les paupières qui s'ouvrent ou la bouche qui sourit. Rien. Sylvie dort d'un profond sommeil, les mains crispées sur le sac.

— Elle a, comme chaque nuit, rangé son armoire ou rendu visite à ses biquets, soupire Victor.

— Laissons-la dormir. Nous ne la réveillerons qu'au Mans.

L'auto continue sa course sur la route des 24 Heures.

— Tu t'arrêteras place des Jacobins, devant le théâtre. J'accompagnerai Sylvie partout où elle voudra aller. Mes vieilles jambes, je l'espère, ne me trahiront pas. Toi, Victor, retourne à Sanluc. Pour revenir, je prendrai un taxi. Dis à Maria qu'elle ne s'inquiète pas. Je pense rentrer avant la nuit.

— Vous allez recommencer à deux ce que vous avez fait à quatre ?

— Je ne crois pas, Victor. Mais sait-on jamais ?

— Et pourquoi pas ?

C'est Sylvie. Le somme l'a rajeunie. Dans la glace, Victor la voit telle qu'il voudrait toujours la voir, malicieuse du regard, enjouée de la voix.

— Oui, pourquoi pas ? Qu'en penses-tu, Pierre ?

— Sylvie, à deux au Mans, nous ferons mieux qu'à Garbois à quatre. Et sans Flambeau ni carriole.

Seul Victor n'a pas osé rire.

Marcher, même avec une canne et le renfort du bras de Sylvie, c'est douloureux après une heure d'auto. Tout en grimaçant, Pierre rassure Sylvie. Ce qu'elle lui a demandé n'est pas une folie. Ses jambes n'ont certes plus la jeunesse de son cœur, mais quelques minutes de souffrances l'aideront à maîtriser les scléroses de leur âge ; Sylvie ne regrette plus sa folie lorsque Pierre lâche son bras et pèse moins lourdement sur sa canne.

Place des Jacobins, devant le théâtre, la tentation est grande de réveiller ses souvenirs de normalien. Le musée de Tessé, ses arbres, ses bancs, c'est à quelques enjambées, d'une marche rajeunie. Il y reverra les tableaux de Géricault, de Boucher, de Philippe de Champaigne... Il y retrouvera aussi le Manceau Amédée Bollée, génial pionnier de l'automobile... Son École normale d'instituteurs, c'est au bout de l'allée bordée d'ormes. Elle ne forme plus de maîtres d'école mais garde ses hautes murailles qui l'enferment comme un monastère. Et, tout près, s'imposant à ses regards avec la majesté d'une noble dame, la cathédrale Saint-Julien. Derrière elle, le vieux Mans. Pour revivre ses émotions devant sa nef romane, son chœur gothique et ses vitraux, pour apercevoir les fantômes des « belles dames des temps jadis » qui hantent encore leurs demeures du quinzième siècle, il lui faudrait imposer à ses vieilles jambes la rude montée de cinquante marches de pierre. Normalien, il y grimpait en quelques enjambées. Il s'asseyait à mi-parcours et se délectait de la lecture du *Canard enchaîné*. Le journaliste de la Fouchardière y brocardait chaque semaine l'évêque, qu'il appelait « pète en soie », et l'évêché, à l'en croire, était propriétaire des maisons closes où « pète en soie » avait son oreiller.

Pierre sourit mais n'en dit rien à Sylvie. Il ne reviendra pas, avec elle, en ces endroits où chacun de ses pas lui rappellerait Rosine.

C'est vers la modernité qu'il entraîne Sylvie. Il salue, au passage, le monument qui rappelle aux Sarthois l'exploit de Wilbur Wright, le pionnier de l'aviation. C'était aux Hunaudières, en 1908, que sa machine volante décollait du sol. Le monument ressemble à une fusée de pierre clouée au sol. Grand-père revoit le décollage de la fusée de Pierre-Jacques...

Pierre et Sylvie, d'un même pas, entrent dans Le Mans d'aujourd'hui, celui des boutiques, des autos, des piétons, des lumières. La mode, elle, s'offre aux vitrines, insolente, effrontée, extravagante. Pantalons, robes, corsages, manteaux et mannequins figés paraissent nus en dépit de leurs parures. Sylvie fait la grimace. Jamais elle n'oserait s'affubler avec ce qu'elle voit. A vingt ans, peut-être... mais à quatre-vingt-quatre !

Pierre, secrètement, se réjouit que Sylvie ait retrouvé le bon sens, lui qui craignait qu'elle l'ait perdu. Les grands magasins qui n'ont plus les noms d'autrefois mais ont gardé leurs escaliers mécaniques, leurs lumières, les sourires accueillants des vendeuses, la surabondance des marchandises, n'offrent rien à Sylvie qui puisse la séduire.

— Nous rentrerons bredouilles, Pierre. Tant pis.

— Peut-être pas, Sylvie. Autrefois, Mélie trouvait ce qu'elle cherchait chez une dame dont la boutique n'attirait pas le regard. C'est vers le pont en X, en bord de Sarthe, près de la librairie Lectures. En taxi, c'est à quelques minutes, malgré les embouteillages.

Le taxi s'arrête devant la librairie. La boutique est en face. Elle existe encore et l'anachronisme de sa pénombre les repose des agressives et modernes lumières.

C'est la devanture de la librairie qui retient le regard de Sylvie. *Le Pitaud*, le livre de Pierre, y est exposé.

— Tu ne me l'as jamais dédicacé. J'achète celui-là. Si je ne reviens à Sanluc qu'avec ce seul achat, je ne serai pas bredouille. Je ramènerai ton livre et du bonheur.

Le libraire connaît le professeur Forelli-Alban. Il est venu, dans sa boutique, présenter son livre aux journalistes du *Maine libre* et d'*Ouest-France* et le dédicacer. Pierre s'étonne que *Le Pitaud* soit encore en devanture à côté du dernier prix Goncourt.

— Il se vend encore et il me plaît. Moi, j'expose les livres qui me plaisent. La semaine dernière, il y avait *Marie-Claire* de Marguerite Audoux. Votre livre est jeune. Le sien date de 1910. C'était le seul exemplaire qui me restait. C'est dommage. J'aurais eu plaisir à l'offrir à madame.

— Commandez-le. Je le lui offrirai.

Le libraire, un homme affable, un beau visage à la Stendhal, même collier de barbe noire, même regard profond et malicieux, confie ses craintes de ne pouvoir résister longtemps encore à l'envahissement des grandes surfaces.

— Vous y réussirez, rassure Pierre. Des libraires comme vous, qui aiment les livres, les lisent, recommandent les meilleurs, auront toujours leurs clients.

La vieille dame qui les accueille était jeune quand elle recevait Mélie. La mode n'entre pas dans sa boutique, mais ce qui lui résiste y a place, dans la pénombre. Elle sourit à Sylvie, un beau sourire de vieille dame qui aide à vaincre la gêne et la timidité de ses clientes. Elle sait ce qu'elles espèrent y acheter, sans oser le lui avouer, par la coquetterie propre à leur âge.

— Je crois avoir ce qu'il vous faut, madame.

Elle trottine vers ses réserves et en revient avec une jupe et un corsage.

— Votre jupe noire est belle et vous la portez bien. J'ai la même en neuf et en drap de meilleure qualité. Elle cache vos chevilles et met en valeur vos jambes longues et votre taille fine. Vous l'essaierez avec le corsage.

La vieille dame frôle celui de Sylvie.

— Le gris, c'est terne. Il faut de la couleur pour donner tout leur éclat à vos yeux. Touchez ce corsage. C'est de la soie lourde et d'un violet lumineux. Vous, comme moi, nous gardons notre âge, mais ce violet rehausse la beauté du vôtre. Essayez la jupe et le corsage.

Sylvie disparaît dans la cabine d'essayage. Elle en sort métamorphosée. Pierre n'en croit pas ses yeux. Comme elle avait raison, Sylvie, de venir au Mans pour y troquer ses vieilles hardes. Comme il a eu raison, lui, de l'amener dans la boutique de la Mélie. C'est à elle qu'il songe quand il remercie la vieille dame d'avoir procuré à Sylvie ce qu'elle désespérait de trouver dans les boutiques à lumières.

Sylvie ne veut pas remettre ses hardes.

— Vous avez aussi besoin d'une veste, du même noir que votre jupe, mais en plus gai. Je crois avoir ce qu'il vous faut.

La vieille dame trottine à nouveau vers ses réserves. Elle s'y attarde. Elle en revient, une veste sur le bras.

— Essayez-la. C'est un très beau velours. Elle est à votre taille.

Jamais Sylvie n'a porté de veste. Celle-ci, ouverte sur le violet du corsage, d'un noir qui brille dans la pénombre, l'éblouit. La joie, l'émotion et, peut-être, la coquetterie s'expriment avec des remerciements mouillés de larmes.

— Les bottines, gardez-les, madame. Elles ne se démodent pas. Nos jeunes femmes d'aujourd'hui s'en chaussent bien volontiers.

La vieille dame range les hardes dans un carton. Sylvie donne quatre billets de cinq cents francs et pense qu'être belle et heureuse pour deux mille francs, c'est bon marché. Elle oublie qu'avant les générosités d'Émile, jamais elle n'aurait pu payer ce prix-là.

Pierre laisse Sylvie en tête à tête avec la vieille dame. Il a, lui aussi, un achat à faire. Elles ne l'attendront pas longtemps, c'est promis. La modiste confie à Sylvie que sa boutique mourra avec elle.

— Il faut de l'âge et du goût pour venir chez moi. Aujourd'hui, les vieilles femmes refusent leur âge, et les habits de mauvais goût qu'elles achètent ailleurs les enlaidissent plus que leurs rhumatismes et leurs rides.

Pierre tarde à revenir et Sylvie s'inquiète. Seule, sur le trottoir, elle attend. Un taxi s'arrête. Pierre aide Sylvie à prendre place près de lui.

— Où allons-nous ? demande le chauffeur.

— Au restaurant Les Gourmets. Vous connaissez ?

— Oui, monsieur. C'est près d'Arnage, dans les bois qui bordent le circuit des 24 Heures. Avec les embouteillages de midi, il me faudra une bonne demi-heure pour vous y conduire.

— Y serez-vous vers 13 heures ?

— Avant, j'espère.

— La table est retenue. Ne craignez pas de nous retarder.

Sylvie n'écoute pas. Les yeux fixés sur le corsage, la main caressant le velours de la veste, elle est ailleurs. Elle ne revient vers Pierre qu'à l'arrêt brutal du taxi et au cri du chauffeur qui engueule un chauffard.

— Je ne croyais pas qu'à mon âge un corsage puisse donner tant de bonheur.

— Le restaurant t'en donnera aussi.

— Je l'espère car j'ai faim.

Il est 13 heures lorsque le taxi libère ses clients. De la portière qu'un garçon avenant s'empresse d'ouvrir jusqu'à la table où le maître d'hôtel l'aide à s'asseoir dans un confortable fauteuil, la vieille Sylvie sait donner de la grâce à sa vieillesse. Elle attire sur elle les sourires attendris des couples attablés. Où a-t-elle appris à donner de la beauté à ses rides et de l'élégance à ses rhumatismes ? Elle ne s'interroge pas, Sylvie. Elle marche et elle sourit, et le sourire des autres l'encourage à être belle.

— J'ai un excellent porto, madame. Vous, monsieur le professeur, c'est un chivas.

— Ni porto ni chivas, Richard. Madame n'aime que le champagne. Il accompagnera tout notre repas.

— Un éminent professeur, même très âgé...

La discrétion professionnelle de Richard lui interdit d'aller au bout de sa pensée. Il laisse Pierre et

Sylvie en tête à tête. Pierre va au-devant des curiosités de Sylvie.

— Je venais aux Gourmets avec Luciole, elle en écrivain célèbre, moi en père effacé. C'est elle qui a annoncé que j'étais professeur. J'y reviens avec Mélie-Rosine. Elle, en docteur, et moi, toujours en professeur. J'y reviens aujourd'hui en pitaud, avec sa pitaude.

Le champagne mousse dans leurs verres. Richard, qui les regarde à la dérobée, achève sa pensée : « La vieillesse n'exclut pas la tendresse. »

— J'ai des langoustines et des homards bretons. Madame partage peut-être vos goûts, monsieur le professeur ?

— Elle les partage, Richard. Mais épargnez-nous la corvée du décorticage. Nos vieux doigts maladroits tacheraient votre belle nappe blanche.

— Ce sera fait, monsieur le professeur.

De nouveau, Pierre et Sylvie restent en tête à tête.

— Tu es ravissante, Sylvie. Je regrette d'avoir choisi ce vieux costume de velours.

— Tu m'as épargné la gêne de venir au Mans avec mes hardes. Dans l'auto de Victor, nous n'étions que deux pitauds qui partaient à l'aventure.

— A la pitaude, dit Pierre, en levant son verre.

— Au pitaud, répond Sylvie en levant le sien.

Elle a soif, Sylvie, et elle aime le champagne. A Sanluc ou à Garbois, elle aurait vidé son verre en quelques gorgées. Aux Gourmets, en vieille dame racée, elle y trempe délicatement les lèvres.

— Ton costume de velours, remets-le jeudi. Moi, c'est avec mes hardes que j'irai à Garbois.

« C'est maintenant qu'il faut le lui dire, pense Pierre. Elle est si heureuse que son cœur n'a plus de place pour la souffrance. »

— Sylvie, Luciole me demande d'être à Paris jeudi. Elle voudrait que j'y rencontre le professeur Durand et Jean-François Gellier, mon éditeur.

— Luciole te le demande. Il faut y aller, Pierre.

Elle sirote à nouveau son champagne. Jeudi est si lointain qu'il laisse à Sylvie le bonheur du présent.

— Tu resteras longtemps, à Paris ?

— Je pars lundi. Je serai de retour en fin de semaine.

— Et tu verras Jean-François Gellier, l'éditeur du *Pitaud* ?

— Oui. Il m'attend. J'ignore pourquoi.

L'assiette de langoustines ne met pas à l'épreuve leurs vieilles mains maladroites. Elles sont décortiquées, enrobées d'une sauce fameuse. Sylvie ne regarde personne pour apprendre à se tenir à table. D'instinct, elle déguste avec délicatesse ce que Pierre ne fait qu'avec gaucherie. Le plaisir d'apprécier des saveurs nouvelles incline Sylvie aux confidences.

— Marguerite Audoux, elle n'avait que son certificat d'études ?

— Les diplômes universitaires ne font pas les grands écrivains, Sylvie.

— Si Jean-François Gellier recevait un manuscrit de Sylvie Garel, tu crois qu'il l'éditerait ?

— Je n'aurais jamais osé te demander d'écrire. Mais si un texte de la pitaude Sylvie Garel arrive chez Jean-François Gellier, je suis sûr qu'il l'éditera.

— Il est écrit, Pierre. Depuis des lustres, le manuscrit dort dans mon armoire. Ne dis pas à Victor que je m'enferme dans ma chambre pour le relire. Je ne voulais te le confier que le 13 mai, le jour de mes quatre-vingt-quatre ans. Mais ce samedi 16 avril, tu me donnes tant de joies que j'aurais du remords si je ne te donnais pas celle-là.

Le homard évite à Pierre les maladresses des mots que l'émotion paralyse. Il se tait et regarde Sylvie. Elle met tant d'élégance à maîtriser les impatiences de ses gestes et de sa bouche qu'une phrase d'un grand auteur lui revient en mémoire : « Il est plus facile de parler comme un grand seigneur que de manger comme un aristocrate. » La vieille pitaude mange comme un aristocrate et parle aussi comme un grand seigneur. Lui, le professeur Pierre Forelli-Alban, parle comme un grand seigneur, mais la nappe révèle qu'il ne mange pas comme un aristocrate.

Richard remplit les verres et propose une salade de mangues.

— Buvons au succès de la pitaude, madame Sylvie Garel.

Ils maîtrisent leurs rires pour ne pas attirer trop de regards sur eux.

— Sylvie, il manque une parure à ton corsage et une autre à ta main. C'est mon cadeau. Moi aussi j'aurais du remords de ne pas ajouter de la joie à toutes celles que nous donne ce samedi 16 avril.

Avec des maladresses de pitaude, Sylvie ouvre les boîtes. Sur leur coussin de velours violet, les perles d'un collier scintillent à la lumière. Sur son coussin de velours noir, l'améthyste d'une bague a les mêmes reflets que la soie du corsage.

Une grande dame maîtriserait son émotion et remercierait d'un sourire discret. La pitaude de la mère Meudon ne remercie pas mais pleure.

— Pierre, toi seul verras le collier sur mon corsage et la bague à mon doigt. A ton retour de Paris, nous reviendrons à l'Auberge du Coq, avec Flambeau et la carriole. Ce jour-là, ne mets pas ton vieux costume de velours. Moi, je serai en dame parée de tes bijoux.

A la dernière gorgée de champagne, les mangues en salade dégustées depuis longtemps, le téléphone se réveille dans la poche de Pierre. Il écoute. Sylvie n'entend que ses réponses.

— Nous sommes au restaurant Les Gourmets. Oui, celui de Mélie-Rosine… Un taxi nous ramènera à Sanluc… Non?… Je vous obéis… Nous vous attendons ici… C'est Maria. Elle viendra nous chercher. A 17 heures.

La salle est vide. Richard ne montre aucune impatience.

— Venez au salon. Vous y attendrez votre voiture.

Sylvie n'a plus l'aisance des grandes dames et Pierre s'appuie lourdement sur sa canne.

A 17 heures précises, Richard, un doigt sur les lèvres, conduit Maria au salon. Chacun dans son fauteuil, Sylvie et Pierre dorment d'un profond sommeil, le visage éclairé du même sourire.

22

« Nous irons à Paris, tous les deux. » La chanson est sur les lèvres de Pierre, mais il n'ose pas la chanter et Sylvie n'ose pas lui dire qu'elle serait heureuse de l'accompagner. C'est une très longue semaine qu'ils vivront dans leur solitude, mais le samedi 16 avril la fera oublier.

La voix de Sylvie, chaque jour, se veut rassurante. Elle se sent lasse mais tellement heureuse, tellement occupée, qu'elle ne souffre pas d'être seule. Pour échapper aux angoisses de l'insomnie, elle rend visite chaque nuit à Baptiste, aux chèvres, au bouc et aux biquets. Elle regarde les étoiles, accotée au tronc du cerisier en fleur, et revit ses autrefois qui lui ont procuré du bonheur. A l'aube, avant l'arrivée de Victor, elle s'enferme dans sa chambre. Elle sort du sac les cahiers qu'elle lit et relit, savourant ses mots dont chacun lui donne le plaisir d'être juste et à sa place, dans la phrase. Les relectures parviennent à la convaincre que Sylvie Garel, la pitaude qui sent le bouc, est la petite sœur de Marguerite Audoux. Lorsque Victor la supplie d'ouvrir sa porte et de venir à table, elle range les cahiers dans leur sac. Ce sac en toile de chanvre ne craint ni l'eau ni les moisissures et protège des prédateurs dévoreurs de papier. Les cahiers y sont cachés depuis des lustres. Aucune de leurs pages n'a jauni ni été rongée par la vermine.

Elle n'a guère d'appétit, Sylvie, et elle se sent lasse. Elle trouve cependant la force de rendre visite à ses poules, de ramasser les œufs, de marcher jusqu'au pont-aux-chèvres, de s'appuyer au parapet et d'appeler Pierre. Chaque jour, à la même heure, elle est heureuse de l'entendre, et c'est un jour de moins à l'attendre. Chaque après-midi, elle marche sur le chemin des sapinières où tant d'autrefois lui reviennent à la mémoire. Elle les a enfermés dans le sac, avec les cahiers. Ici, l'immuable nature les lui rappelle sans la magie des mots.

Sylvie ne rentre qu'au crépuscule, toujours lasse, mais heureuse de ramener dans sa chambre sa riche glane de souvenirs. Et c'est l'angoisse et l'insomnie.

Pour la première fois, mercredi, maman Meudon est revenue dans sa chambre, une présence muette qui se dérobe dès que Sylvie l'approche. Elle apaise ses angoisses et lui donne la force de marcher vers son âne, son bouc, ses biquets et ses chèvres. Mais pourquoi, depuis qu'elle n'est plus là, maman Meudon est revenue, ce mercredi 20 avril ? Sylvie n'en dira rien à Pierre. Il suffit qu'il sache qu'elle est lasse.

Pierre ne s'inquiète pas de cette lassitude. C'est l'impatience qui la fatigue, pense-t-il. Lui aussi se sent las. Paris est si lourd de souvenirs. Ceux du professeur, à Louis-le-Grand et en Sorbonne, ceux du père et de sa fille, ceux du grand-père et des jumeaux, ceux du fils et de la Mélie, c'est dans le studio de Luciole et dans l'insomnie qu'il s'épuise à les revivre.

Dès l'aube, le présent le harcèle et l'avenir le bouscule. Phoibos, c'est mercredi, Jean-François Gellier, jeudi, et tout le temps restant disponible, le pitaud se l'accapare.

Dans sa solitude de Sanluc, Pierre vit sa vieillesse avec ses autrefois. A Paris, il ne rompt pas avec eux, mais ses demains veulent aussi leur place. Demain, c'est Luciole et ses projets. Demain, c'est le retour de Gaëlle et Mélie-Rosine. Demain, c'est Sylvie écrivain. Demain, c'est un samedi en fête, avec Flambeau, la carriole, la pitaude en dame, le pitaud en monsieur.

Dans la garde-robe du professeur Forelli-Alban, grand-père a toujours choisi ce qui convient à ses promenades solitaires et ses sorties avec Mélie-Rosine. Le pitaud reviendra de Paris avec ses achats chez son tailleur, comme la pitaude est revenue du Mans avec ses achats chez la vieille dame.

Son tailleur d'autrefois a passé le relais à son fils qui accueille le professeur avec le même sourire.

— Ce qui convient à votre âge, c'est un très beau tissu anglais gris anthracite. Une chemise blanche et une cravate tourterelle l'éclaireront.

— Pourrai-je revenir dans mon village vendredi, avec le tout à mes mesures ?

— Aujourd'hui, c'est lundi. Revenez chaque après-midi pour les essayages. Vendredi, vous repartirez avec vos achats.

Le tailleur a tenu sa promesse. Le vendredi, quelques heures avant le retour au Mans en TGV, puis à Sanluc, dans l'auto de Salvator, grand-père retrouvait dans la glace l'élégance du professeur.

A Paris comme à Sanluc, midi, c'est l'heure du whisky. Ce mercredi 20 avril, on le sert à grand-père à la terrasse de la brasserie, rue de Buci. Il y attend Phoibos. Comme toujours, il sera en retard. Grand-père ne s'impatiente pas. Tant de souvenirs le retiennent là qu'il sera surpris d'en revivre si peu lorsque Phoibos surgira d'un taxi, essoufflé et rougissant d'excuses.

Grand-père a refait avec sa canne le même chemin que le père, au bras de sa fille. Il a retenu la même table et s'amuse des curiosités que Luciole éveillait lorsqu'elle buvait dans son verre et riait aux éclats. Comme autrefois, les écaillers ouvrent leurs coquillages et les cuisiniers surveillent les poissons et les viandes qui grillent sous le regard gourmand des clients attablés. Pierre n'a de regards qu'en lui-même et ne voit que son passé. Un taxi qui s'arrête le ramène dans son présent. L'homme qui s'empresse vers lui, c'est Phoibos. Ce n'est plus le normalien d'autrefois, tignasse de chanvre et yeux pervenche. Il a pris du ventre, des rides profondes, une calvitie distinguée, mais la soixantaine a donné à ses yeux pervenche un plus vif éclat. Il est 13 heures. Phoibos n'a qu'une demi-heure de retard. La soixantaine l'a presque réconcilié avec l'exactitude.

Grand-père ne s'enlise pas en phrases banales d'approche.

— Luciole vous attend avec grande impatience, Phoibos.

— Je pars cette nuit. Si les avions respectent leurs horaires, je serai à Kalinga vers midi. Moi aussi, grand-père, j'attends ce moment avec grande impatience.

Gaston Durand, c'est le professeur et l'écrivain. Luciole, à Normale supérieure, a voulu l'appeler Phoibos. Il est resté Phoibos pour Luciole, pour ses jumeaux. Le professeur Forelli-Alban, c'est grand-père, pour les jumeaux et pour Luciole. C'est aussi grand-père pour Phoibos. Et, pour grand-père, Gaston Durand, c'est Phoibos.

Grand-père n'ignore pas ce qui retient Phoibos dans sa khâgne de Louis-le-Grand. Paris a toujours aiguisé son appétit. C'est une faim que les meilleurs restaurants ne peuvent satisfaire. Certes, Phoibos ne se refuse pas les plaisirs de la bouche. Il sait où se les offrir, et la brasserie rue de Buci est un bon endroit. Mais il lui faut aussi nourrir son esprit et ce n'est qu'à Paris, dans ce Quartier latin, qu'il peut le rassasier. Grand-père craint d'avoir accepté une mission impossible. A quoi bon tergiverser ? Grand-père se jette à l'eau.

— Phoibos, Luciole a besoin de vous.

— Moi aussi, grand-père, j'ai besoin d'elle. J'emporte l'ébauche d'un manuscrit. En François Balbaye, c'est le poète qui m'a séduit. Ceux qui enseignent ce qu'ils sont autant que ce qu'ils savent me séduisent aussi, surtout si leur science devient un art.

— Paul Alban, mon maître d'école, vous aurait séduit. Écrivez, Phoibos, le livre que je n'ai pas osé écrire. Sans doute parce que je suis le fils de Paul Alban. Peut-être aussi parce que la fréquentation des chefs-d'œuvre m'a appris à douter de mes qualités d'écrivain.

— Je respecte et admire Paul Alban, grand-père. Mais c'est tout ce que je sais de vous, tout ce que j'ignore encore, qui me séduit. A Luciole, je dirai pourquoi je veux écrire ce livre. Mais je ne saurais y parvenir si elle ne m'y aide.

Grand-père et Phoibos n'ont guère d'appétit. Ils font la moue à tout ce qu'on leur propose. Le repas compte si peu quand c'est l'esprit et le cœur qui sont à table. Ils acceptent cependant un plateau de coquillages. L'huître et la palourde, taquinées d'un geste distrait, les laissent en tête à tête.

— Je n'ai fait que mon métier, Phoibos. J'ai essayé de le bien faire. Comme Paul Alban. Comme vous.

— Oui. Mais comme dans tous les métiers, il y a des « meilleurs ouvriers de France ». Vous êtes l'un de ceux-là.

— Vous prenez un grand risque, Phoibos, en allant à Kalinga pour y apprendre sur moi ce que vous ignorez. Luciole vous retiendra longtemps car elle aura beaucoup, beaucoup à vous dire.

— Je resterai près d'elle tout le temps nécessaire, même s'il me faut prendre une année sabbatique.

— Et si Luciole vous demandait de rester au Senghal pour l'aider à réaliser un projet qui exige plus de temps qu'une année sabbatique ?

— J'y resterai, grand-père.

— Merci, Phoibos. Luciole vous dira demain pourquoi elle a besoin de votre aide. Son projet vous retiendra longtemps, très longtemps auprès d'elle. C'est une vie nouvelle qui commence pour vous deux... Vous ne regretterez pas votre khâgne, votre Quartier latin, tout ce qui vous attache à Paris...

— Je ne regretterai rien, si Luciole me demande de rester auprès d'elle. Ni ma khâgne. Ni le Quartier latin.

Les yeux pervenche ont l'éclat du bonheur.

— Grand-père, Luciole revient souvent à Paris. J'y reviendrai avec elle.

— Revenez aussi à Sanluc tous les deux. Peut-être viendrez-vous entendre une autre symphonie de Beethoven dans notre église.

Ils n'ont guère touché aux coquillages, mais, le cœur et l'esprit rassasiés, grand-père et Phoibos se sont embrassés.

Ce jeudi 21 avril, c'est dans l'intimité d'un restaurant minuscule, au rez-de-chaussée d'une des plus vieilles maisons de Paris, dans ce Marais si riche d'histoire, que l'éditeur Jean-François Gellier reçoit le professeur Forelli-Alban. Le chauffeur de l'éditeur évite au vieil homme l'attente d'un taxi.

Pour Jean-François, c'est un grand-père qu'il tutoie. Mélie-Rosine lui a donné l'audace de cette familiarité du temps de leur khâgne à Louis-le-Grand, avec Gaston Durand — Phoibos comme professeur.

Souvent, Mélie-Rosine entraînait Jean-François rue de Médicis. Grand-père les attendait pour une promenade dans les jardins du Luxembourg. Le professeur à la Sorbonne les interrogeait, les conseillait, les encourageait et usait du tutoiement avec l'un comme avec l'autre. Le professeur appréciait leur vivacité d'esprit, leur richesse d'imagination, leur volonté d'être de bons élèves... Grand-père couvait du regard ses futurs normaliens.

Jean-François ne lui cachait pas sa tendresse. Il se confiait à lui comme il se serait confié à son grand-père qu'il n'avait plus. Être éditeur, comme son père, le tentait plus que d'entrer à Normale supérieure. Au confort douillet d'un avenir assuré il préférait l'aventure d'une carrière à risques. Grand-père s'attacha plus encore à ce jeune homme courageux qui avait l'audace d'entreprendre.

Le père de Jean-François, Gaétan Gellier, était un de ces grands de l'édition qui tutoyaient les jurés des prix Goncourt, Femina, Renaudot... Les auteurs à succès, Gaétan Gellier les découvrait, dès leur premier manuscrit, avec une sûreté de l'instinct et du goût que les autres éditeurs lui enviaient. En publiant le premier roman de Luciole, il savait qu'il ne prenait aucun risque, mais il ne prévoyait pas l'ampleur de son succès. Jean-François, comme son père, n'attend rien de l'héritage mais tout de ce qu'il crée. Il ne veut rien emprunter à la célébrité de son père, mais bâtir la sienne avec son seul prénom. Avec la même sûreté du goût et de l'instinct, il édite Gaston Durand comme son père Luciole. Les éditions des Îles ont fait entrer Jean-François dans le club des éditeurs heureux.

Grand-père, canne à la main, chauffeur ouvrant la porte, entre dans le restaurant. Jean-François s'empresse vers lui et le regarde avec ses yeux d'étudiant. Et lui, le grand-père, retrouve dans cette haute silhouette, cette douceur du sourire et du regard, dans l'élégance discrète et raffinée du costume et des manières, l'empreinte de la bonne éducation qui était déjà la sienne du temps de leurs promenades.

On ne vient dans ce restaurant minuscule que pour la convivialité du patron, ses brochettes d'agneau et son rosé de Provence. Grand-père et Jean-François se mettent à table et, comme à la brasserie de la rue de Buci, c'est le cœur et l'esprit qui ont la fringale. La succulence de la viande et les arômes du vin réjouissent leur humeur autant que leurs papilles.

Les conversations se murmurent dans ce minuscule établissement. Grand-père parle fort comme tous les vieillards durs d'oreille. Jean-François, d'un geste délicat, l'invite à baisser le ton, comme Mélie-Rosine, et grand-père lui obéit, comme à sa petite-fille.

— Grand-père, Luciole t'a dit pourquoi je voulais te voir ?

— Non, mais tu vas me l'apprendre.

Le patron emplit les verres et on déguste le rosé. Il est de Bandol et ses arômes échauffent. Jean-François murmure à l'oreille de grand-père :

— C'est moi qui éditerai le dernier livre de Luciole. J'ai vu le manuscrit. C'est un chef-d'œuvre. Ta Luciole parle enfin d'elle-même. Un destin prodigieux. Le destin de ta fille, grand-père.

Grand-père oublie la bouchée qui refroidit, piquée dans sa fourchette.

— Luciole ne m'a rien dit. Tous ses autres livres, j'en ai lu les manuscrits avant ton père.

— Celui-là, elle a voulu que ce soit moi qui le découvre avant toi. Elle désirait connaître mon jugement avant d'affronter le tien.

— Il est vrai qu'il est dur de parler de soi. La pudeur enlève à l'écriture ce qui fait son bonheur quand elle s'immisce dans la vie des autres. Je suis heureux que Luciole ait l'audace de dénuder la sienne.

La fourchette a mis en bouche la viande refroidie. Une gorgée de rosé la réchauffe.

— Grand-père, Luciole m'a chargé d'une autre mission.

Grand-père esquisse un sourire aussi discret que les murmures de Jean-François.

— Elle ne te charge pas de me dire qu'après l'enfance du pitaud, je dois relater sa vie d'homme ?

— Non. Gaston Durand s'en charge et je suis sûr que le succès de son nouveau livre aura encore plus d'ampleur que son *François Balbaye.*

Jean-François, qui ne boit que de l'eau, s'autorise aujourd'hui une gorgée de vin. A nouveau, il murmure à l'oreille de grand-père :

— Luciole serait comblée si tu écrivais la préface. C'est son dernier livre. Elle n'en écrira plus d'autres.

Le verre de grand-père est vide. Jean-François le remplit. Grand-père boit lentement, lentement, le temps de donner à son cœur le retour au calme.

— Dis à Luciole que ce sera pour moi un grand honneur et un grand bonheur de la rédiger.

Les fourchettes ne piquent plus dans l'assiette vide et le rosé de Bandol reste dans les verres. Le patron s'empresse avec un café très fort.

— Jean-François, publierais-tu un manuscrit si je te le proposais ?

— Un livre de toi, sûrement.

— Il ne s'agit pas de moi mais d'une pitaude de quatre-vingt-quatre ans qui n'a que son certificat d'études.

— Une Marguerite Audoux ?

— Oui. Je n'ai pas encore lu le manuscrit, mais je suis sûr que ma pitaude a écrit un chef-d'œuvre.

— Quel est son nom ?

— Sylvie Garel.

— Un joli nom, qui m'incline à penser qu'il porte chance.

Le café brûle la gorge et aussi le cœur de grand-père.

— Grand-père, reviens à Paris avec Sylvie Garel et son manuscrit. Elle nous le lira et je suis sûr qu'en l'écoutant nous découvrirons un chef-d'œuvre. Je le publierai, grand-père. A une condition.

— Laquelle ?

— Que tu écrives la préface. Marguerite Audoux a eu celle d'Octave Mirbeau. Sylvie Garel doit avoir celle de son pitaud.

Comme celui du médecin Mélie-Rosine, le téléphone de Jean-François le rappelle à ses urgences.

— A bientôt, grand-père. Avec Sylvie Garel et son manuscrit. Avec aussi les préfaces. Les deux préfaces. C'est promis ?

— C'est promis, Jean-François.

Le chauffeur est pour grand-père. L'éditeur retourne aux Îles à pied. Il marche seul et pourtant c'est grand-père qui accompagne ses pas, comme autrefois dans les jardins du Luxembourg.

23

Tout est en ordre lorsque Pierre se cale, le vendredi 22 avril, dans un fauteuil du TGV. Bien calé aussi, dans le porte-bagages, le carton qui enferme ses achats. Les essayages l'ont convaincu que ses quatre-vingt-quatre ans avaient encore de l'élégance. Demain, à l'Auberge du Coq, Sylvie en grande dame et lui en vieux monsieur qui a encore du charme, oublieront leur âge et leurs misères.

Tout est en ordre. Dans le studio de Luciole, les voix espérées sont exactes au rendez-vous. Celle de Sylvie qui ne lui a pas caché l'impatience d'attendre l'aube de demain. Elle ne lui a pas caché sa joie d'apprendre de Luciole, au téléphone, mercredi soir, que Baptiste, les chèvres, le bouc resteraient avec elle, dans la « Ferme de Sylvie » où ils vivraient, ensemble, une vieillesse heureuse. Et c'est avec du bonheur dans la voix que Luciole prend le relais. Phoibos est près d'elle et y demeurera. Jean-François lui a annoncé, dès son retour aux Îles, que le professeur Forelli-Alban écrira la préface. Est-ce la hâte de la lire qui fait revenir en juin Luciole et Phoibos ? Hier encore, Sanluc et Garbois n'attendaient Luciole qu'en juillet. Papa n'interroge pas. Il écoute.

Tout est en ordre, ou presque. La voix de Mélie-Rosine, grand-père espère l'entendre. Luciole aussi. Son silence ne les inquiète pas. La forêt guyanaise la leur rendra lorsque les quatre en auront épuisé les charmes.

Une heure de TGV, c'est court pour une mémoire qui voudrait ne rien oublier. Sylvie et Luciole avaient tant à lui dire, tant à lui laisser deviner ! Dans l'auto, grand-père voudrait se donner le temps de tout réentendre, mais c'est Salvator qu'il lui faut écouter.

— Monsieur Pierre, demain, à 8 heures, je vous emmène chez Sylvie. J'attellerai Flambeau à la carriole.

Il ajoute après une longue hésitation :

— Hier, Sylvie est revenue de Garbois très fatiguée. Elle a promis à Victor de se reposer tout ce vendredi. Elle est si heureuse d'aller demain avec vous à l'Auberge du Coq qu'elle oubliera sa fatigue quand je l'aiderai à grimper dans la carriole.

Jeudi ! La mémoire de grand-père ne lui a pas rappelé, dans le TGV, tout ce que Sylvie lui avait dit, au téléphone. Le marché de Garbois, les chansons dans la carriole, le cassoulet de Gustave, le champagne de Gertrude, ses balayettes coupées sous les chênes, au clair de lune, là où reverdissent les pivardaines... Elle lui a tout dit, Sylvie... Un jeudi à trois qui n'a pas eu la même gaieté que l'autre, à quatre... Même Flambeau n'était pas à la fête. Il n'a pas pété.

« Un seul être vous manque et tout est dépeuplé », avait murmuré Sylvie en rappelant avec coquetterie au professeur que ce vers était de Lamartine. Ce jeudi à trois avait souffert de l'absence du quatrième. Sylvie avait caché à Pierre qu'elle en était revenue lasse, très lasse.

Maria et Salvator résistent à leurs curiosités mais ne laissent monsieur Pierre à sa solitude qu'après la soupe, les pilules et les recommandations de Maria.

— C'est dans votre lit qu'il faut dormir, monsieur Pierre.

— A demain, 8 heures.

— Je serai prêt, Salvator. Bonne nuit à vous deux.

Pierre s'installe dans le fauteuil de la Mélie. Il veut lui raconter sa semaine avant de s'endormir.

— Va dans ta chambre, Pierre. Attends la nuit de demain pour tout me dire. Si tu t'endors dans mon fauteuil, je te réveillerai pour tout savoir.

24

A son retour de Garbois, jeudi, Sylvie est si lasse qu'elle s'endort à table avant de finir sa soupe. Après avoir dételé Flambeau qui retrouve Baptiste dans l'abri, Victor revient vers Sylvie et la réveille.

— Allez dans votre chambre. Reposez-vous tout ce vendredi. Je vous prépare vos repas du midi et du soir. Samedi, de bon matin, si vous êtes raisonnable, c'est avec vos jambes de vingt ans que vous grimperez dans la carriole.

Victor l'aide à marcher jusqu'à son lit. Sylvie attend que l'auto démarre et, comme d'habitude, veut dire bonsoir à ses bêtes. Ses jambes refusent. Sylvie s'impose l'effort de se glisser dans les draps et elle s'endort. Victor la réveille le vendredi midi. Elle le remercie d'avoir eu la délicatesse de lui battre une omelette avec ses œufs. Elle a bon appétit.

Sylvie retrouve ses forces. Elle rend visite au coq et aux poules, ramasse leurs œufs, marche jusqu'au pont-aux-chèvres, comme d'habitude. Elle appelle Pierre. Il faut qu'il sache ce que Luciole lui a dit, mercredi, tard dans la nuit. Il faut qu'elle lui raconte sa journée du jeudi, avec Loïc et Gertrude. Il faut qu'elle lui rappelle sa promesse d'atteler Flambeau à la carriole, dès l'aube du samedi. Elle raccroche, heureuse d'être entendue. Un samedi avec Pierre, de l'aurore au crépuscule, c'est trop court pour en épuiser les joies.

Elle sait, par Maria, que Salvator l'attend à sa descente du TGV et qu'ils arriveront à Sanluc avant la nuit. Elle a promis à Maria de ne plus l'appeler.

— Il a besoin de repos. Vous aussi, Sylvie. Demain, quand vous grimperez dans la carriole, il faut que vous retrouviez la jeunesse de vos jambes et de votre cœur.

Sylvie voudrait marcher sur le chemin des sapinières, comme d'habitude, et y revivre quelques souvenirs. Le sommeil, à nouveau, pèse sur ses paupières. Sylvie a la force d'avancer jusqu'à l'orme où elle a tant rêvé et s'endort sous son ombre. Au crépuscule, Victor la réveille. Il l'aide à aller jusqu'à sa soupe. Il lui dit que, demain, c'est Salvator qui attellera Flambeau à la carriole, que Pierre et Salvator arriveront chez elle à 8 heures, que Baptiste, les chèvres, le bouc ont le fourrage et la luzerne. Il ne lui dit pas que jeudi, en son absence, le coconnier a emmené les biquets.

— Faites une bonne nuit, Sylvie. Demain, la journée sera longue.

Sylvie entre dans sa chambre et allume toutes les lumières. Elle n'a plus sommeil. Elle ouvre son armoire. Elle en retire le sac qui enferme ses cahiers et le met sur le lit. Elle y met aussi la jupe noire, le corsage violet, la veste de velours et les cadeaux de Pierre, chacun dans son coffret. Elle les caresse et leur murmure des mots que Pierre aurait plaisir à entendre. L'horloge sonne 10 heures. Toute une longue nuit, elle attendra Pierre avec, sur ce lit, ce qui fera d'elle, demain, une dame.

Sylvie veut croire que l'air frais de la nuit la tiendra éveillée jusqu'à l'aurore. Elle sort. Un rayon de lune l'éclaire de sa lumière froide. Il allonge l'ombre de sa silhouette. Sylvie marche. L'ombre la précède et avance, au rythme de ses pas. Elle arrive avant Sylvie à la porte de la bergerie et s'y redresse. L'ombre et Sylvie ouvrent la porte, mais l'ombre s'est métamorphosée. Elle a la main et le visage de maman Meudon, une main tendue et un visage qui se dérobent dès que Sylvie essaie de les retenir. Sylvie parle à ses chèvres, à son bouc. Elle leur dit qu'elle est lasse et que demain, peut-être, elle ne viendra pas. Elle ne remarque pas l'absence des biquets mais gronde Capricieuse qui engouffre trop goulûment sa luzerne... Sylvie retrouve, dehors, son rayon de lune et l'ombre de sa silhouette qui la précède et l'accueille, redressée, à la porte de l'abri. Sa main et celle de l'ombre poussent la porte et, dans la pénombre, c'est la main de maman Meudon qui caresse Baptiste, et son visage lui sourit. Baptiste et Flambeau, les naseaux frôlant les joues de Sylvie, agitent leurs oreilles à chacun de ses mots. Elle demande à Baptiste de ne pas lui en vouloir. C'est Flambeau, demain, qui tirera la carriole. Sylvie embrasse son Baptiste et son angoisse se réveille et lui souffle que c'est, peut-être, la dernière fois.

La main de l'ombre l'arrache à l'abri et la ramène dans la chambre. Les lumières l'éblouissent, la main, le visage de maman Meudon s'évanouissent. Lampes éteintes, maman Meudon revient vers Sylvie. Elle échappe à ses doigts quand Sylvie veut lui prendre la main et caresser son visage. Sylvie allume une bougie et maman Meudon réapparaît dans la pénombre.

— Sylvie, dans une heure, tu t'endormiras, heureuse. C'est Pierre qui te réveillera. Il faut que tu sois belle pour l'accueillir. Il faut aussi que tout soit en ordre dans ton cœur.

Sylvie met la jupe, le corsage. La lassitude lui ferme les paupières quand elle enfile la veste. Sylvie a encore la force de résister au sommeil. Elle ouvre les deux coffrets. La bague, elle essaie de la glisser à chacun de ses doigts, de pauvres doigts noueux, douloureux, où plus rien ne trouve place. Un seul doigt se laisse encercler. C'est l'annulaire de la main gauche. Sylvie l'approche de ses lèvres. Son cœur bat très fort. Les paupières, elle peine à les tenir ouvertes. Elle embrasse l'améthyste et murmure : « Oui ». Elle prend le collier. Elle voudrait y enfermer son cou mais n'en a plus la force. Elle le laisse sur le lit. Elle prend le sac et voudrait relire ses cahiers avant que Pierre les emporte. Elle est sûre que Pierre, ce samedi 23 avril, lui réserve une surprise. Dans la carriole ou à l'Auberge du Coq, il lui dira que Jean-François Gellier publiera son roman. A la vitrine de la librairie Lectures, *La Pitaude* aura sa place entre *Le Pitaud* de son Pierre et *Marie-Claire* de Marguerite Audoux. Elle ouvre le sac. La main de maman Meudon le referme.

— Non, Sylvie. Tu n'en as plus la force.

Sylvie trouve encore la force d'écrire, en lettres capitales, sur la toile du sac :

« POUR TOI, PIERRE. »

Elle voudrait ajouter la phrase qu'elle n'a jamais osé lui dire, depuis leurs retrouvailles, après soixante-quatre ans d'absence. Elle commence à l'écrire, mais sa main ne peut aller au-delà de la quatrième lettre :

« JE T'A... »

Maman Meudon, son beau visage contre le sien, murmure à son oreille :

— Ne t'endors pas encore, Sylvie. Ouvre l'armoire. Prends ma gouline. Celle du dimanche, toute blanche, aux larges rubans empesés. Quand Pierre viendra te chercher, tu y enfermeras tes cheveux blancs et tu lui diras que tu la mets parce que la vie t'a tout donné.

Sylvie prend la gouline. Elle la pose sur l'oreiller. Elle a encore la force de s'allonger sur le lit, d'y reposer son dos recru de fatigue. Elle a encore la force de murmurer : « Je t'aime, Pierre. » Elle entend maman Meudon fredonner la chanson qu'elle lui chantait pour l'endormir…

Le samedi 23 avril, à 8 heures, après l'avoir vainement appelée, Pierre entre dans sa chambre.

Sylvie dort, les yeux grands ouverts, le visage épanoui de bonheur, l'améthyste scintillant au doigt de l'amour, le collier de perles entourant ses deux mains jointes, comme un chapelet, les rubans d'une gouline sur les lèvres.

Pierre prend le sac, lit ce que Sylvie a réussi à écrire.

— Moi aussi je t'aime, Sylvie.

En son costume gris anthracite, chemise blanche et cravate tourterelle, Pierre est resté longtemps, longtemps avec elle, avant de lui fermer les yeux.

25

— Mélie, j'aurai du courage. Je te le promets.

Après une semaine de désespoir, d'insomnie, dans ce fauteuil où, avant, il s'endormait, Mélie entend enfin, à minuit, ce qu'elle désespérait d'entendre.

Pierre s'arrache au fauteuil et ressent plus les douleurs de son cœur que ses souffrances d'âme.

— Mélie, j'ai sommeil, mais je vais dormir dans mon lit. Maria me réveillera.

Pendant cette longue semaine, Maria a redouté le pire. Le matin, elle ne réveille plus monsieur Pierre dans le fauteuil de la Mélie. Elle l'y trouve prostré, le visage ravagé. Monsieur Pierre refuse le café, le whisky, le repas. Il s'endort à table devant son assiette pleine. Il semble avoir perdu la mémoire. Le silence de Carlos et de Mélie-Rosine qui torture tant Maria laisse grand-père dans la somnolence. Chaque après-midi, c'est la sonnerie du téléphone qui le réveille. Luciole le supplie d'être courageux, de marcher dans les allées du parc, d'écrire la préface de son livre... Grand-père promet et se rendort, la tête sur la table. Maria, résignée, enlève l'assiette... Une longue semaine dont tous les jours se ressemblent.

Ce dimanche 1er mai, ce n'est pas Maria qui le réveille, mais la sonnerie du téléphone. C'est Mélie-Rosine. La forêt guyanaise et sa préhistoire ont rendu les quatre explorateurs à Kourou et ses audacieuses envolées vers Mars et Jupiter. Mélie-Rosine lui cache son angoisse mais elle sera, demain, chez grand-père. Elle prend l'avion cette nuit. Les trois autres s'envoleront vers Kalinga où Luciole et Phoibos les attendent. Grand-père, qui n'a jamais su dire non à sa petite-fille, le lui dit avec l'autorité du professeur. C'est avec celle du médecin que Mélie-Rosine ordonne à grand-père de ménager son cœur et de prendre ses pilules. Grand-père promet, et Mélie-Rosine promet de ne revenir à Sanluc qu'avec les autres, d'aller, elle aussi, à Kalinga. Elle sera chez grand-père le 12 mai. Avec Gaëlle. Peut-être avec Carlos et Pierre-Jacques. Grand-père, la voix de sa petite-fille à l'oreille, ressent moins ses douleurs et ses souffrances.

Ce dimanche 1er mai, comme tous les autres jours de cette si longue semaine, Maria arrive à 8 heures et trouve monsieur Pierre à table, beurrant sa tartine et buvant son café. Elle ose espérer qu'à midi il demandera son whisky.

— Votre appétit est revenu, monsieur Pierre ! Ce midi, vous apprécierez mon canard aux olives.

— Je l'apprécierai, Maria, mais seul. Je me sens mieux. Demain, j'espère être mieux encore. Mais aujourd'hui, j'ai besoin de solitude.

Elle aurait tant voulu trinquer, Maria, au bonheur des enfants. Ce matin, à l'aube, la voix de Carlos, après des jours et des jours de vaine attente, lui a donné du bonheur. Elle aurait voulu le partager avec monsieur Pierre. Elle attendra demain.

— Ne vous endormez pas, aujourd'hui, devant votre assiette pleine, taquine Maria avant de partir.

Pierre entend moins le bruit de l'auto qui démarre que la sonnerie des cloches de Sanluc appelant à la messe du 1er mai. C'est la fête du travail et Pierre songe au retard qu'a pris le sien. Luciole attend sa préface et il lui a promis de l'écrire avant juin. A Sylvie, si elle lui en avait laissé le temps, il aurait dit qu'il écrivait la sienne. Le 13 mai, le jour de son anniversaire, Pierre ira sur sa tombe, et Sylvie, la première, entendra ce que son pitaud lui a écrit...

Ce dimanche 1er mai, après le canard aux olives et une promenade dans les allées du parc, Pierre grimace de douleur lorsqu'il relit, sur la toile du sac :

« POUR TOI, PIERRE. »

Il l'ouvre, en retire cinq cahiers. Chaque page est numérotée. Il y en a quatre cent treize. Pas une seule rature. Sylvie a dû noircir vingt cahiers avant de mettre au net ces cinq-là. Une écriture appliquée, chaque lettre calligraphiée, avec ses pleins et ses déliés, aucun accent oublié, ni le grave, ni l'aigu, ni le circonflexe, les virgules, bien marquées, qui donnent leur rythme à la phrase, et le point qui la laisse respirer. Ces lettres, ces signes lui rappellent les recommandations de Paul Alban avant la redoutable épreuve du certificat d'études. Sylvie a-t-elle le même bonheur d'écriture qui valut à sa rédaction les honneurs de la première page du *Bonhomme sarthois*? La gorge serrée, le regard angoissé, le professeur Forelli-Alban entre dans la lecture.

La gorge se desserre et le regard s'émeut, s'embue, à chaque page lue et relue. Sylvie n'enferme pas ses mots dans les carcans de la syntaxe. Elle leur laisse la liberté de choisir, dans la phrase, la place qui leur convient. Ils y gardent leurs arômes comme ces fleurs sauvages qui échappent aux soins du jardinier. Pierre songe à son écriture de professeur, aux carcans de la syntaxe, aux pièges de la grammaire, à ses dons de jardinier des lettres qui sait cultiver une belle prose. Pierre taille ses rosiers pour que s'y épanouissent de belles roses. Sans odeur. Dans la jachère de Sylvie poussent des plantes sauvages dont les fleurs ont tous les parfums de la nature.

Les mots de Sylvie, ce sont des mots d'une pitaude que l'odeur de bouc isolait du monde mais ne rendait pas malheureuse. Les mots de Sylvie sont les mots du bonheur, celui que lui donne maman Meudon et, toute sa vie, celui que lui donne l'espérance. Elle a vieilli avec elle et sans gouline. Aux vieilles qui s'en étonnaient, elle répondait : « Je m'en coifferai lorsque ce que j'espère me sera donné. » Elle a attendu soixante-quatre ans. La gouline était près d'elle lorsque Pierre lui a fermé les yeux. Les mots de Sylvie ressemblent aux simples qui fleurissent dans les prés. Les simples ont le pouvoir de guérir. Les mots de Sylvie sont créateurs de vie, ils recréent la vie. Ceux de Marguerite Audoux recréaient la sienne, celle de la souffrance et des laideurs. Ceux de Sylvie Garel recréent aussi la sienne, celle où le bonheur n'est pas absent. « Les mots qui ont ce pouvoir sont des mots d'écrivain », pense le professeur. Et il poursuit sa lecture.

A la page 373, les premiers rayons de l'aurore jouent avec les lumières de son bureau. Le professeur s'accorde une pause, comme à la fin d'un bon repas, en attente du dessert. Quel festin ! Toute une nuit d'une gourmandise jamais rassasiée. Chaque phrase de Sylvie l'a laissé sur sa faim. A la page 373, le cœur, l'esprit, l'âme du professeur n'ont pas apaisé leur fringale. Et pourtant, la vie entière de Sylvie était au menu. Une vie de bonheur et d'attente. La vie de son pitaud y était aussi. Deux vies parallèles que les phrases ont mariées. Sylvie leur a donné le pouvoir de faire ce que le destin a refusé.

Le professeur attendra la nuit prochaine pour reprendre sa lecture. Il enferme les cahiers et leur sac dans sa bibliothèque. Jusqu'au 13 mai, personne ne saura qu'ils sont là. Ce jour-là, le pitaud lira à sa pitaude, sur sa tombe, la préface qu'il a écrite pour elle.

Monsieur Pierre est à table et beurre ses tartines lorsque Maria arrive, à 9 heures. A midi, monsieur Pierre demande son whisky et Maria s'autorise un porto. Ils trinquent au bonheur de leurs enfants. Le matin, Carlos a téléphoné. Ils sont tous à Kalinga. Luciole les a accueillis en robe Yves Saint-Laurent et en maman heureuse. Peut-être aussi en femme heureuse, au bras de Phoibos. Le boubou de satin argenté, elle le revêtira demain, quand elle fleurira, avec les jumeaux, la tombe de leur père et celle de Sublime. Le griot, le sorcier, le serpent, le margouillat, la chaise d'ébène, c'est dans la mémoire des vieux qu'ils existent encore. Seule, en pays baoulou, la solidarité reste au présent.

Monsieur Pierre écoute Maria, mais c'est de Kalinga qu'il l'entend. Il est avec sa fille, les jumeaux et, il ose l'espérer, celui et celle qui uniront leur vie à la leur. Monsieur Pierre choisit un château-chalon. Les arômes délicats d'une saucisse de Morteau méritent ce mariage. Monsieur Pierre, Maria le retrouve tel qu'il était, avant.

Grand-père se refuse la sieste et prend sa canne. Il marche vers des souvenirs où Sylvie l'attend. Il marchera jusqu'au crépuscule. La sonnerie de son téléphone lui accorde une pause, à 18 heures. Mélie-Rosine laisse parler sa joie lorsque grand-père lui dit qu'il prend ses pilules. Les quatre seront chez grand-père le 12 mai. Ils lui réservent une surprise.

La nuit venue, Pierre rentre et s'installe dans le fauteuil de la Mélie. A elle, il ne cache rien. A haute voix, il relit, pour elle, le premier cahier. La lecture réveille l'appétit du lecteur. Pierre résiste à la tentation d'entamer le second cahier. « C'est beau. C'est beau, lui dit Mélie. Reviens demain me lire la suite. »

Dans son bureau, le professeur ouvre le cinquième cahier, à la page 373. Sylvie lui offre un dessert qui émeut son cœur et son âme. « C'est beau. C'est beau. Merci, Sylvie. » Il marche, sans canne, jusqu'à son lit, avec du bonheur dans ses larmes.

Le lendemain, à 9 heures, tartine beurrée et café fumant, il accueille Maria. A midi, whisky et porto choquent leurs verres au bonheur de leurs enfants. Au téléphone, Carlos a raconté à Maria sa première journée en pays baoulou. Les brochettes d'agneau et le rosé de Provence sont au menu de Maria. Grand-père songe au restaurant minuscule, à Jean-François, à sa promesse d'écrire deux préfaces. Luciole attendra la sienne. Le 13 mai, c'est sa préface que Sylvie entendra. Sur sa tombe.

En promenade, Pierre claudique vers d'autres rendez-vous. Il n'a pas encore rédigé la préface. Sylvie ne le lui reproche pas. Attendre est un mot qui ne fait pas souffrir quand on garde l'espérance. A 18 heures, c'est la pause et le bonheur d'entendre Mélie-Rosine.

Dans le fauteuil de la Mélie, après la lecture du deuxième cahier et le : « C'est beau. C'est beau. Reviens demain me lire la suite », le professeur songe à la préface.

C'est difficile. Ulysse, dans son bateau, résistait au chant des sirènes. C'est aux tentations de sa mémoire que le professeur en Sorbonne doit résister. Perfide, elle lui récite les phrases d'Octave Mirbeau, dans sa préface à *Marie-Claire* : « Lisez *Marie-Claire*... Et quand vous l'aurez lue, sans vouloir blesser personne, vous vous demanderez quel est, parmi nos écrivains – et je parle des plus glorieux –, celui qui eût pu écrire un tel livre, avec cette mesure impeccable, cette pureté et cette grandeur rayonnantes. »

Octave Mirbeau a devancé le professeur Forelli-Alban. Il lui faudra trouver d'autres mots pour que son « Lisez Sylvie Garel » ne soit pas le « Lisez *Marie-Claire* » d'Octave Mirbeau et, cependant, lui ressemble.

Après la lecture, dans le fauteuil de la Mélie, du troisième, du quatrième et du cinquième cahier, après les tartines beurrées et le café du matin, le midi, le whisky, le porto, le menu de Maria, après les rendez-vous de l'après-midi et la pause de Mélie-Rosine, le professeur Pierre Forelli-Alban écrit la préface en évitant les pièges tendus par sa mémoire.

Il lit à Mélie ce qu'il a eu tant de peine à écrire. Elle l'écoute. Elle lui dit : « C'est beau. » Elle ne le dit qu'une seule fois. Mélie sait distinguer le talent du génie.

Au téléphone, à la pause de 18 heures, Mélie-Rosine lui a annoncé qu'elle viendrait chez grand-père, avec Carlos, Gaëlle et Pierre-Jacques, le lendemain 12 mai, à l'aube.

26

Pour les accueillir, grand-père, levé tôt, met le costume préféré de sa petite-fille. Elle le surprend, tartine en main et tasse aux lèvres. Elle est seule. Après de longues étreintes, les « Grand-père… Grand-père… » et les « Ma petite-fille… Ma petite-fille… », Mélie-Rosine rassure grand-père.

— Ils seront chez toi dans moins d'une heure.

Mélie-Rosine, grand-père la voit encore plus belle qu'avant. Elle aussi a mis la robe préférée de grand-père. A son doigt brille un diamant qu'il ne lui connaît pas.

— Maman me l'a donné. C'est le diamant de la grotte de Jean-Baptiste. C'est tante Juliette qui l'a fait tailler à Saint-Claude.

— Oui… Oui… Je me souviens… Ta mère ne l'a jamais mis à son doigt.

— C'est à mon doigt qu'elle espérait le voir.

La bague scintille à l'annulaire de sa main gauche, comme celle de Sylvie. Grand-père y voit le signe du destin. Après le malheur de l'améthyste, c'est le bonheur du diamant.

— Grand-père, le couteau que maman t'a donné, tu l'as encore ?

— Celui de l'oncle Jacques ?

— Oui.

— Jamais il ne m'a quitté. Il est dans ma poche.

— Peux-tu me le prêter ? Seulement pour aujourd'hui.

Grand-père lui tend le couteau.

— Je te le donne.

Les trois tardent à venir. Le médecin prend ses instruments de mesure et ausculte grand-père. Stéthoscope aux oreilles, Mélie-Rosine ferme les yeux, esquisse une moue qu'elle efface vite avec un sourire.

— Grand-père, ton cœur est fatigué. Demain, nous irons à Paris, tous les deux. Carlos te gardera quelques jours.

— Pas demain, supplie grand-père. Pas demain. Le 13 mai, je me le réserve. Pour moi seul.

— Après-demain ?

Le « oui » empressé de grand-père rassure le médecin. Il ignore que ce « oui à Paris » n'est pas un « oui à l'hôpital de Carlos ». C'est un « oui à Jean-François et aux éditions des Îles ». Grand-père remettra à l'éditeur les cahiers de Sylvie et la préface promise.

Un bruit de carriole, le hennissement de Flambeau, et à nouveau, les longues étreintes, les « Grand-père… Grand-père… » et aussi les « Ma petite Gaëlle… », les « Carlos… Carlos… », les « Enfin, mon Pierre-Jacques, tu es là, dans ma maison, et pas sur Mars… ».

Tous aident grand-père à s'installer dans la carriole. Pierre-Jacques prend les rênes, Carlos s'assied près de lui, grand-père à l'arrière, Mélie-Rosine à sa gauche, Gaëlle à sa droite. La petite-fille devance le « où m'emmenez-vous ? » de grand-père.

— Dans la forêt de Bercé.

Au petit trot, Flambeau tire la carriole. Les quatre jeunes pourraient chanter comme les quatre vieux lorsque Flambeau les emmenait à Garbois. Ils se taisent. Peut-être craignent-ils qu'une gaieté trop bruyante réveille la souffrance de grand-père.

Flambeau n'a pas la même retenue. Il souffle et pète. Il accélère le trot, crinière au vent et naseaux frémissants. Jamais la carriole n'a roulé aussi vite. Flambeau, couvert d'écume blanche et fumante, arrête sa course devant Maria et Salvator. Ils sont là, avec leurs autos. Ils rentreront seuls, chez Sylvie, avec Flambeau et la carriole.

— Pierre-Jacques, va avec Carlos et Gaëlle. Tu connais l'endroit. Moi, j'aide grand-père à vous rejoindre.

C'est toujours le silence. Pierre songe à celui du cortège qui entrerait dans l'église de Sanluc si grand-père, sa petite-fille à son bras... C'est vers les chênes, qu'au bras de Mélie-Rosine, il avance. Les bons marcheurs les attendent.

Pierre-Jacques a reconnu son chêne. Mélie-Rosine aide grand-père à approcher du sien. Les jumeaux avaient dix-sept ans lorsqu'ils les ont choisis. Ni maman ni Mélie ne le savent. Vingt ans, ils ont gardé leur secret. Ce jour-là, Mélie-Rosine a dit à son frère : « Dans ton chêne où j'ai gravé ton nom, tu y graveras le nom de la femme de ta vie. »

Et Pierre-Jacques avait dit à sa sœur : « Dans ton chêne où j'ai gravé ton nom, tu y graveras le nom de l'homme de ta vie. »

Les deux chênes ont grandi, mais ils ont gardé les cicatrices des deux cœurs taillés jusqu'à l'aubier et celles de leurs noms enfermés.

Mélie-Rosine donne à son frère le couteau de grand-père. Elle lui dit, très émue :

— Avec ce couteau, maman a gravé son nom dans un cœur taillé jusqu'à l'aubier dans l'écorce de son chêne. Notre père y a enfermé le sien.

Pierre-Jacques enferme dans le cœur, avec le sien, le nom de la femme de sa vie : Gaëlle.

Mélie-Rosine enferme dans le cœur, avec le sien, le nom de l'homme de sa vie : Carlos.

Au retour, le bras de Gaëlle et celui de Mélie-Rosine soutiennent la marche de grand-père. Il embrasse leurs mains. Lui aussi se tait. Les battements de son cœur accompagnent ses pas. Ils rythment une phrase que grand-père ne prononce pas : « La vie t'a tout donné. La vie t'a tout donné. » La phrase de Sylvie quand elle a pris la gouline.

L'auto de Salvator attend Pierre-Jacques et Gaëlle. Dans celle de Maria, Mélie-Rosine aide grand-père à se caler à l'arrière. C'est devant, avec Carlos, qu'est sa place.

— Où allons-nous ? demande grand-père.

— A La Rascasse répond Mélie-Rosine. Tout ce que tu aimes est au menu.

Elle ajoute, sa joue contre celle de Carlos :

— Notre mariage, c'est le 22 juin, à la Saint-Alban, le premier jour de l'été. Maman voulait cette date et Phoibos aussi. Ils seront chez toi le 13 juin. Ils y resteront trois mois.

— Et Gaëlle ? Et Pierre-Jacques ? s'inquiète grand-père.

— Eux aussi se marient le 22 juin. L'oncle Henri entendra nos « oui » dans sa mairie de Garbois. Ce ne sera hélas pas le bon curé Félix qui bénira nos unions dans l'église de Sanluc… Les fouillées des mariées, c'est tout Sanluc qui en cueillera les fleurs.

A La Rascasse, après s'être rassasié de bonheur et de bonne chère, grand-père invite les amoureux à venir dans son parc où les attend sa surprise.

Il arrête les voitures au petit pont. Il regarde le rocher, dans le ruisseau. Les battements de son cœur rythment le « oui » de Rosine. Grand-père demande aux amoureux de s'unir comme s'ils avançaient vers l'autel. Lui marche en tête, seul, grimaçant à chaque pas.

Ils entrent dans le parc. Les mimosas, les camélias, les hortensias, les fuschias les accueillent. Ils attirent leurs sourires, leurs mains qui se frôlent. Grand-père les conduit jusqu'aux palmiers.

— Carlos, choisis ton palmier et toi, Mélie-Rosine, choisis le tien.

— Celui de gauche, grand-père, s'empresse sa petite-fille.

Grand-père songe à Bellone que la fillette de sept ans avait choisi avec le même empressement.

— Je prendrai celui de droite. Il n'est pas aussi beau que le tien, mais il le deviendra, dit Carlos.

Le soleil s'est éteint depuis longtemps. Le champagne et le bonheur retiennent les amoureux dans la maison de grand-père. Les médecins donnent le signal du départ.

— Demain, je viendrai dormir dans le lit de grand-mère.

— Tu feras ma valise, Mélie-Rosine. Carlos voudra sans doute me garder quelques jours à Paris.

Mélie-Rosine efface, d'un sourire, une angoisse qui s'éveille.

— Dors, grand-père. Dans ton lit. Et n'oublie pas tes pilules.

27

Dormir. Donner quelques heures de repos à ce vieux cœur dont chaque battement le fait souffrir. Grand-père n'a jamais obéi au médecin, mais il ne sait rien refuser à Mélie-Rosine. Son dernier regard, avant de le laisser seul, n'était plus celui du médecin. Grand-père prend ses pilules et s'endort.

Ce n'est pas Maria qui le réveille. Ni le téléphone. Ni la faim. C'est un bébé mésange ; son premier envol l'a fait chuter sur le visage de grand-père. Sa mère, sur le bord de la fenêtre ouverte, appelle son enfant. Bébé bat des ailes, mais ne décolle pas du visage. Grand-père prend le bébé et l'aide à s'envoler. Le clocher de Sanluc sonne les trois coups de 15 heures. Grand-père se lève.

A 19 heures, Mélie-Rosine l'attendra au petit pont. Grand-père le lui a demandé. A son bras, comme s'il la conduisait à l'autel, dans l'église de Sanluc, il veut marcher dans l'allée bordée des fleurs bretonnes de Gaëlle jusqu'au palmier qu'elle a choisi.

Quatre heures, c'est peu de temps, et grand-père a tant à faire. Maria a mis au froid son repas de midi. Grand-père attendra le soir et le partagera avec sa petite-fille. Il voudrait que son cœur ne le fasse pas trop souffrir pendant ces quatre petites heures qu'il offre à Sylvie.

C'est dans son habit de fête qu'il lui lira sa préface, sur sa tombe. Il ira, avec sa canne, jusqu'au cimetière, comme s'il allait chez elle par le chemin des sapinières.

La cloche de Sanluc sonne les quatre coups de 16 heures. Grand-père est dans son costume anthracite, chemise blanche et cravate tourterelle. Il prend sa canne et s'élance. Son cœur s'emballe. Grand-père marche, plus lourdement, plus douloureusement, mais il avance. Même s'il doit y mettre une heure, il claudiquera jusqu'au cimetière.

Grand-père arrive au petit pont. Il s'arrête, s'accote au parapet, regarde le ruisseau. Le rocher et sa couronne d'écume le fascinent. Il en détache son regard et repart. Les douleurs, les emballements de son cœur le retiennent sur le petit pont. A nouveau, son regard s'accroche au rocher. Grand-père ne peut résister à son attirance. Ce vieux cœur qui lui refuse la marche jusqu'au cimetière lui consent quelques pas vers le rocher. Grand-père entre dans l'eau mais ne s'en soucie guère. Il traverserait le feu pour atteindre le rocher. Il trébuche. Il perd sa canne et essaie, vainement, de la reprendre au courant qui l'emporte. Il s'aide de ses deux mains, de caillou en caillou. Il arrive au rocher et s'y assoit, de l'eau jusqu'aux genoux. Il souffre moins des trépidations de son cœur, mais le sommeil le gagne.

Rosine l'aide à ne pas y succomber. C'est là, sur ce rocher, qu'elle lui a dit « oui » avec son dernier regard et son dernier sourire. Ce « oui » le tient éveillé, mais le sommeil pèse, plus lourdement, sur ses paupières. Sylvie pourrait l'aider à lui résister, mais elle est enfermée dans le sac. Grand-père veut l'ouvrir, lire un cahier, sa préface, pour rester conscient jusqu'à 19 heures. Ses deux mains se crispent sur le sac et ne peuvent l'ouvrir. Deux fois, trois fois, elles échouent. Grand-père ne les maîtrise plus. Le sac leur échappe et le ruisseau l'emporte. Grand-père tente en vain de le rattraper. Il regarde le sac s'éloigner dans l'eau vive. Il espère qu'un caillou le retiendra, que Mélie-Rosine, à 19 heures, le sauvera du naufrage. La courbe du ruisseau l'enlève à son regard. Les mains de grand-père n'esquissent qu'un douloureux geste d'impuissance.

Grand-père n'entend pas la cloche de Sanluc sonner les six coups de 18 heures. Grand-père ne vit plus son présent. Le courant l'emporte avec le sac, la préface, les cahiers de Sylvie. Le passé, son passé, prend la relève et l'aide à résister au sommeil. Il l'entraîne sur le chemin de sa vie qu'il refait à l'envers. Il marche. Il veut qu'à 19 heures, Mélie-Rosine arrache à son rocher un grand-père éveillé. Il veut ne pas dormir lorsque Mélie-Rosine lui donnera sa canne et le sac de Sylvie.

Grand-père regarde le soleil. Sa lumière s'est assombrie comme l'azur de ce 13 mai, si lumineux le matin lorsque le bébé mésange s'est envolé vers sa mère. Les yeux de grand-père ne voient plus que son passé. Grand-père est à Kalinga, avec Mélie, quand les jumeaux fleurissent la statue de leur père. Grand-père est avec Mélie lorsque Luciole retrouve la raison. Grand-père est avec Mélie lorsqu'il rythme de ses « une-deux » la marche des jumeaux sur leur chemin d'écoliers. Grand-père est avec Mélie... Grand-père est avec Mélie...

Devant ses yeux ouverts, un voile cache à grand-père le soleil et l'azur. Grand-père ne souffre plus. Ni des battements de son cœur, ni de ses jambes glacées. Il ne voit pas les vairons que la lumière clignotante du téléphone attire. Grand-père est ailleurs, loin, très loin de ce rocher où il attend Mélie-Rosine. Longtemps, il a marché sur la route de sa vie de grand-père, de père, de professeur. Il veut marcher encore, mais c'est le sentier abrupt le conduisant à son enfance qu'il lui faut grimper. Mélie, à ses côtés, l'aide à le gravir.

Les yeux de grand-père restent ouverts, mais une chape de bronze pèse sur ses paupières et l'enferme dans sa nuit. Mélie ne le soutient plus sur sa pente. Kerkhove avait décidé qu'il la remonterait sans elle. Un pitaud doit marcher sans l'aide des autres, sans l'amour des autres... Mais le destin a voulu que Pierre ne soit jamais seul. C'est Paul Alban qui prend la relève de Mélie sur le sentier rocailleux qui le ramène à son berceau. Il soutient sa marche dans l'étroit passage où le guettent les Freiquin. Pierre échappe à leurs orties et leurs rudesses. Il tombe, épuisé, dans les bras de Mélie.

Elle l'épaule dans sa dernière ascension du sentier rocailleux. Au sommet, il voit sa mère. Elle lui tend les bras. Il s'y réfugie, au bout de ses forces et les yeux grands ouverts. Maman le tient au chaud, serré contre son cœur. Il a marché si longtemps, son enfant, pour revenir jusqu'à elle. Il faut que le sommeil lui ferme, enfin, les yeux. Maman le berce doucement dans ses bras et chante, comme autrefois, la chanson qui l'endormait :

Dors mon p'tit quinquin
Mon p'tit pouchin
Mon gros rochin,
Tu f'ras du chagrin
Si tu n'dors point j'qu'à d'main.

Grand-père garde les yeux ouverts, mais le bonheur efface les rides de son visage

Dors, mon p'tit quinquin...
Mon p'tit pouchin...
Mon gros rochin...

Grand-père s'endort.
Il a cinq ans.
Demain, sa vie de pitaud commencera... FO-REL-LI...

28

Après les sept coups de 19 heures, les cloches de Sanluc sonnent l'angélus à toutes volées.

Grand-père est allongé. Il a les yeux grands ouverts. Un beau sourire d'enfant heureux éclaire son visage.

Agenouillée dans l'eau glacée, Mélie-Rosine caresse le visage de son grand-père.

— Dors, grand-père, dors…

Cet ouvrage composé
par Atlant'Communication
à Sainte-Cécile (Vendée)

Impression réalisée sur CAMERON par

BRODARD & TAUPIN

GROUPE CPI

La Flèche
en décembre 2000
pour le compte des Éditions de l'Archipel
département éditorial
de la S.A.R.L. Écriture-Communication

Imprimé en France
N° d'édition : 368 – N° d'impression : 5115
Dépôt légal : janvier 2001